정령왕^의
딸

정령왕의 딸 7

박신애 판타지 장편 소설

초판 1쇄 찍은 날 § 2003년 12월 19일
초판 1쇄 펴낸 날 § 2003년 12월 29일

지은이 § 박신애
펴낸이 § 서경석

편집장 § 문혜영
편집 책임 § 권민정
편집 § 유경화
마케팅 § 정필 · 강양원 · 이선구 · 김규진 · 홍현경

펴낸곳 § 도서출판 청어람
등록번호 § 제1081-1-89호
등록일자 § 1999. 5. 31
어람번호 § 제1-0440호

주소 § 경기도 부천시 원미구 심곡1동 350-1 남성B/D 3F (우) 420-011
전화 § 032-656-4452 팩스 § 032-656-4453
http://www.chungeoram.com
E-mail § eoram99@chollian.net

값 8,000원

ISBN 89-5505-927-2 04810
ISBN 89-5505-629-X (SET)

정령왕의 딸

박신애 판타지 장편 소설

7

엘브로스 백작

도서출판
청어람

목

차

7권:엠브로스 백작

제 29 화

예상치 못한 만남, 예상치 못한 사건

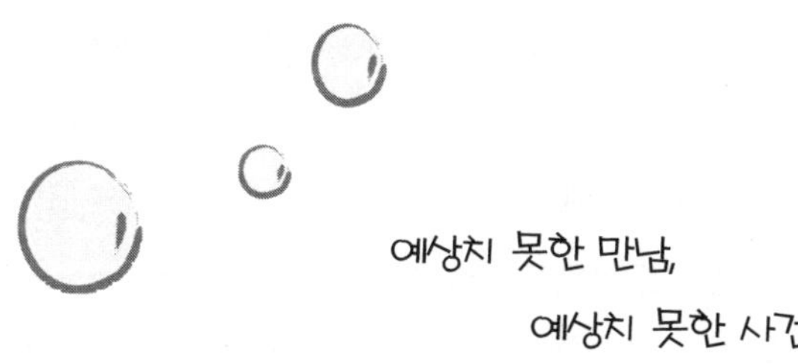

나는 실레스틴이 오면 쉽게 들어가서 내 볼일을 보고 나올 수 있으리라 여겼다. 아무리 정령사라도 실레스틴이 마음만 먹고 기척을 숨기면 쉽게 알아차릴 수 없을 테니, 그녀가 아무도 몰래 저 성안에서 서재의 위치를 찾아오는 건 어렵지 않을 거였다.

단지 얼마나 오래 걸리냐가 문제일 뿐……

하지만 한참 뒤에 그녀가 돌아왔을 때 나는 내가 너무 안일하게 생각하고 있었다는 걸 깨달을 수 있었다. 커다란 성을 내려다보고 있었으면서도 미처 예상하지 못한 내 어리석음 때문이었다.

[서재로 보이는 방이 정확히 23개던데요?]

[아, 그, 그래?]

조금만 생각해 보면 서재가 그쯤 되리라는 건 쉽게 짐작할 수 있었을 텐데 말이다.

수도에 있던 조엘네 커다란 저택만 해도 그랬다.

조엘네 아버지인 공작의 서재부터 시작해서 조엘 개인 서재에 그 여동생에게도 공부방 비스무리한 작은 개인 서재가 있었다. 거기에 집사에게도 개인 서재가 있었고, 기사단장에게도 개인 서재가 딸려 있었다. 뭐, 서재라고 해봐야 거의 사무실 용도로 쓰이고 정작 수많은 책들을 보관하는 도서관은 따로 있었지만 말이다.

그러니 이 성에서도 백작과 그의 직계 자손들을 비롯하여 사람들을 다스리는 지위에 있는 대부분의 사람들이 자신의 개인 서재를 가지고 있을 거였다.

아니면 예전에 어떤 사람들이 사용했다가 비워놓은 곳이거나…

그래서 나는 다시 실레스틴에게 부탁해야 했다.

[저기… 미안하지만, 다시 좀 가줄래? 이번에는 지금도 쓰고 있는 서재이며, 그 서재에 커다란 여자 초상화가 걸려 있는 곳이면 돼.]

생각 같아서는 백작 개인 서재를 찾아달라고 하고 싶지만, 내가 불러낼 때까지는 정령계에서만 살았던 실레스틴이라서 아직 인간 사회에 대해 잘 모르는 터라 백작이 뭔지도 모르고 있었다. 만약 내가 그 백작이란 사람의 얼굴을 알고 있었다면 부탁하기가 쉬웠겠지만 말이다.

내가 다시 성으로 그녀를 보내자 실레스틴은 무지 불만에 찬 표정을 해 보이더니 다시 성으로 날아 들어갔다.

실레스틴이 내 두 번째 주문에 맞는 서재들을 찾아 돌아왔을 때에는 점심 시간이 훨씬 지나 있었다.

[아아, 어차피 성에 숨어들어 가는 건 한밤중이니까… 지금은 우선 밥부터 먹어야겠어. 배가 무지 고프거든.]

내 말에 실레스틴이 다시 한 번 불만 어린 표정을 지었다. 그녀는 내가 자신이 서재에 대해 알아오자마자 들어갈 줄 알았던 모양이다.

처음에 실레스틴을 불러서 부탁할 때 그녀가 간단한 일을 가지고 자신을 불러냈다고 불평을 해서 그녀를 달랠 겸, 어차피 필요한 거 잠시 후 성에 몰래 잠입해 들어갈 때 내 호위를 그녀에게 맡기기로 약속했던 것이다. 그리고 그때 정령이 아닌 실체를 가진 인간처럼 행동하게 해주겠다는 조건까지 덧붙여서 그녀는 내심 기대하고 있었던 것이다.

그런데 그게 몇 시간 뒤로 미뤄졌으니 실레스틴이 불만스러운 것도 당연했다.

[에이, 그런 표정 짓지 마. 어차피 성으로 들어가는 건 한밤중에 할 거였다고. 게다가 들어갈 때 내가 배가 고픈 상태라면 곤란하잖아.]

그렇다고 그녀의 바람대로 지금 들어갈 수는 없는 일이라 실레스틴을 그렇게 달래놓고 다시 마을로 돌아간 나는 오늘 밤 백작의 성에 잠입해 들어가리라고 결심했다.

하지만 잠입 결행일은 또 하루 미뤄지고 말았다.

식사를 하러 우리가 방을 잡은 여관에 갔다가 잭슨 녀석에게 붙잡혔기 때문이다.

원래는 아무 데나 가서 배를 채우고 돌아다니며 시간을 때우려고 했는데, 축제 분위기가 고조되었기 때문인지 너무 거리가 복작복작해서 어디가 어딘지 몰라 헤매다가 짜증이 나서 그냥 여관으로 돌아갔었다.

아무 음식점에 들어갔다가 맛없는 데 걸려서 돈 버리고 입맛 버리는 것보다는 훨씬 낫다고 스스로를 달래며 여관에 들어서다가 식당에 있던 잭슨과 떡하니 마주쳐 버리고 말았던 것이다.

'운도 지지리도 없지. 하필 그때 이 녀석이 식당에 있을 건 뭐람. 점심 시간이 지나도 한참이나 지나 있었는데……'

늦잠을 자는 바람에 아침을 늦게 먹어서 점심도 때를 훨씬 넘겨서 먹으려고 어슬렁거리며 식당으로 내려왔다가 나를 만났던 것이다.

혼자 먹기 싫었는데 때마침 잘 돌아왔다고 기뻐하며 잡는 녀석에게 속으로 눈물을 흘리며 나도 반갑다고 말하는 그때의 그 심정이란…….

그리하여 나는 그 다음날에야 잭슨과 듀비를 재워두고 몰래 성에 잠입할 수 있었다.

그런데 가는 날이 장날이라고… 하필이면 그날이 백작의 생일이라 성에서는 거대한 파티가 열리고 있는 거였다.

'흐음… 이거 참……. 사람들이 너무 많으니 그 시선들을 모조리 피하기는 어렵겠는걸? 하지만… 복작복작해서 경계가 삼엄하지는 않겠군. 그럼 그냥 가볼까?'

나는 하늘이 어두워져 감에도 불구하고 환하게 불을 밝히고 시끌시끌한 성을 내려다보다가 조용히 아래로 내려갔다.

원래는 조용히 숨어들어 갈 장소를 찾아내려고 어둑어둑해질 즈음 미리 성 위로 날아와서 살펴보다가 성의 불이 다 꺼진 한밤중에 몰래 숨어들어 가려고 했었다. 그런데 파티가 열린다면 아마 새벽까지 저렇게 환하게 밝혀 있을 테니 저녁이나 한밤중이나 그게 그거일 거 같아서 기다리지 않기로 한 것이다.

어차피 때를 기다려야 하는 일도 아니니 말이다.

나를 태워주고 있던 슈리엘이 인적이 없어 보이는 3층의 어떤 커다란 창문 바깥쪽으로 돌출된 난간 위에 나를 내려줬다. 비록 창문이 잠겨 있었지만 정령들이 내 곁에 붙어 있는 한 나에게 방해가 되지는 않았다.

[해인님, 눈앞에 보이는 인간들은 모조리 쓰러뜨리면 되는 거죠?]

소리나지 않게 조용히 방 안으로 내려서자 미리부터 내 옆에 형상을 드러낸 실레스틴이 흥분한 표정으로 물었다.

[아냐, 아냐, 내가 부탁할 때만 나서서 쓰러뜨리면 돼. 아, 그리고 명심해야 할 건 절대로 죽이면 안 된다는 거야.]

[에이, 보는 족족 모조리 쓰러뜨리는 게 아니었어요?]

실망한 표정의 실레스틴을 보며 나는 땀을 삐질 흘렸다.

[나는 이 성을 접수하기 위해 온 게 아니거덩. 그러니까 내가 부탁할 때까지는 절대 나서도 안 되고, 사람들에게 들켜서도 안 돼, 알았지?]

[네에~]

불만 어린 대답이었지만, 그녀의 대답을 들은 나는 안심하고 빈방을 가로질러 커다란 방문에 귀를 가져다 댔다. 방 밖에 누가 있는지 소리를 들으려고 하는 거였다. 그런데 실레스틴이 흥미 어린 표정으로 그런 나에게 물었다.

[지금 뭐 하세요?]

[뭐 하긴, 밖에 누가 있나 없나 알아보려는 거지.]

[헤에, 그렇게 해서 알 수가 있나요? 그런 건 제가 간단하게 할 수 있어요.]

[어떻게?]

내 질문에 자신만만한 미소를 씨익 지어 보이던 실레스틴이 문틈에 얼굴을 가져다 대자 그녀의 얼굴이 마치 문을 그대로 통과한 듯 쑥 밖으로 나가는 거였다.

'헉… 유령 같다……'

내가 그 장면을 보고 경악하고 있는데 얼마 있지 않아 문밖으로 나갔던 실레스틴의 머리가 다시 안으로 들어오더니 생긋 웃어 보였다.

[아무도 없네요.]

[아, 그, 그래? 그럼 어서 나가자. 여기서 가장 가까운 서재가 어디 있지?]

방 밖에 아무도 없다는 것보다는 실레스틴의 엽기에 가까운 모습을 더 이상 안 봐도 된다는 사실에 나는 더욱 안도감을 느끼며 방문을 열고 밖으로 나갔다.

방 바깥의 복도에는 실레스틴의 말대로 아무도 없었다. 텅 빈 복도는 양쪽으로 뻥 뚫려 있었기에 어느 쪽으로 갈지 고민하고 있는데 내 질문에 대한 실레스틴의 대답이 들려왔다.

[이 위층에도 한 군데 있습니다.]

[그래? 그럼 우선 그쪽으로 가보지. 좋아, 오른쪽이다.]

우리가 몰래 들어온 건물은 성을 정면에서 바라봤을 때 오른쪽에 있는 두 커다란 건물 중 끝에 있는 곳이었다. 그래 여기에 과연 백작의 서재가 있을까 싶었지만, 이 성에 대한 지식이 거의 없다 보니 무조건 부딪쳐 보는 것 외에 딱히 좋은 방법이 떠오르지 않았다.

'뭐, 하다 보면 좋은 방법이 떠오를지도…….'

[계단이 복도 끝에 있으려나?]

몰래 숨어들어 오기는 했지만 복도에 아무도 없었고 옆에 든든한 실레스틴까지 있자 나는 간덩이가 부었는지 몰래 숨어 살금살금 가는 대신 당당하게 실레스틴을 대동하고 계단을 찾아 걸어갔다.

그런데 너무 긴장을 풀고 있었던지, 복도 끝에 다다를 때까지도 그곳에 있던 계단을 내려오는 시녀의 기척을 눈치 채지 못해 계단에서 그 시녀와 떠억 마주치고 말았다. 조금 긴장하고 주위를 살피고 있었다면 아무리 복도와 계단에 두툼한 양탄자가 깔려 있는 바람에 시녀의 발걸음 소리를 못 들었다 해도 기척은 느낄 수 있었을 텐데 말이다.

'허걱…….'

나는 무지 놀라 멈칫거렸지만, 실레스틴은 뭐가 뭔지 모르니 태연하게 그 시녀를 한번 힐끔 보고는 척척 계단을 올라가기 시작했다.

다행이라고 해야 할지, 시녀는 큰 보따리를 들고 있어 계단에서 넘어지지 않도록 조심하느라 발 밑에만 신경 쓰고 있었기에 실레스틴이 가까이 다가오자 그제야 그녀를 알아차리고 살짝 고개를 숙인 채 실레스틴이 지나가도록 비켜서는 거였다. 아마도 실레스틴의 옷차림이 화려해서 성으로 초대된 손님 중 하나로 오해한 모양이었다.

실레스틴은 지금 바람의 창을 숨기고 귀족 영애들이 입는 드레스 못지않게 우아하고 아름다운 초록색의 드레스 차림이었다.

시녀의 행동에서 그녀의 생각을 알아차린 나는 멈칫했던 발걸음을 다시 떼고 얼굴에서도 당황한 기색을 지운 채 그 시녀에게 다가갔다. 실레스틴을 초대된 손님 중 하나라고 오해했다면, 그걸 이용해 먹을 생각이었다. 순간적으로 그런 걸 생각해 내다니, 내 잔머리도 꽤 쓸 만한 모양이라고 스스로 흡족해하면서 말이다.

"저기, 백작님의 서재가 어디지? 거기로 레이디를 모시고 오라는 명을 받았는데……."

내가 실레스틴이 어느 귀족가의 영애라는 걸 은근히 강조하면서 묻자 시녀는 아직 경험이 많지 않았는지 날 똑바로 바라보지도 못하고 더듬거리며 대꾸했다.

"네, 네. 백작님의 서재는 본관 2층에 있습니다."

"그래? 고마워."

나는 그녀가 보지도 않았지만 생긋 웃으며 위쪽으로 올라가려는 실레스틴을 이끌고 아래로 내려갔다.

하지만 얼마 지나지 않아 나는 멈칫거렸다.

[에… 본관이 어디야?]

이 성을 이루고 있는 커다란 다섯 건물 중 하나인 건 분명한데, 그중 어디인지 내가 알 리가 없었다.

다시 그 시녀를 붙들고 본관이 어디인지 묻고 싶었지만 우리를 이상하게 볼까 겁도 났고, 아까 우리가 나왔던 복도 쪽에 볼일이 있었는지 벌써 그쪽으로 가버려 보이지도 않았다.

'끄응… 어쩌지?

실레스틴과 계단을 내려가던 나는 곧 이어 또다시 계단을 올라오던 다른 시녀를 보고는 고민을 끝맺을 수 있었다.

'질문을 달리하면 되잖아?

"이봐요, 본관에 어떻게 가죠? 아직 여기가 익숙하지가 않아서……."

아까 그 시녀가 실레스틴을 귀족 영애로 오해한 걸 보고 난 뒤 나는 아예 그렇게 밀어붙이기로 했다. 뭐, 귀족 영애가 시녀가 아닌 시종을 데리고 있는 게 어쩌면 이상하게 보일 수도 있겠지만, 그거야 귀족 영애 맘 아니겠는가?

내 질문을 받은 시녀 또한 실레스틴을 귀족가 영애인 줄 알고 감히 바라볼 생각도 하지 못한 채 친절하게 가르쳐 줬다.

이 성은 위에서 보면 다섯 건물이 통째로 다 이어져 있는 것으로 보이는데—그러니까 일층은 돌아가면서 일층대로 쭈우욱 연결되어 있고, 이층은 이층대로 쭈우욱 연결되어 있는… 그런 식으로 말이다—안에서는 그렇지가 않았다. 각 건물은 독립적으로 분리되어 있었으며, 큰 건물과 건물을 잇는 통로로 보이는 것도 따로 독립된 작은 건물이었던 것이다. 그래

본관으로 가려면 이 건물을 나가 마당을 가로질러 가야 했다.

심정 같아서는 인적이 없는 곳으로 가서 하늘로 떠올라 누구의 눈에 뜨이지도 않게 본관 건물로 향하고 싶었지만, 그건 그것대로 귀찮을 것 같아서—인적이 없는 곳으로 가서 또 인적없는 곳으로 골라 건물 안으로 들어가자니…—될 대로 되라는 마음으로 실레스틴을 앞세워 그대로 밖으로 나갔다.

그리고 그건 정말 잘 선택한 방법이었다는 걸 나는 금세 깨달을 수 있었다. 우리가 본 건물로 가는 동안 수상하게 보는 사람이 있기는커녕 친절한 안내까지 받아가며 갈 수 있었던 것이다. 물론, 그 모든 호의는 내가 아닌 실레스틴을 향한 것이었지만 말이다. 내가 모자를 깊숙이 눌러써 머리와 얼굴을 가리고 있어 혹여 누군가가 수상하게 보더라도 실레스틴의 시종이라고 하면 만사 오케이였다.

본 건물은 양 옆의 건물들을 이어주는 가운데 부분에 있던, 성의 가장 큰 건물이었다. 하기야 성의 커다란 입구가 그곳에 있는 데다 건물도 성을 이루고 있는 건물 중 가장 컸으니 누구라도 쉽게 눈치 챘을 것이다. 못 알아챈 내가 어리석은 거지.

'쩌비… 별로 긴장을 안 하고 있는 줄 알았는데 그게 아니었나 보네. 이런 단순한 것도 눈치 못 챌 정도로 얼어 있었다니……'

커다란 본관의 홀에 들어서며 나는 남모르게 가벼운 한숨을 내쉬고는 실레스틴에게 속삭였다.

[실레스틴, 2층으로 가자.]

오늘 저녁에 열리는 백작의 생일 축하 파티는 1층에 있는 커다란 파티용 홀에서 열릴 예정이라 화려하게 차려입은 사람들은 대부분 그쪽으로 향하고 있어 우리만 2층으로 올라가는 게 의아하게 여겨질 수도

있었지만, 아무도 이의를 제기하지 않아 우리는 당당하게 계단을 올라
갈 수 있었다.

　그렇게 2층까지 온 건 좋았는데…

　'도대체 이 많은 방들 중 어디가 백작의 서재인 거야?

　넓고 기~다란 복도 위를 걸어가며 나는 난감한 눈으로 쭈우욱 늘어
서 있는 고풍스럽고 커다란 나무 문들을 힐끔힐끔 보았다.

　생각 같아서는 방문마다 열어서 일일이 확인하고 싶었지만, 복도를
바삐 오가는 하녀들이나 시종들의 시선을 받으면서 할 수는 없는 일이
었고, 지나가는 시녀 아무나 붙들고 물어보고 싶었지만 반년 가까이 공
작가에서 시종 노릇을 한 덕에 쌓인 내 경험이 그건 위험하다 경고하
고 있었기에 감히 그러지 못했다.

　사실 공작가에서도 내가 아무리 조엘의 시종이라고 하지만 백작의
서재에는 함부로 드나들 권리가 없었다. 그곳은 백작의 직계 가족과
백작의 허락을 받은 몇몇의 신임하는 부하들만이 드나드는 것이 가능
했다.

　청소조차도 해럴드 집사와 시녀장이 특별히 고른 시종과 시녀들이
담당했고, 다른 시녀나 시종이 들어갔다간 큰 벌을 받았다. 그런 건 백
작 가족들이 사용하는 침실이나 개인 서재도 마찬가지였다.

　뭐, 나야 조엘이 이상하게도 덥썩 신임을 해서 그의 방을 담당할 수
있었던 거지만 말이다.

　그리하여 내가 어떤 사정에 의하여—예를 든다면 해럴드 집사나 조엘의
심부름으로—백작의 서재에 간다고 해도 그때는 항상 서재에 백작과 그
의 심복들이 있을 시간이거나, 그게 아니라면 해럴드 집사, 혹은 데니
형과 항상 동행한 상황에서였다.

거기다가 그런 중요한 곳이 있는 구역은 그 집안에서 오랜 세월 일을 해온 베테랑 시종이나 시녀가 담당하고 있었기에 지금이 아무리 바쁜 시기라 해도 근처 어딘가에 담당자가 있을지도 모르는 일이었다.

그런 곳에서 백작 서재의 위치를 묻는다는 건 '나 수상한 사람이요'라고 광고하는 거나 다를 바 없는 행위였다. 물론, 여기서 멀찍이 떨어진 별관이라면 아직 경험이 별로 없는 초짜 시녀나 시종들이 담당할 테니 수상하게 보일 염려 없이 당당하게 물어볼 수 있는 거였지만 말이다.

그렇기 때문에 우리 스스로 백작 서재의 위치를 알아내야 하거니와 그곳에 들어가는 것도 아무의 눈에도 띄지 않아야 했다. 아마, 이 복도는 계속 비워두려 하지는 않을 테니 밖의 창 쪽으로 들어가야 할 테지만 말이다.

'그건 그때 가서 생각하고 우선은… 백작 서재의 위치를 알아야 하는데…….'

내가 투명 인간이 아닌 이상 저 많은 눈들 모르게 알아내는 건 불가능했다. 하지만 그게 가능한 존재가 내 곁에 있었으니…

'아, 정말… 자꾸 실레스틴의 능력을 잊어버린단 말이야…….'

나는 내 머리의 능력에 다시금 회의를 느끼며 실레스틴을 불렀다.

[실레스틴, 이 층에 서재가 어디 있는 줄 알아?]

그러자 실레스틴의 뚱~한 대꾸가 들려왔다.

[다음다음 방문이요. 지금 제 안내로 가시는 거 아니었어요?]

나는 그녀의 뚱한 반응보다는 그녀의 말에 놀라서 물었다.

[뭐? 아니, 너는 서재가 어디 있는 줄 알고 있었단 말이야?]

그러자 실레스틴의 기가 막힌다는 투의 대꾸가 돌아왔다.

[이 성에 들어오기 전에 커다란 초상화가 걸려 있는 서재들의 위치를 알아내라고 하신 건 해인님이셨잖아요. 그러니 당연히 알고 있죠.]

[아앗~ 맞다. 그랬었지?]

'아아~ 내가 오늘 왜 이럴까?

지금 옆에 잭슨 녀석이 없다는 걸 극히 다행으로 여기며 나는 다시금 속으로 한숨을 내쉬었다.

실레스틴과 나는 2층 복도를 당당하게 지나 3층으로 올라갔다. 밖으로 나갈 때 나가더라도 우선은 시선이 없는 곳으로 가야 했으니 말이다.

다행히 3층 복도는 2층과는 달리 돌아다니는 시녀들이 없이 조용했다.

뭐, 가끔 시녀들이 왔다 갔다 했지만, 우리가 아래층 서재와 가깝고 비어 있는 방을 찾았을 즈음에는 복도에 아무도 없었다.

[좋아, 들어가자.]

그 다음 서재로 다시 몰래 들어가는 건 어려운 일이 아니었다.

서재가 2층이라 지상에서 가까운 곳이었기에 다른 사람들 눈에 쉽게 뜨일까 봐 좀 걱정을 했지만, 그것도 쉽게 해결할 수 있었다. 실레스틴이 흙먼지를 동반한 바람을 불게 했기 때문이었다. 추운 겨울날 차가운 바람이 불어도 사람들은 저절로 몸을 움츠러뜨리기 마련인데, 거기에다 흙먼지까지 동반되었으니 그것들이 눈에 들어가지 않도록 자연스레 눈을 감거나 찌푸리는 게 당연했다.

그렇게 흙먼지 때문에 시선들이 흐트러진 사이 나는 다시 실레스틴의 도움을 받아 잠긴 서재의 창문을 쉽사리 열고 안으로 들어섰다. 그리고 그쯤에 갑작스런 흙먼지 바람은 그쳤고 말이다.

아무도 없는 서재는 불조차 모두 꺼놨기에 어두컴컴했지만 실레스틴과 내가 주위를 보는 데에는 아무런 문제가 없었다.

나는 서재 안으로 들어와서 깊숙이 눌러쓴 모자를 벗고 주위를 슬쩍 둘러보았다.

서재는 꽤나 넓었다. 레이언 녀석 사무실의 두 배 정도?

커다란 창문에는 얇은 레이스 커튼과 두꺼운 비로드 커튼이 짝을 이루어 이중으로 쳐져 있었고, 바닥에는 엄청 푹신한 데다가 화려한 무늬가 새겨져 있는 카펫이 깔려 있었다. 꽤나 크고 무거워 보이는 책상이 창문 앞에 떠억 버티고 있고, 그 앞에는 비싼 것이 틀림없어 보이는 우아한 소파 세트, 주변에 그와 잘 어울리는 화려한 장식장과 무지 견고해 보이는 책장이 있는 것이 전형적인 서재의 모습이었다.

그리고 그런 가구들 사이에는 대리석으로 만든 듯한 커다란 벽난로가 있었고, 그 위에 내가 찾던 것이 있었다.

"아~"

내 상반신을 다 가릴 정도의 커다란 초상화에는 대충 17~18세의 소녀가 나를 바라보고 있었다.

윤기가 자르르 흐르는, 실제로 만지면 무척 부드러울 것 같은 갈색 머리를 늘어뜨린 그 소녀는 당당하고 지적인 빛이 흐르는 제비꽃빛 눈동자를 가지고 있었다.

[실레스틴… 이분이 내 어머니야.]

뒷배경에 당당하게 자리 잡은, 커다란 창문으로 들어오는 햇볕을 받으면서 하얗고 고급스러운 의자에 우아한 자태로, 그러나 허리와 어깨를 반듯이 펴 당당함을 잃지 않은 자세로 앉아 있었다. 그 모습에서 내 어머니는 자존심있고 당찬 여인이었다는 걸 쉽게 알 수 있었다.

하기야 저 성질 드러운 엘라임이 폭 빠진 여인이었으니 말이다.

목이 넓게 파인 연보라색 실크 드레스를 입어 눈과 하얀 피부가 화사하게 돋보였고, 머리에도 같은 색의 리본으로 반 묶음을 했다. 목과 귀에는 한 세트로 보이는, 깔끔한 디자인의 다이아몬드 목걸이와 귀고리가 걸려 있었고, 무릎에 가지런히 올려진 엄마의 손에는 지금 내가 가지고 있는 두 개의 반지가 끼워져 있었다.

외할머니께서 물려주신 마법 반지는 왼손의 검지에, 그리고 외할아버지께서 물려주신 후계자 반지는 오른손 중지에 끼워진 채 자신의 존재를 당당하게 드러내고 있는 것을 보고 나는 나도 모르게 내 목에—후계자 반지는 너무 커서 끈에 꿰어 목에 걸고 있었다—걸린 후계자 반지를 만지작거렸다.

'헤에… 저때에 벌써 가지고 계셨구나.'

어머니는 다이아 장신구나 우아한 드레스가 아니더라도 충분히 아름다우셨다. 얼굴은 나와 똑같은데도 불구하고 그분은 내가 흉내 낼 수 없는 위엄과 우아함을 지니고 계셨다. 그 모습을 바로 대하자니 인정하고 싶지는 않았지만 아버지의 핀잔이 새삼 납득 갔다.

엄마를 쏘옥 빼닮았음에도 불구하고 어쩜 그렇게 못생겼냐는…

'쳇… 이제는 아버지가 그 말을 해도 아무 말도 못하게 생겼잖아?'

나는 속으로 혀를 차고는 실레스틴을 돌아보았다.

[실레스틴, 이제는 초상화가 주르르 걸려 있는 화랑을 찾아줘. 네가 돌아올 때까지 나는 여기 있을게.]

[그럴게요. 아, 지금 이대로 가도 될까요?]

[아앗, 그건 절대 안 돼. 미안하지만 모습을 숨기고 가주라.]

내 말이 끝나자마자 실레스틴이 투덜거렸다.

[에엣… 너무하세요. 저는 오늘 여기 와서 한 번도 안 싸워봤다구요 오~]

[너 혼자 있을 때 수상한 행동을 하면 안 된다구. 나중에 또 그 모습으로 있게 해줄게.]

[그때도 싸울 일이 없으면요?]

그 정도로 실레스틴을 달래서 보내려구 했는데, 얘가 이번에는 쉽게 안 넘어갔다.

[아앗… 으음… 뭐, 그때는 가기 전에 한바탕하게 해줄 수도 있는데?]

그래 그녀를 달래기 위해 얼결에 내뱉은 말이었는데, 그 말에 실레스틴의 눈이 반짝반짝 하는 거였다. 그때야 나는 아차 싶었지만, 이미 버스가 지나간 뒤에 손을 드는 격이었다.

[정말이죠? 그럼 약속하신 거예요?]

[그, 그래… 아주 잠깐이긴 하지만…….]

그래 '아주 잠깐' 이라는 단서를 달기는 했지만, 되게 불안했다.

'부디 아무 일 없이 무사히 넘어갔으면…….'

[오호호호~~ 그럼 다녀올게요오오~~]

이런 내 마음과는 반대로 실레스틴은 무지 기쁜 표정을 짓더니 바람으로 화해서 사라졌다.

그녀가 횡하니 사라지자 나는 한숨을 내쉬고는 다시 어머니의 초상화 쪽으로 시선을 돌렸다. 비록 머리카락 색과 눈 색은 달랐지만, 내가 보기에도 어머니의 얼굴은 나와 흡사해서 매일 거울 속에서 보던 얼굴을 마주 보는 것만 같아 기분이 되게 묘했다. 거기다가 초상화 속은 한 번도 보지 못했던 내 어머니고 말이다.

‘아아… 보고 또 봐도 절대 질리지 않을 거 같아. 어쩜 저렇게 예쁘게 생기셨을까? 울 아버지가 반한 것도 이해가 돼.’

어쩌면 화장발, 혹은 그림발일 수도 있지만, 커다랗고 반짝반짝 빛나는 눈동자에 오똑한 코, 거기에 고집스럽게 다물린 분홍빛 입술…

‘아, 그러고 보니 귀를 그냥 드러내셨네…….’

어머니의 부드러운 갈색 머리카락이 반 묶음 되어 있어 뾰족한 귀가 그대로 드러나 있었다. 외할아버지께는 어머니가 하프 엘프라는 것이 꼭꼭 숨길 정도의 비밀이 아니었던 모양이다.

하기야 그러니까 백작가랑 의절하고 외할머니랑 결혼해서 사실 수 있었던 거겠지만…

‘으음… 어머니의 초상화를 여기에 냅두고 가려니 차마 발걸음이 안 떨어지네. 이거… 훔쳐 가면 안 될까? 어쩌면 아버지도 무지 좋아하실지도 모르는데… 거기다가… 내 어머니 초상화 가지구 가는데 그게 잘못된 거라구 볼 수도 없지 않을까?

처음에는 그냥 딱 한번 보고 가려구 했지만, 한번 보고 나니까 욕심이 생겨서 그냥 놔두고 가질 못하겠는 거였다. 그래 가지고 갈까 말까 하는 고민에 끙끙거리느라 나는 서재 문이 벌컥 열릴 때까지도 누군가가 다가오는 것을 눈치 채지 못하고 있었다.

벌컥~

“…아닙니까?”

“허허허, 그렇게 생각… 누구냐?”

“허걱…….”

어두운 방 안이었지만, 허공에 떠 있는 정령들의 몸에서 희미한 빛들이 발산되고 있었기에 사방을 보는 데 큰 어려움은 없었다.

그러나 정령들의 몸에서 나온 빛은 어디까지나 희미한 빛이었기에 갑자기 열려진 문에서 쏟아져 들어오는 환한—그래 봤자 형광등에는 비교할 수 없는 밝기였지만, 어두운 데 있던 나에게는 엄청 밝은 빛이었다—빛 때문에 갑작스레 적응을 못한 나는 반사적으로 눈을 찡그려야 했다.

그래서 나는 갑작스레 서재 안으로 들어온 두 사람을 보지는 못했지만, 그들은 달랐다. 내가 빛 때문에 움직이지 못하고 가만히 있는 사이 한 남자가 나에게 척척 다가와 내 팔을 붙들었던 것이다.

"누구냐니까? 여긴 어떻게 들어왔지?"

잠시 시간이 지나 겨우 빛에 적응한 나는 정신을 차리고 나를 붙들고 호통을 치는 남자를 바라봤다.

그는 대충 쉰 중반 혹은 그보다 더 많은 듯 보이는 중년 남자였다.

나보다 반 뼘 정도 큰 키에 마른 몸을 가지고 있었고 굵고 빳빳해 보이는 짙은 밤색 머리카락을 가지고 있었는데 세월의 힘 때문에 귀밑에 희끗희끗 새치가 보이고 있었다. 하지만 머리 색과 비슷한 어두운 눈은 한 치의 물러섬도 없이 매섭게 날 노려보고 있었고, 내 팔을 붙든 가느다란 손가락에 들어간 힘도 강했다.

그러나 그렇게 강건해 보이는 중년 남자는 나와 눈이 마주친 순간 놀라움으로 인하여 눈이 치켜떠지며 당황하는 거였다.

"너, 너는……."

그리고 그와 같이 들어왔던 다른 남자 또한 당혹함이 가득한 감정으로 더듬더듬 입을 열었다.

"혀, 형님… 혹시……."

그에 그제야 그쪽으로 시선을 돌리니 날 잡은 남자와 비슷한 연령대로 보이는 또 다른 남자가 당황한 빛이 역력한 눈길로 나와 날 잡은 남자를 번갈아 바라보고 있었다. 혈색 좋은 얼굴에 약간 통통하다—절대 뚱뚱한 것이 아님—싶은 정도의, 좋게 말하면 풍채 좋은 체격을 가지고 있는 그 남자는 날 잡은 남자보다는 머리 색도 옅었고, 피부도 훨씬 희었다. 거기에 눈도 짙은 밤색이 아닌 밝은 파랑색이었다.

그런데 어째 이들은 서재에 몰래 침입한 자를 대하는 것치고는 좀 당혹스러운 면을 보이는 것 같아 나는 내가 무지 안 좋은 상황에 처해 있다는 것도 잠시 잊은 채 멀거니 그들만 주시하고 있었다.

그때 내 팔뚝을 잡고 있는 중년 남자가 당혹스러운 감정을 가라앉혔는지 침착한, 그러나 무시 못할 날카로운 기색이 담겨 있는 어조로 물었다.

"넌 누구지? 주디스 오스번님과 무슨 사이냐?"

어머니의 초상화를 본 다음에야 내가 어머니와 무지 닮았다는 걸 깨닫기는 했지만, 다짜고짜로 어머니와의 관계를 추궁받게 될 줄은 몰랐던 나는 당황해서 눈이 동그래졌다.

"어, 어머니신데요……."

나의 더듬거리는 대답에 그 두 중년 남자의 눈에 놀라움이 스쳐 지나갔지만, 곧 납득하는 표정이었다.

하지만 정말 이해할 수 없게도 내가 어머니의 자식이라는 걸 납득했으면 놔주던가, 아니면 여기에 어떻게 들어온 거냐고 추궁을 할 것이지 그 두 중년 남자는 그러지 않았다.

대신 둘이서 나는 이해하지 못할 시선을 주고받더니 사태를 가만히 지켜보고 있는 듯하던 풍채 좋은 중년 남자가 달려들어 내 나머지 팔을 한 손으로 틀어쥐더니만 어느새 꺼내 들었는지 모를 손바닥 크기의 짤막한 단도를 꺼내 내 목에 들이대는 거였다.

“움직이지 말게나. 이게 이렇게 작아 보여도 목에 있는 동맥까지는 충분히 닿는다네.”

“히익…….”

그가 그렇게 말하지 않았어도, 새파란 날을 번쩍이는 단도가 내 목에 차가운 감촉을 선사하고 있는 바람에 나는 감히 움직일 생각도 못 하고 있었다.

하지만 그렇다고 공포에 질린 건 아니었다. 단도가 내 목에 드리워지고 내가 잘못하다가는 피 보겠다는 생각을 하자마자 내 몸속의 정령의 기운들이 단숨에 목에 두텁게 싸이는 한편 여차하면 뿜어져 나갈 태세를 취하고 있었으니까 말이다. 덕분에 정신을 차리고 안정할 수 있었지만, 그렇다고 아예 마음 놓고 움직이고 싶은 생각도 없어서 그들이 시키는 대로 얌전히 있었다.

체격 좋은 중년 남자가 그렇게 나를 제압하자 빼빼 마른 중년 남자는 좀 요상한 시선으로 체격 좋은 중년 남자를 쓰윽 한번 바라보고는 날 잡고 있던 손을 놓더니 활짝 열린 서재의 문을 닫았다. 그리고 어두컴컴해진 사방을 조금이나마 밝게 하기 위하여 서재의 커다란 창문에 처진 커튼들을 활짝 열어젖혔다. 그러자 밖의 환한 불빛들과 달빛까지 쏟아져 들어와 보통 사람인 그들이라도 그럭저럭 사방을 분간할 수는 있을 수준이 되었다.

“이제 어쩌실 겁니까, 형님?”

체격 좋은 중년 남자가 빼빼 마른 중년 남자에게 물었다.

아까도 그렇게 부르는 것 같더니만 빼빼 마른 남자가 풍채 좋은 남자의 형님이었던 모양이다.

빼빼 마른 중년 남자는 나를 한번 힐끔 보더니 주저없이 입을 열었다.

"당분간은 숨겨둬야지. 축제가 끝나 귀족들이 다 돌아갈 때까지 숨
길 수 있다면 더할 나위 없겠지만, 그러지 못한다면 최소한 오늘이 지
날 때까지만이라도 숨겨야 해."

그러면서 그는 두터운 커튼 안쪽의 얇은 레이스 커튼으로 다가가 그
걸 잡아 쭈욱 찢기 시작했다.

찌이익~ 찌이익~

그 모습을 보고 있던 중년 남자가 불쑥 입을 열었다.

"죽여야 하지 않을까요?"

체격 좋은 중년 남자의 말에 나는 기가 막혔다.

'아니, 내가 뭘 잘못… 아니, 물론 여기 몰래 들어온 게 잘못이긴 하
지만… 그거 가지고 사람 목숨을 없애려 하다니 너무하잖아?'

이런 내 항의 어린 시선을 알아챈 것일까?

급히 만들어진 기다란 천 조각 여러 개를 가지고 온 빼빼 마른 중년
남자가 나에게 조금은 미안하다는 시선을 보내며 입을 열었다.

"하필이면 오늘 이 시각에 여기 나타난 것이 잘못이었습니다. 며칠
후, 아니, 최소한 내일 왔더라도 이렇게까지는 안 했을 텐데 말입니다.
운이 없었다고 생각하십시오."

그러면서 찢은 커튼 조각으로 우선은 내 입을 막고 손발을 꽁꽁 묶
는 것이었다.

이럴려고 그 예쁜 레이스 커튼을 찢었던 모양이다.

체격 좋은 중년 남자까지 형님을 거들자 나는 금세 꽁꽁 묶여 서재
바닥에 나동그라졌다.

"이자를 어떻게 처리할까요? 역시 죽여야……"

그런 나를 바라보며 체격 좋은 중년 남자가 입을 열었지만, 채 말을

끝내기도 전에 빼빼 마른 중년 남자가 그의 말을 가로막았다.

"지금 죽일 수는 없어. 우선은 여기에 숨겨두자. 어차피 이 서재에는 아무나 들어올 수 없으니 쉽게 발견되지는 못할 것이다. 그리고 그의 처리는 내일 생각하자꾸나."

하지만 체격 좋은 중년 남자는 형님의 의견이 마음에 안 드는 모양이다.

"너무 무르십니다. 우리가 여기에 이대로 이 녀석을 두고 갔다가 이 녀석이 탈출이라도 하면 어쩌시려구요? 철저하게 경비가 세워져 있는 지하 감옥도 아니고, 쇠사슬로 결박한 것도 아니니 얼마든지 탈출이 가능하다고 생각 안 하십니까?"

동생의 주장에 형님의 마음이 흔들린 모양이었다. 그래도 날 없애는 것이 꺼림칙한지 빼빼 마른 중년 남자는 주저했다.

"하지만… 그래도 죽일 것까지는… 그러다가 시체를 들키기라도 하면 어쩐단 말이냐?"

"그건 걱정 마십시오. 형님이 말씀하셨듯이 이곳에 숨겨두면 누구도 쉽게 찾아내지 못할 겁니다. 설사 시체를 들켰다 해도 백작의 서재에 몰래 침입했다가 들켜서 죽여 버렸다고 하면 되지 않습니까? 이자의 정체를 아는 건 우리 둘뿐이니 우리만 입 다물고 도둑으로 몰면 그만입니다. 설사 알아채는 자가 있다 해도 확실한 증거가 없으니 뭐라 말도 못할 테구요."

'내 정체가 뭔데?'

그렇게 묻고 싶었지만, 입도 봉해진 상태라 나는 가만히 둘의 대화를 듣고 있어야만 했다.

둘의 대화에서 내 목숨이 왔다 갔다 했지만, 정말 죽을까 봐 겁나는 건 아니었다.

내가 그 상태가 되자 정령의 기운들은 물론이거니와 자신의 힘으로 얼마든지 이 세계로 넘어올 수 있는 나이트 급 정령들이 벌써 내 곁으로 와서 사태를 주시하고 있었고, 심부름 보냈던 실레스틴도 벌써 돌아와 있었던 것이다.

단지 그 둘 모르게 모습을 숨기고 있을 뿐이지.

이미 실레스틴이 그들 둘을 처리하겠다고 말했지만, 내가 사태를 두고 보자고 하며 말리고 있었던 것이다. 아직까지는 직접적으로 날 죽이려 하지 않으니 말이다.

'거기다가 왜 날 죽이려는지도 궁금하고……'

뭐, 최상급 정령들에게 부탁해 잡아서 엎어놓고 패면 쉽게 이야기를 들을 수 있을지도 모르지만 누구인지도 모르는 그들을, 거기다 몰래 잠입한 장소에서 그랬다가 일이 커지면 또 머리 아파질 수도 있는 일 아니겠는가?

그래서 가만히 사태를 주시하고 있는 거였다. 나중에 정말 죽을 위험에 처한다면 그때 정령들에게 도움을 청할 거였다.

그러는 동안 그 둘의 대화는 계속되었다.

"어떻게 죽이려고? 피를 흘리는 건 절대 안 돼. 여기에 숨겨놓을 텐데 혹시라도 누가 들어온다면 쉽게 들킨다고. 아무리 내 서재라 해도 아무도 안 들어온다고 단언할 수는 없으니까."

삐삐 마른 중년 남자의 말에 나는 눈이 동그래졌다.

'내 서재? 여기가 자기 서재라면… 저 남자가 백작이었단 말이야? 아니, 자기가 백작인데 왜 날 죽이려고 하는 거지?

상황을 지켜보면 지켜볼수록 사태를 이해할 수가 있는 게 아니라 더욱더 복잡해져 가기만 했다.

그런 와중 체격 좋은 남자의 자신만만한 목소리가 들려왔다.

"꼭 피를 내야만 사람을 죽일 수 있는 건 아니죠. 익사시킬 수도 있고, 목을 조를 수도 있고, 질식시켜서 죽일 수도 있고… 모두 피를 안 흘리고 죽이는 방법 아니겠습니까?"

어째 재미있다는 기색까지 느껴지는 말투였다.

그 남자의 말도 기가 막혔지만, 그보다는 그런 엽기적이라고 할 수 있는 말을 진지하게 경청하고 있는 백작의 모습이 더 기가 막혔다.

"흐음… 여기는 물이 없으니 익사는 불가능하겠고, 목을 조르는 건 나중에 시체를 들켰을 때 수상하게 여겨질 수 있겠지. 아무래도 질식시키는 게 나을 듯하군."

"옳으신 말씀이군요. 그럼 질식시키죠."

사람을 죽이는 말을 그처럼 아무렇지도 않게 말할 수 있다는 사실이 기가 막혔지만—오늘 여러 번 막히는군—우선은 가만히 보고만 있었다.

아, 물론 안 죽을 수 있게 조치는 취해놓고 말이다.

[실레스틴, 나 질식 안 하게 해줄 수 있지?]

[그거야 해줄 수 있지만, 언제 나서게 해주실 거예요? 저 녀석들을 그냥 냅둘 거예요?]

[글쎄… 지금 생각 중.]

[헉… 언제까지 생각만 하고 계시려구요?]

[아하하… 글쎄…….]

내가 그렇게 실레스틴과 투닥거리는 동안 두 중년 남자는 이미 자신들이 의논한 것을 실행에 옮기고 있었다.

"우리는 시간이 없으니 죽을 때까지 옆에 기다리고 있을 수는 없어.

그러니 우선 눈에 뜨이지 않는 곳에다 숨겨놓고 알아서 질식되게 조치를 취해야 해."

"옳으신 말씀입니다."

그렇게 쑥덕인 둘은 낑낑대며 나를 들어 올려—내가 그렇게 무거운지 몰랐다—사람들 눈에 보이지 않는 큰 책장과 벽 사이의 어두운 공간에다 나를 집어넣었다. 그 공간의 크기는 장정 두셋은 낑겨서 들어갈 정도였고, 위치가 창문과 가까워서 입구라고 볼 수 있는 곳이 커튼으로 가려져 있어 이곳을 잘 아는 사람이 아니고서는 알아내기 힘들어 보였다. 그런 곳이니 누군가가 서재에 들어왔다 하더라도 내가 아무 소리도 못 내고 있는 한, 거기에 있다고는 꿈에도 생각하지 못할 터였다.

"자, 그러면……."

내가 그 어두운 공간에 처박히자 만족스런 표정으로 보고 있던 체격 좋은 중년 남자는 서재 안을 두리번거리더니 곧 소파로 다가가 그 위에 보기 좋게 놓여 있던 두툼한 쿠션들 중 하나를 가져왔다.

"이거면 충분히 질식할 겁니다."

그러더니만 쿠션으로 내 코와 입을 틀어막고는 그 위를 남은 레이스 커튼 조각으로 친친 감았다. 그렇게 해놓고 보니 그들이 쿠션을 잡고 있지 않아도 충분히 질식되고도 남을 것 같았다. 물론 보통 사람이라면 말이다.

나는 실레스틴이 미리 대기하고 있었기에, 너무 꽈악 묶여 머리 쪽이 아프다는 것만 빼면 숨 쉬는 데 별 어려움은 없었다.

그들은 그렇게 날 죽게 만들어놓고 물러가려 했다.

하지만 그들이 내가 있는 공간을 커튼으로 잘 가려놓기 전에 서재의 문이 조심스레 열리고는 누군가 들어오는 거였다.

비록 나에게는 서재의 문 쪽이 안 보였지만, 어두운 공간에 갑자기 빛이 들어왔기에 문이 열렸다는 걸 짐작할 수 있었고, 백작과 그 동생이 물러나는 대신 황급히 내가 구겨져 있는 공간으로 들어와 몸을 숨기기에 누군가가 들어왔다는 걸 눈치 챌 수 있었다.

이 방의 주인이니 떳떳하게 있으면 어두운 방에 있었다 해도 아무런 의심을 안 받을 텐데 그 둘이 하고 있던 짓이 옳지 못하니 반사적으로 몸을 숨긴 듯했다.

"어떤 녀석이 들어온 거지?"

"글쎄요… 아, 저자는 얼마 전에 저희 집에서 고용한 기사인데… 여긴 무슨 일인지 모르겠군요."

"조용히… 우선은 두고 보지."

두 중년 남자는 내 앞을 가로막은 채 커튼의 틈 사이로 서재 내의 상황을 주시하고 있었다.

탁!

저벅, 저벅, 저벅…

문이 닫히는 가벼운 소리가 난 다음 서재로 들어온 남자가 어디론가 걸어가는 모양이었다. 두터운 카펫이 깔려 있어 보통 때라면 발자국 소리가 들리지 않았겠지만, 그쪽 상황이 보이지 않아 온 신경을 귀에 집중시키고 있어서 그런지 어렴풋하게나마 들렸다.

잠시 후 그 불청객이 서재 안의 불을 켰는지 내가 있는 공간을 가리고 있는 커튼이 환한 빛으로 물들었다.

"누군지 몰라도 대담한 놈이군. 허락도 없이 들어온 주제에 불까지 켜다니."

백작이 마음에 안 든다는 어조로, 그러나 그 남자에게까지 들리지 않을 정도의 작은 목소리로 중얼거렸다.

하지만 그 이후에는 어찌 된 영문인지 어떤 소음도 들려오지 않는 게 남자가 아예 소리가 나지 않도록 조용히 움직이거나 아니면 가만히 있는 모양이었다.

이번에는 후자인 듯 백작이 다시 기가 막히다는 어조로 낮게 중얼거렸다.

"뭐냐, 저놈? 들어왔으면 목적을 실행할 일이지 왜 가만히 있는 거지? 아앗, 움직였다."

내가 실프들에게 부탁해 상황을 알아보지 않아도 백작이 알아서 중계 방송을 해주고 있었다.

저벅, 저벅, 저벅…

드디어 이 서재로 들어온 목적을 위해 움직이는 모양이었다.

하지만 그 남자의 발소리는 얼마 안 가 멎었다.

그리고 잠시 후…

이번에는 백작 동생이 중계 방송 마이크를 잡았다.

"저, 저놈 참 여유가 많군요. 이 상황에 초상화 감상이라니……."

황당하다는 백작 동생의 말이었다.

'초상화? 어머니의?'

내 의문을 해소시켜 주는 백작의 말도 곧 이어 들려왔다.

"주디스님이 그만큼 아름다우시기는 하지."

누군지 몰라도 어머니의 모습에 폭 빠진 모양이었다. 한~참이 지나도 초상화 앞에 있을 그가 움직이는 소리가 나지 않았던 것이다.

'도대체 저놈은 왜 온 거지?'

이런 내 황당한 심정과 백작의 심정은 같았던 모양이다.

"저놈 여긴 왜 온 거야?"

"이거 참 문제군요. 시간이 없는데… 이러다가는 옷도 못 갈아입고 파티장에 가시는 것 아닙니까?"

초조함이 배인 백작 동생의 말에 백작은 입술을 앙다물었다.

"끄응…….”

"어쩌죠? 그냥 나설까요?"

"아냐, 잠시만 더 두고 보자. 그래도 아무 짓도 안 하면 그때 나서지.”

"그런데… 여기에 있던 걸 뭐라고 해명하죠?"

"흥, 우리가 왜 해명을 해야 하지? 해명을 해야 할 건 허락도 없이 내 서재에 들어온 저놈이다.”

"하긴, 그건 그렇군요. 그럼 이제…….”

그 둘의 소곤거리는 대화는 누군가가 노크하는 소리에 중단되었다.

똑똑~

그리고 노크한 이는 안에서 허락의 말이 나오길 기다리지도 않고 서재의 문을 벌컥 열었다.

"아버지? 갑자기 웬 호출… 누구지?"

목소리로 보아하니 성인 여자의 목소리였다.

그녀의 목소리는 안에 자기가 기대하지 않은 인물이 있는 걸 보고 놀라움을 드러내기는 했지만 그래도 단아함과 침착함을 잃지 않았다.

"멋대로 들어온 거라면 어서 나가도록 해요. 다른 이가 봤다면 당신은 무사하지 못할 테니까.”

그녀는 가만히 초상화를 바라보는 남자가 별다른 짓을 하지 않고 있기에 너그럽게 용서해 줄 모양이었다.

그러나 그 남자는 그녀의 그러한 너그러움을 받을 생각이 없었던지 나가는 대신 입을 열었다.

"들어오시지요, 에르미아 엠브로스 양. 당신이 여기에 왜 오셨는지는 알고 있습니다."

'엠브로스? 헤에, 그럼 저 여자도 백작가의 사람이었군?'

탁!

다시 가볍게 문이 닫히는 소리가 들리고 남자의 발걸음보다 좀 더 가벼운 발걸음 소리가 들렸다. 아마 에르미아 엠브로스라는 여자가 안으로 걸어 들어오는 모양이었다.

"그대는 누구지? 그러고 보니 낯이 익기는 한데… 아버지의 명으로 여기 있는 건가?"

그러나 남자는 에르미아의 말에 대답하는 대신 엉뚱한 말을 꺼냈다.

"이거 참 영광이군요. 몇 번 스치듯 마주쳤을 뿐인데 제 얼굴을 기억해 주시다니 말입니다. 당신의 현명함은… 여전하시군요."

왠지 묘한 어조의 남자 말이 끝난 뒤 잠시 침묵이 흐르다가 에르미아의 목소리가 다시 들려왔다.

"마치… 날 알고 있는 듯한 어조로군. 우리가 예전부터 알고 있는 사이였던가?"

"그렇습니다. 아주 잘 알고 있는 사이였죠."

남자의 목소리는 즐거운 듯했지만, 그 밑에는 무시 못할 어떤 위험이 도사리고 있었다. 그걸 알아챘음인지 그 뒤를 이어 들려온 여자의 목소리에 불안감이 가득했다.

"누구냐? 정체를 밝혀라. 그렇지 않으면 당장 사람을 부르겠다."

"원하시는 대로 기꺼이… 저는 제프리 찬텔이라고 합니다. 10년 전 당신 때문에 인생을 망친 불운의 기사이지요.”

뭔 소리인지는 모르겠지만, 그의 소개가 끝나자 놀란 숨을 들이키는 소리가 들리는 걸 보니 정말 에르미아와 잘 아는 사이였던 모양이다.

그리고 그건 백작도 마찬가지인 듯 백작의 몸이 경직되는 게 눈에 보였다.

잘은 모르겠지만 상황이 안 좋은 것 같은데 왠지 백작은 나설지 말지 무지 갈등하는 것처럼 보였다.

하기야 숨어 있다가 이제 와서 나서면 모양새가 무지 안 좋을 테니 갈등하는 것도 이해가 되기는 했지만…

그러나 그러한 갈등은 오래가지 않았다.

“제, 제프리······.”

침울한 에르미아의 말을 뒤이어 분노로 인해 거칠어진 제프리라는 남자의 목소리가 터져 나왔던 것이다.

“미안하십니까? 미안하실 것 없습니다. 곧 당신도 나와 같은 고통을 맛보게 될 테니까요. 커스트 틴더!”

“까아아악~~!!”

남자가 마지막에 외친 건 마법 주문이었다.

그와 함께 여자의 비명 소리가 들리자 백작이 놀라서 갈등하던 것도 다 제쳐 두고 뛰쳐나갔다.

“에르!!”

그리고 그 뒤를 백작의 동생이 좇았는데, 그는 커튼을 나가기 직전 날 힐끔 보는 거였다. 그에 나는 얼른 눈을 감아 죽은 척, 혹은 죽어가는 척했지만, 눈을 감기 전 그 남자의 얼굴에 떠오른 회심 어린 표정을 분명히 볼 수 있었다.

'뭐, 뭐냐… 저놈…….'

커스트 틴더는 남을 괴롭히는 목적으로 만들어진 마법이었다. 말 그대로 저주스러운 발화였으니까 말이다.

틴더라는 마법은 3클래스의 마법으로 단순한 발화 마법이었다. 건조한 장작 더미에서 갑자기 불이 붙게 하는 그런 류의 마법 말이다. 물론 강력한 마법사가 인간에게 사용하면 사람의 몸에서 불길이 치솟기도 하지만, 사실 어떤 마법이든 사람에게 잘못 사용하면 위험한 건 마찬가지 아니겠는가?

그런데 커스트 틴더는 순전히 마법에 걸릴 대상에게 해를 끼치기 위해 만들어진 마법이었다.

이것은 처음부터 불꽃이 보이는 틴더 마법과는 달리 처음에는 생물이건 무생물이건 속에서부터 타 들어가기 때문에 어느 정도 탈 때까지는 불꽃은 보이지 않고 연기만 피어오른다. 그리고 어느 정도 탄 뒤에야 겉으로 불꽃이 보이기 시작하는데, 그러면 때는 늦어서 그때 불을 끈다 해도 이 마법에 걸린 생물체는 대부분이 죽는다.

거기다가 천천히 타 들어가서 당한 사람을 될 수 있는 한 오래 고통당하게 하다 죽게 만드는 엄청 악질적인 마법인데다 5서클의 마법이라 그 이상의 마법사가 오지 않는 한 쉽게 끌 수도 없었다.

그런 마법이라 마법학회에서 익히는 게 금지되었다고 하지만, 마법 주문과 방법 등은 기록으로 남아 있어서 가끔 나타나는 모양이었다. 지금처럼 말이다.

"에르~!! 게 누구 없느냐? 밖에 아무도 없느냔 말이다~!!"

백작의 다급한 외침에 화답하듯 서재의 문이 벌컥 열리며 여러 사람들이 우르르 몰려들어 오는 소리가 들렸다.

“얼른 신관을, 아니, 마법사를… 하여간 빨리 아무나 모셔오거라. 어서!! 그리고 저놈을 잡아라!”

“찬물을 가져와라!”

“다른 사람들 눈에 뜨이지 않도록 신중히!”

“기사들은 저놈을 잡아라!”

소란스럽게 들려오는 소리들을 들으며 나는 실레스틴에게 부탁해 내 몸을 결박하고 있는 천 쪼가리들을 뜯고 자리에서 일어섰다. 하도 오랫동안 꽁꽁 묶여 있었던 터라 팔다리를 주물러 가며 근육을 풀고 있는데 처음 듣는 의기양양한 목소리가 소란스러움을 뚫고 들려왔다.

“이런… 에르가 엉망이 되었군요. 이래 가지고서야 오늘 파티에 나서지도 못하겠는데요? 오늘 백작 작위를 물려주겠다고 다 공포하셨는데 에르가 이 지경이 되어서 어쩌십니까, 백부님?”

그동안 들은 소리로 추측컨대 지금이 무지 다급한 상황이라는 건 분명했다. 그런 와중에 참으로 얄밉게도 침착한 목소리였다.

“이스파엘… 네 이놈……!”

백작의 이 가는 소리를 뒤이어 백작 동생의 목소리도 들려왔다.

“이 애의 말이 틀린 건 아니죠, 형님. 그렇지 않아도 곧 파티 시간이 다 되어가지 않습니까? 오늘 에르의 모습이 보이지 않는다면 형님은 물론이거니와 저희 백작가는 웃음거리는 물론 구설수에 오르게 될 겁니다.”

“에르는 나가게 될 거다!”

백작의 단호한 외침 뒤에 낯선 중년 남자의 목소리가 들려왔다.

“마법사님을 모셔왔습니다.”

“오, 어서…….”

커튼 틈새로 빼꼼이 내다보니 마법사 로브를 입고 있는 대략 40대 중반쯤으로 보이는 남자가 급하게 몸을 숙이고 있는 게 보였다. 사람들에 가려 잘 보이지는 않았지만, 모두들 아래를 내려다보고 있는 폼이 에르미아가 바닥에 눕혀져 있는 모양이었다.

잠시 후 에르미아를 살펴보던 마법사가 침중한 표정으로 고개를 드는 게 사람들 사이로 얼핏 보였다.

"어떤가?"

백작의 다급한 음성에 마법사는 무지 죄송스럽다는 표정으로 고개를 조아렸다.

"죄송합니다, 백작님. 이건 제 실력으로는 해결하지 못합니다. 단지… 기세를 조금 늦출 뿐……."

"어떻게 안 되겠는가?"

"완전히 해결하려면 안티 매직 쉘을 익힌 마법사를 찾아야 합니다. 그렇지 않으면 최소한 6서클을 가지고 있는 마법사이거나 말입니다. 최선을 다해보겠습니다만, 제 능력으로는 완전한 해결은 불가능합니다."

마법사의 말이 끝나자 백작이 털썩 주저앉았다.

"백작님!"

옆에 있던 자가 놀라서 백작을 부축했지만 백작은 넋 나간 표정으로 자신의 딸만 바라볼 뿐이었다.

"이럴 수가… 이럴 수가……."

"허어… 이거 참… 에르도 저 모양이고 형님도 이 지경이시니… 이거 참 난처하군요. 어쩔 수 없이 제가 나서야 하나요?"

무지 난처하다는 표정을 짓고 있기는 했지만, 어쩐지 은근히 좋아하는 기색을 풍기는 백작 동생이었다.

'하, 눈 가리고 아웅 한다는 게 저런 걸까나?'

나는 백작 동생의 행동에 나도 모르게 눈살을 찌푸렸다.

그러한 심정은 다른 이들도 마찬가지였던지 주위의 몇몇 사람도 눈살을 찌푸리는 게 보였지만 그걸 아는지 모르는지 백작 동생은 여전히 좋아하는 기색이 깔린, 안타까운 표정으로 입을 열었다.

"형님보다 한참이나 부족한 제가 나서서 백작가의 명예에 흠집이나 내는 건 아닌지 모르겠습니다."

그렇게 말을 하면서도 자신이 백작 대신 나서는 걸 기정사실화하는 백작 동생의 말에 주위 사람들은 아무 말도 하지 못했다. 하기야 백작 딸도 죽니 사느니 하는 가운데 있었고, 백작 또한 딸의 상황에 반은 넋이 나가 있었으니 오히려 동생이 백작 대신 나서는 것이 옳은 것일지도 몰랐다. 단지 은근히 좋아하는 게 문제라면 문제겠지만 말이다.

그런데 백작 동생이 노리는 건 그것뿐만이 아니었던 모양이다.

"그리고… 에르가 저렇게 되었지만, 너무 걱정 마십시오. 제 아들이 있으니까요. 제 입으로 이런 말 하기는 뭣하지만, 저 녀석 정도라면 백작으로서 엠브로스 가문을 잘 이끌어 나갈 수 있을 겁니다. 형님께서 지도해 주셔야겠지만 말입니다."

그리고는 이젠 드러내 놓고 아들을 바라보며 씨익 웃는 것이었다.

그러자 그 순간까지 멍하니 엉거주춤 앉아 있던 백작의 몸이 곧추서더니 눈에서 날카로운 빛을 발했다.

"고맙지만, 그럴 필요 없다. 파티에는 내가 나갈 테니까."

얼음이 뚝뚝 떨어질 것만 같은 차가운 목소리였다. 그에 백작 동생이 움찔했지만, 금방 능글맞은 웃음을 배어 물며 대꾸했다.

"그러십니까? 하기야 제가 제 아들에게 작위를 물려주는 것보다는 백작이신 형님께서 물려주시는 게 더 모양새가 좋을 테지요."

백작 동생의 말에 백작의 입꼬리가 묘하게 뒤틀렸다.

"네 아들? 미안하지만, 네 아들이 작위를 물려받지는 못할 것 같구나."

그의 말에 백작 동생의 눈초리가 치켜떠졌지만, 그는 다시금 능글맞은 표정을 회복했다.

"후후, 고집을 부리시는군요. 그래 봤자 현재 제 아들 말고 백작 작위를 받을 수 있는 사람이 누가 있다고 그러십니까? 에르는… 정말 안 됐지만 지금 죽을지 살지도 모르지 않습니까?"

"그래. 하지만 그래도 네 아들에게는 절대 주지 않겠다."

"후후후, 그러십니까? 그럼 누구에게 주시려구요? 엠브로스 백작 가문 사람들 중 에르와 제 아들보다 작위 계승권이 높은 사람이 더 있는 줄 몰랐는데요?"

여전히 여유만만한 백작 동생의 얼굴은 그 다음 나온 백작의 말에 일그러져 버렸다.

"아니, 한 사람 있지."

"그게… 누굽니까? 제가 모르는 사람이 있는 줄 몰랐군요."

"너도 알 텐데?"

그렇게 말하며 백작은 비틀거리며 걸음을 옮기기 시작했다.

"백작님!"

그의 모습이 위태로워 보였는지 아까까지 계속 백작을 부축하고 있던 중년 남자가 다시 부축하려고 했지만 백작은 그 손길을 뿌리치고 계속 걸음을 옮겼다.

그런데… 어째 그가 다가오는 방향이 내가 있는 쪽인 듯했다.

백작 동생도 그렇게 느꼈는지 피식 비웃음을 흘렸다.

"지금 어디로 가시는 겁니까? 설마라고 생각하지만 말입니다."

"잘 아는구나."

백작이 뒤돌아보지도 않은 채 계속 걸음을 옮기며 대꾸하자 백작 동생의 표정이 살짝 일그러졌다.

"어리석은 행동이라고 생각하지 않으십니까? 형님도 곤란하실 텐데요."

"네 아들에게 작위를 넘기느니 차라리 내가 곤란한 게 낫다."

백작 동생의 얼굴에서는 이제 여유있는 표정이 완전히 사라졌다. 그는 매서운 눈길로 백작을 쏘아보며 입을 열었다.

"우습군요. 과연 백작 작위를 제 아들이 아닌 다른 사람에게 넘겨줄 수 있을까요? 저는 이미 늦었을 거라고 생각하는데요."

"두고 보면 알겠지."

그러던 백작은 내가 있는 쪽을 똑바로 바라보며 정중하게 요청했다.

"나와주시겠습니까? 제 짐작이 맞다면 당신은 이미 결박을 풀고 태연하게 서 계실 것 같은데요."

"쓸데없는 짓입니다."

옆에 있던 동생이 비웃었지만, 내 쪽을 바라보는 백작의 시선에는 흔들림이 없었다. 그래 나는 괜히 머쓱한 표정으로 커튼을 젖히며 밖으로 나왔다.

그 순간 백작은 그럴 줄 알았다는 듯이 얼굴에 희미한 미소를 띠었고, 반대로 백작 동생의 얼굴은 사정없이 일그러졌다.

"어, 어떻게……."

"우리가 한 가지 간과한 게 있지. 주디스님은 뛰어난 마법사이자 정령술사셨지. 그분의 아들이 아무런 힘 없이 우리에게 잡혀서 결박당한 것이 이상하다고 여겨지지 않나? 하다못해 약한 몸부림 하나 없었지."

"이익……."

일그러지는 백작 동생의 얼굴을 힐끔 보며 백작이 최후의 일격을 날렸다.

"작위가 자네 아들에게까지 돌아가지 못해서 어쩌나?"

하지만 백작 동생은 최후의 최후까지 포기하지 않았다.

"형님도 참 순진하시군요. 저자가 주디스님의 아들이라는 증거가 어디 있다고 그걸 믿으신단 말입니까? 주디스님과 닮았다는 거야 저도 인정하지만, 이 세상에 닮은 사람이야 또 있을 수 있는 거 아닙니까?"

영문은 모르겠지만, 저 백작 동생이란 남자에게 그런 취급당하니 나는 괜히 기분이 나빠졌다. 도둑으로 오해받으면 그럴 수도 있겠거니… 라고 생각하겠지만, 친자식이라는 걸 부인당하니 왠지 진실이라는 걸 증명하고 싶은 오기가 마구마구 치솟았다. 그래 거의 반항적으로 목에 걸고 있는 엠브로스 가문 후계자 반지와 손가락에 끼고 있는 마법 반지를 들어 보였다.

"이거면 됩니까?"

내 행동에 그곳에 있는 모든 이들의 눈이 휘둥그레졌다.

백작이 조심스레 나에게 다가와 내 손에 들린 두 반지를 살펴보더니만 천천히 고개를 끄덕였다.

"충분하군요. 주디스님의 반지에 백작 후계자 반지라……."

백작가에서 후계자 반지가 사라진 지 꽤 오래되었을 테지만, 어머니의 초상화에 섬세하게 그려진 채 남겨져 있었던 터라 알아보는 건 어렵지 않았던 모양이다.

"이이익……!"

백작 동생이 낭패한 표정으로 이를 빠드득 갈며 뒤돌아서는 사이 백작은 내 앞에 천천히 무릎을 꿇었다.

"이런 부탁 할 자격이 없다는 건 알지만… 부탁이 있습니다."

무지 진지하고 간절한 백작의 표정에 나는 나도 모르게 물었다.

"무엇입니까?"

"할 수 있으시다면… 제 딸을 살려주십시오. 다른 건 바라지 않겠습니다. 목숨만 붙어 있게 해주시면 됩니다. 그렇게만 해주신다면, 보잘것없는 제 목숨이라도 기꺼이 드리겠습니다."

나를 죽이려고 했던 주제에 참 뻔뻔스럽기 그지없는 부탁이었다. 하지만 다른 부탁이라면 단칼에 거절하겠는데, 나에게 무릎까지 꿇으면서 부탁하는 것이 딸을 살려달라고 하는 것이라 나는 차마 거절하겠다는 말을 꺼낼 수가 없었다. 나 또한 내 어머니가 목숨을 버리시면서까지 날 살려서 이 세상에 내놓으셨으니 말이다.

하지만 그렇다고 이제 겨우 3클래스 유저 마법사인 내가 5클래스의 저주 마법을 풀 능력 또한 없었기에 이러지도 못하고 저러지도 못한 채 어정쩡하게 서 있는데 내 옆에 있던 엘라스트라가 넌지시 말을 건넸다.

[엔다이론 정도면 충분히 도울 수 있습니다.]

[그래?]

옆에 있던 실레스틴이 투덜댔지만 나는 두 부녀를 도울 수 있게 되어 진심으로 잘되었다고 생각하면서 엔다이론을 불러냈다.

"엔다이론, 저 아가씨를 도와줄 수 있을까?"

　나의 부름에 사람들 앞에 모습을 드러낸 커다란 파란빛 늑대는 우아한 동작으로 이제는 피부가 뜨거운 열기로 인해 마구 일그러져 가는 에르미아의 몸에 자신의 커다란 앞발을 턱 하니 올려놓았다.

　그러자 그동안 땀을 뻘뻘 흘리며 발화의 속도를 늦추기 위해 애를 쓰던 마법사가 안도의 한숨을 내쉬며 뒤로 물러났다.

　에르미아는 몰골이 너무 일그러져 전의 그 깨끗했을 얼굴은 알아볼 수가 없을 지경이었다. 무척 괴로울 텐데 미동도 없는 걸 보니 아마 그 고통을 못 이겨 기절했거나, 아니면 주위에서 그녀를 위해 기절시켜 놓은 듯했다.

　이제 와서 엔다이론이 도와줘 마법을 푼다 해도 그녀가 본래의 모습으로 회복되기는 어려울 듯 보였다.

　내가 이런 생각을 하든 말든 엔다이론은 그녀의 몸에 올려놓은 발을 통해 그녀의 몸속으로 엄청나게 차가운 물의 기운을 흘려 넣기 시작했다.

　그 기운은 뜨겁게 달아오르는 그녀의 몸을 식혀주는 한편 그녀의 몸속에서 마구 커져 가려고 애를 쓰는 불의 기운을 억누르기 시작했다. 그러자 발화의 증거인 푸른 연기가 피어오르던 그녀의 몸에서는 이제 불의 기운과 엔다이론의 물의 기운이 맞부딪쳐 만들어지는 듯한 수증기가 뿌옇게 피어올랐다.

　[오, 불의 기운을 물의 기운으로써 막는 방법이 있었군. 나는 마법을 어떻게 풀 것인가만 고민하고 있었잖아?]

　엔다이론의 방법에 내가 고개를 끄덕이는데 실레스틴이 옆에서 또 삐죽였다.

　[왜 저런 자를 도와주시는 건데요? 해인님을 죽이려 했던 자의 딸이

잖아요.]

[물론 그렇긴 하지만… 왠지 남의 일 같지가 않아서 말야.]

우리가 그렇게 속닥이며 바라보고 있는 동안 엔다이론이 집어넣은 거대한 물의 기운을 이기지 못한 에르미아의 몸속에 있던 마법적인 불의 기운은 점차 사그라들더니 결국에는 완전히 사라지고 말았다.

그제야 엔다이론이 에르미아의 몸에서 발을 떼었고, 잠시 쉬고 있던 마법사가 다가와 그녀의 몸을 살펴보더니 환한 표정으로 어느새 내 옆으로 다가와 초조한 얼굴로 바라보고 있던 백작을 향해 입을 열었다.

"목숨은 건지셨습니다."

"정말… 정말 감사드립니다. 정말, 정말 감사합니다."

마법사의 말에 눈시울이 촉촉하게 젖어든 백작이 나를 향해 고개를 숙이며 감사의 말을 몇 번이나 중얼거렸다.

설마 나를 죽이려 했던 자에게서 이런 인사를 받게 될 줄은 몰랐기에—물론 은인이 될 줄도 몰랐고 말이다—쓴웃음만 짓고 아무 말도 못하고 있는데, 주위에 있던 어떤 중년 남자가 갑자기 헛기침을 해 사람들의 이목을 끌었다.

"어흠, 백작님… 이럴 때 이런 말씀을 드려 정말 죄송합니다만… 시간이 너무 지체되었습니다. 서둘러 파티장에 가셔야 합니다."

"아, 그렇군."

아마 주위에 있던 사람들 모두 상황이 상황이다 보니 파티에 대한 건 까맣게 잊고 있었을 터였다.

백작은 다시 고개를 들어 신색을 회복하더니 주위 사람들에게 신속하게 지시를 내렸다.

"에르를 방으로 조심스레 데려가게. 다른 분들의 눈에 뜨이지 않도록 신관을 모셔오도록 하고. 엘버트, 첼릿, 자네 둘에게 이분을 맡기겠네. 이분이 누구신지는 다들 잘 알겠지? 자네들에게 부탁하는 내 뜻을 알리라 믿네.”

백작의 말에 파티 생각을 일깨운 중년 남자와 기사 차림을 하고 있던 20대 중반, 혹은 후반으로 보이는 한 남자가 공손히 머리를 숙여 보였다.

“자, 그럼 이쪽으로…….”

중년 남자가 나를 이끌고 나가려고 하는 그때였다.

“가만두지 않겠어!!”

이를 빠드득 갈며 원한에 찬 목소리와 함께 달려드는 사람이 있었다.

백작 동생이었다.

그는 야차처럼 얼굴을 일그러뜨리며 손에는 아까 날 제압할 때 썼던 작은 소도를 들고 나를 향해 몸을 던지고 있었다.

“위험!”

나를 맡을 기사가 내 앞을 가로막으려고 했지만, 그보다도 먼저 원한에 찬 사람을 낚아채는 손길이 있었다.

쿠당탕~!!

한번 나서고 싶어 안달을 했던 실레스틴이었다.

그녀는 백작 동생의 팔을 잡고 그가 달려들던 속도와 힘을 이용해 업어치기를 했던 것이다. 덕분에 백작 동생은 서재 바닥에 나동그라졌고, 기다리고 있었던 듯 기사들이 검을 빼어 그를 겨눴다.

[꺄하~ 이 순간을 기다리고 있었다.]

주위 사람들의 놀라운 시선을 아는지 모르는지 기분 좋은 얼굴로 방

방 뛰던 그녀는 주위 사람들에게 생긋 웃어 보이고는 사르르 모습을 감춰 버렸다.

"저, 저분은……?"

날 이끌고 가기 위해 내 곁으로 다가왔던 중년 남자가 당혹스러운 목소리로 묻기에 나는 머쓱하게 웃으며 말했다.

"제 호위 무사예요."

"하아……?"

내 설명에도 중년 남자의 의문은 풀리지 않았던 모양이지만, 그는 곧 신색을 회복하고 나를 끌었다.

"어쨌든 이쪽으로 오십시오. 한시가 바쁩니다."

그 중년 남자에게 반쯤 끌리다시피 해서 내가 도착한 곳은 누군가의 침실로 보이는 커다란 방이었다.

"여기서 잠시만 기다려 주십시오."

중년 남자는 나를 침실 가운데에 세워놓은 채 방 한쪽 구석에 있는 자그마한 문을 열고 들어갔다.

"하아, 이거야 원… 도대체 어떻게 된 건지 설명을 들을 수 있을까요?"

그 중년 남자의 모습이 문 안쪽으로 사라지자 나는 어리둥절한 표정을 지우지 않은 채 내 뒤를 따라온 짙은 금발의 기사에게 물었다.

그런데 이 기사는 이런 내 질문에는 대답하지 않고 내 얼굴만 빤히 바라보더니 아련한 미소를 지으며 엉뚱한 소리를 내뱉는 거였다.

"정말… 어머님을 많이 닮으셨군요."

"예? 아… 예. 그렇더라구요."

내 어정쩡한 대답이 이상했던지 기사가 의문 어린 표정을 지었다.

"어째… 대답이 불안한 기운을 품고 있는 것 같습니다만……."

"아하하… 그게… 실제로 어머니의 얼굴을 본 것은 지금이 처음이었거든요."

머쓱한 내 대답에 기사의 얼굴이 살짝 굳어졌지만, 그는 천천히 고개를 끄덕였다.

"주디스님은… 돌아가셨군요. 어렴풋이 짐작은 하고 있었습니다만……."

묘한 슬픔이 담긴 그의 말에 이상함을 알아챌 수 있었던 나는 기사를 향해 의아한 시선을 보냈다.

"어째… 어머니를 알고 계신 듯하네요?"

그러자 그가 씁쓸한 미소를 지어 보였다.

"그거야 당연합니다. 절 이 백작가로 데리고 오신 분이 바로 주디스님이셨는걸요."

"예? 어머니가요?"

아무리 늦게 봐줘도 30대로는 도저히 보이지 않는 기사를 보며 나는 고개를 갸웃거렸다. 날 낳기 전까지만 해도 아버지와 은거를 하셨다고 들었는데 언제 또 인간 세상에 나오셔서 이 기사를 도와주셨을까 싶어 내가 되물었지만, 그는 심호흡을 한번 크게 하고는 다른 말을 꺼냈다.

"그건 나중에 자세하게 말씀드리겠습니다. 우선… 아, 성함이 어떻게 되십니까?"

"해인이에요. 해인 오스번… 음… 정확하게 말하면 해인 오스번 엠브로스가 되겠지만……."

"그러시군요. 해인님… 아, 죄송합니다. 해인님이라 불러도 되겠습니까?"

"예? 아, 예. 좋을 대로 하세요."

"감사합니다. 그럼 해인님, 갑작스러운 일이라 당황스러우시겠지만 해인님은 곧 있을 파티장에서 백작의 지위를 물려받으시게 될 겁니다."

"예?"

아까 백작과 그의 동생 사이에서 작위 운운하는 이야기를 듣기는 했지만, 솔직히 그동안 이런 세계와는 동떨어진 세계에서 살아왔던 나로서는 현실감없는 이야기일 뿐이었다. 그랬으니 그 기사의 말에도 어리벙벙할 뿐이었다.

다행히 그 기사는 이런 날 '왜 이래?' 라고 바라보는 대신 이해한다는 표정으로 부드럽게 입을 열었다.

"지금 당장 모든 걸 받아들이기란 쉬운 일은 아니실 겁니다. 하지만 당신이 주디스 엠브로스님의 아들이시라는 것만 항상 기억하십시오."

"아… 뭐……."

'여기서 '난 아들이 아닌데요?' 라고 말하면 나만 이상한 사람이 되겠지?

그런 생각에 난 떨떠름하니 고개를 끄덕였지만, 이러다가 정말 내 스스로도 '난 아들이다' 라고 여기게 될 것만 같은 불안감이 엄습했다.

"그분의 아들이신 이상, 당신은 얼마든지 백작의 작위를 받을 자격이 있는 분이십니다. 잠시 후 겪으실 행사에서 이걸 기억하시고 당당하게 행동하십시오. 갑작스레 생소한 일을 겪으시게 될 테니 당황스러우시겠지만, 제가 곁에 있을 테니 너무 걱정하시 마십시오. 해인님은 제가 가르쳐 드리는 대로 하시기만 하면 됩니다."

"아, 예……."

'작위 계승식이라……'

그러고 보니 나는 공작가에 있는 동안 그런 걸 한 번도 본 적이 없었다. 하기야 일 년도 있지 않았으니 귀족가의 모든 행사를 본다는 것도 불가능했을 테지만.

그런 일에 내가 직접 참여하게 되었는데도 아직 피부로 직접 와 닿지 않아서 그런지, 아니면 내 신경이 둔감해서 그런지 두렵고 떨리기는커녕 별 걱정도 되지 않았다. 꼭 남의 이야기를 듣는 것처럼 말이다.

금발 기사는 그 뒤로도 몇 가지를 더 이야기해 줬고, 내가 그에 한 귀로 흘려들으면서 건성으로 고개를 끄덕이는데 방 한쪽의 작은 문 뒤로 사라졌던 중년 남자가 급한 걸음으로 다시 나왔다.

"자, 어서 이걸로 갈아입어 주십시오."

그의 손에는 옷 꾸러미가 들려 있었는데 중년 남자는 그걸 근처에 있던 의자에 걸쳐 놓고 또 한쪽에 있는 서랍장으로 바삐 걸음을 옮기더니 서랍을 빼어 안을 열심히 뒤적거리는 거였다.

'옷? 여기서?'

중년 남자의 예상치 못한 주문에 놀란 나는 감히 움직일 생각을 못한 채 쭈뼛대고 있는데 친절하게 여러 가지를 이야기해 주던 짙은 금발의 기사가 답답했는지 나에게 달려들어 옷자락을 잡아당겼다.

"시간이 없습니다. 어서 서두르십시오."

"에엑? 제가 할게요. 그런데 꼭 여기서 갈아입어야 하나요?"

기사의 손길에 벗겨지려는 옷자락을 부여잡으며 내가 주춤 물러나자 저쪽 서랍을 열심히 뒤지던 중년 남자가 고개도 들지 않은 채 소리쳤다.

"남자끼린데 뭐가 어때서 그러십니까? 그리고 여기서 갈아입으셔야 제가 시중을 들어드릴 수 있지요. 어서 벗으십시오. 지라르 경, 서둘러 주세요!"

중년 남자의 외침에 지라르라 불린 기사의 손길이 단호해졌다.

"시간이 없으니 무례를 범하겠습니다."

"우아아악~!!"

그의 손길을 뿌리치려 열심히 몸부림치자 지라르 경의 눈이 가늘어 졌다.

"자꾸 그러시면 시녀들을 불러 덤비게 할 겁니다."

"헉… 그러니까… 제가 벗겠다니까요."

내가 단호하게 옷자락을 부여잡으며 뒤로 계속 물러나자 지라르 경 이 한숨을 쉬더니 한 걸음 뒤로 물러났다.

"그럼 빨리 벗으시죠. 안 그러면 제가 벗겨 드릴 겁니다."

양보를 했음에도 불구하고 내가 꾸물꾸물대자 지라르 경의 눈이 심 상치 않게 변했다.

"자꾸 그렇게 천천히 하실 겁니까?"

"그, 그게… 남이 보는 앞에서 벗은 적이 없어서……."

'젠장, 내 평생에 처음 보는 남자 앞에서 옷을 벗게 될 줄이야…….'

바로 눈앞에서 날 빤히 바라보는 남자를 대하고 옷을 벗으려니 정말 손이 안 움직였다.

이때 저쪽 서랍장을 뒤지던 중년 남자가 뭔가를 찾아 들고 몸을 돌 리다가 아직 내가 상의도 채 못 벗고 있는 걸 본 모양이었다.

"지라르 경, 정말 시간이 없단 말입니다."

중년 남자의 재촉에 지라르 경은 크게 한숨을 내쉬더니 단호한 눈길로 나를 바라보았다.

"해인님, 정말 죄송합니다."

"네?"

뜬금없는 지라르 경의 사과 말에 이해를 못한 내가 되물었지만, 그는 말로써 설명해 주는 대신 행동으로 보여줬다.

쉬익~

"우악~!!"

뭔가 매서운 바람이 날 가르고 지나갔다 싶었는데, 그 순간 내 겉옷들이 산산조각으로 흩어져 몸에서 스르르 떨어지는 거였다. 나와 마주보는 상황이었으면서도 언제 검을 빼 들어 휘둘렀는지 모를 정도의 빠르기였다.

희멀건 내 피부가 그대로 드러나자 나는 본능적으로 황급히 내 가슴을 가리려 했지만, 그것도 내 마음대로 못했다.

"잘하셨습니다, 지라르 경. 자, 도련님, 빨리 이걸 입으시지요."

중년 남자가 가슴을 가리려는 내 팔뚝을 잡아채어서 부드러운 실크 셔츠의 소매에 집어넣었던 것이다.

"우에~"

내가 언제 도련님이 된 건가 싶었지만… 그걸 물을 상황이 아니었다.

"지라르 경, 바지 좀 가져다 주세요."

"알겠습니다, 집사님."

나에게 익숙한 손놀림으로 아이보리 색의 실크 셔츠를 입히는 중년 남자가 백작가의 집사였던 모양이다.

"자자, 도련님, 팔 좀 벌려주십시오."

집사의 요청에 이어 의자에 고이 올려져 있던 바지를 가지고 온 지라르 경의 요청이 들어왔다.

"다리 한쪽만 들어보세요."

"아고고~"

"고개 좀 들어주십시오."

실크 셔츠를 다 입히자 집사는 실크 셔츠의 깃을 빳빳하게 세우더니 거기에 흰색 레이스로 된 기다란 타이를 매었다. 타이의 매듭에는 블루 사파이어로 된 육각형의 커다랗고 화려한 브로치를 달았다.

지라르 경이 입혀준 바지는 전체적으로 흰색인데 양쪽 다리 바깥 부분에 세로로 허리 선에서부터 시작해 밑단까지 금줄과 은줄이 서로 꼬인 무늬가 수놓아져 있었다. 그리고 그러한 무늬는 곧 이어 집사가 입혀준 재킷의 소매단과 테두리에도 있었다. 자켓 또한 바지처럼 하얀색이었는데 차이나 칼라처럼 칼라가 세워져 있었고 길이가 무릎 위까지 내려왔다.

"자자, 거의 다 되었습니다. 잠시 머리 좀……."

집사는 내 머리를 질끈 묶고 있던 가죽 끈을 풀더니 빗을 가지고 와 단정하게 빗어 내렸다.

그렇게 내가 거의 옷을 다 차려입고 있을 무렵 급한 발소리와 함께 누군가가 침실 문을 다급하게 두드렸다.

"집사님, 집사님!"

"들어와라."

집사의 허락에 문을 벌컥 열고 들어온 시종은 커다란 붉은 망토를 들고 있었다.

"빨리 가셔야 합니다. 백작님이 파티장에 나서셨어요."

"이쪽도 다 됐다. 자, 도련님, 어서 가시지요."

마지막으로 내 옷매무새를 정리해 준 집사는 잰 발걸음으로 나를 이끌고 침실을 나섰다. 그 뒤를 지라르 경과 붉은 망토를 들고 온 시종이 따랐다.

지라르 경은 걸음을 좀 더 빨리해 내 옆에서 나란히 걸으며 빠른 어조로 입을 열었다.

"해인님이 들어서시자마자 작위 계승식이 시작될 겁니다. 우선 해인님이 입장하실 문에서부터 백작님이 앉아 계시는 단까지 붉은 융단이 이어져 있을 겁니다. 그 길을 가운데로 쭈욱 따라가셔서 단 위에 오르시면 백작님이 자리에서 일어서실 겁니다. 백작님과 두세 걸음 떨어진 곳에서 멈춰 서신 다음 거기서 오른쪽 무릎을 땅에 댄 자세로 무릎을 굽히고 고개를 숙이십시오. 이때 왼손은 몸 옆에 붙이시고 오른손은 살짝 주먹을 쥐신 상태로 왼쪽 가슴에 가져다 대셔야 합니다."

그건 기사가 자신의 주군을 섬긴다는 맹세를 할 때나 혹은 귀족이 왕을 배알할 때 사용되는, 벨레니 국의 귀족 예법 중 상대를 높이고 자신을 낮추는 극상의 인사법이었다.

'아, 그리고 보니 작위 계승식에서 쓰이기도 한댔지?

내가 직접 사용하지는 않았지만, 공작가의 후계자를 가장 가까이서 모셔야 할 시종은 귀족의 예법에 통달해야 한다고 생각하는 헤럴드 집사에게서 배웠던 게 생각이 난다. 그동안은 한 번도 사용되는 걸 본 적이 없어서 까맣게 잊고 있었다가 지라르 경의 말을 들으니 떠올랐던 것이다.

"그리고 난 뒤 천천히 일어나셔서 백작님을 바라보십시오. 그러면 백작님이 맹세문을 읊으신 다음 맹세하겠냐고 물으실 테니, 맹세한다고 대답하시면 됩니다."

그의 빠른 설명에 고개를 끄덕이는 동안 우리는 벌써 일층으로 내려와 한창 파티가 열리고 있는 홀로 향하고 있었다.

"원래는 작위를 물려받으신 새 백작님께서 맹세문을 읊으셔야 하지만, 해인님이 그걸 외우실 시간이 없으니 백작님이 대신해 주시는 겁니다. 그 뒤에 백작님이 해인님께 엠브로스 백작 가문의 검과 백작의 반지를 주실 겁니다."

거기까지 지라르 경이 설명했을 때 집사가 갑자기 멈춰 서더니 날 돌아보았다.

"아차차, 깜빡했습니다만… 후계자 반지 가지고 계시지요?"

"아, 예."

그의 말에 황급히 목에 걸고 있던 줄을 꺼내는데 지라르 경의 말이 이어졌다.

"그거 얼른 손가락에 끼십시오. 작위 계승식을 할 때 후계자는 후계자 반지를 끼고 있어야 합니다. 지금까지야 후계자 반지를 주디스님이 가지고 계셨으니 후계자 반지를 주위 사람들에게 보이는 게 생략되었지만, 후계자 반지가 돌아왔으니 해야지요."

"엣? 그런가요? 하지만 이거 나에게는 너무 큰데……."

내 손가락에는 모두 커서 잃어버리지 않기 위해 그동안 줄에 꿰어 목에 걸고 다녔던 것이다. 그러니 손가락에 끼라는 주문은 당혹스럽기만 했다. 그러자 옆에 있던 집사가 끼어들었다.

"대충 엄지손가락에라도 끼고 계십시오. 그냥 후계자 반지를 가지고 있다는 것만 보이시면 됩니다."

집사의 말에 나는 목에 걸고 있던 끈을 풀러 후계자 반지를 꺼내 왼쪽 엄지손가락에 끼는데 지라르 경의 설명이 다시 이어졌다.

"우선 백작님께선 해인님의 손가락에 끼인 후계자 반지를 빼낸 다음 그 자리에 백작의 반지를 끼워주실 겁니다."

"그럼 후계자 반지는?"

"대기하고 있던 보관 상자에 넣어지게 됩니다. 그리고 나중에 해인님의 후계자가 생길 때까지 그곳에 보관될 테지요."

'후, 후계자라… 으음……'

생각지도 못한 말을 들어 속이 심란했지만, 내가 그러든 말든 지라르 경의 설명은 계속되었다.

"검은 받은 뒤 한 손에 들고 계십시오. 그 뒤 백작님께서 작위가 계승되었음을 선포하시고 자리를 비켜주실 테니 백작님이 앉아 계시던 의자에 앉아 계시면 됩니다."

"그게 끝입니까?"

"아닙니다. 그 뒤에 저희 백작가에 소속된 기사들의 충성 맹세를 받으셔야 합니다. 한 명씩 아까 말씀드린 그 자세로 해인님 앞에 무릎을 꿇고 충성을 맹세할 겁니다. 그럼 해인님은 들고 계신 검으로 그의 오른쪽 어깨에 한번 왼쪽 어깨에 한번 대시며 이렇게 말씀하시면 됩니다. '엠브로스 백작 작위를 이어받은 나 해인 오스번 엠브로스는 그대의 충성을 받아들이겠습니다' 라고요."

지라르 경이 자신의 검을 빼어 들어 시범을 보여주며 해준 말을 입 속으로 다시 읊조리며 고개를 끄덕이는데 집사가 내 뒤로 다가와 시종에게서 받아 든 붉은 망토를 어깨에 걸쳐 주며 말했다.

"이건 대대로 작위 계승식을 할 때 후계자께서 걸치시던 것입니다."

그 붉은 망토의 등에는 금실로 엠브로스 백작 가문의 문장이 크게 수놓아져 있었고, 테두리는 모피로 둘러져 있었다. 거기에 엄청 두터운 데다 엄청 커서 묵직한 무게감을 내 어깨에 전달해 줌과 동시에 내 뒤로도 멀리까지 질질 끌렸다.

"윽… 이걸 파티 끝날 때까지 걸치고 있어야 합니까?"

내가 알고 있기로 귀족가의 파티는 기본이 3~4시간이었다. 거기에 파티의 주인공은 중간에서 빠지지 못하니 끝까지 나는 자리를 지키고 있어야 할 터였다.

그러니 그동안 이걸 계속 걸치고 나면 내 어깨가 무사하지 못할 거란 생각에 기겁을 하자 지라르 경이 싱긋 웃었다.

"걱정 마십시오. 충성 맹세를 다 받으시고 다시 파티가 시작되면 적당한 때를 봐서 옆의 시종에게 넘겨주시면 됩니다. 파티 때 여러 귀족들과 안면을 익히게 되실 텐데 망토를 걸친 채 파티장을 종횡무진하실 수는 없지 않겠습니까?"

"그런가요? 그건 다행이군요."

그때였다. 파티장 안쪽에서 누군가 큰 목소리로 외치는 것이 들려왔다.

"해인 오스번 엠브로스님이십니다."

그것을 신호로 굳게 닫혀 있던 파티장으로 통하는 문을 대기하고 있던 시종 둘이 조심스레 열기 시작했다.

"자, 이제 시작입니다. 허리와 어깨를 똑바로 펴시고 정면을 바라보십시오. 당당하셔야 합니다."

방금까지만 해도 남의 이야기를 듣는 걸로 여겨졌는데, 파티장의 문이 서서히 열리고 그 안에 있던 시선들이 일제히 나에게로 쏠리자 그제야 이게 바로 현실이라는 것이 피부에 와 닿기 시작했다.

‘헉… 이거 잘못 걸린 게 아닐까?’

일순 그런 불안감이 들었지만, 뒤에서 누군가 슬쩍 떠밀자 나는 크게 심호흡을 한 번 하고 발을 내딛었다.

‘에라, 될 대로 되라지.’

당당하게 걷는 건 일부러 그렇게 하려고 노력할 필요가 없었다.

조엘네 저택에서 지낼 때 나의 행동이 조엘의 명예에 직결되는 것이었기에 나는 공작 부부와 조엘, 그리고 그의 여동생 안젤라를 제외한 누구에게도 비굴하게 굴지 않도록 교육받았었다. 그래서 그곳에서 머무는 기사들에게도 예의는 깍듯이 지켰지만 필요 이상으로 굽실거리며 지내지는 않았고, 항상 어깨와 허리를 꼿꼿이 펴고 정면을 바라본 채 걸어다녔던 것이다.

그 교육의 효과가 수많은 시선을 받아 약간 떨리는 이 자리에서도 여실히 발휘되어 나는 무의식적으로 당당하게 단 위에 있는 백작을 바라보며 붉은 융단 위를 걸어갔다.

“잘하고 계십니다.”

드디어 단 위에 도착하여 백작에게 인사를 하기 위해 무릎을 굽힐 때 내 망토 자락을 정리해 주는 척 가까이 온 지라르 경이 낮게 속삭였다.

‘뭐… 처음 해보는 일이 아니라서…….’

그렇게 속으로 피식 웃으며 예를 표하고 자리에서 일어나자 아까보다는 많이 침착했지만 안색은 여전히 안 좋은 백작의 얼굴이 눈에 들어왔다.

“해인 오스번 엠브로스여…….”

라는 말을 서두로 하여, 백작은 나라에 충성하고 백작가의 명예에

먹칠하지 않으며… 등등의 어디서 많이 들어본 레퍼토리를 읊기 시작
했다.

'흐음… 세계는 달라도 어디나 사람이 생각하는 건 비슷비슷한가
보군.'

백작의 말을 한쪽 귀로 듣고 한쪽 귀를 흘려들으며 속으로 피식 웃
던 나는 마지막으로 백작의 말에 정신을 차렸다.

"…한 백작이 될 것을 맹세하는가?"

"맹세합니다."

"그 진실된 맹세를 믿고 이 자리에서 그대에게 백작 작위를 물려주
겠노라."

'진실되기는 개뿔이……'

속으로는 그렇게 생각했지만, 겉으로는 어디까지나 진지한 표정을
고수한 채 나는 어서 빨리 이 식이 지나가길 기다렸다.

백작의 손짓에 대기하고 있던 제복을 입은 두 시종이 조심스레 다가
왔다. 그들은 폭신해 보이는 비로드로 감싸인 쿠션이 붙은 쟁반을 각
각 하나씩 가지고 있었는데, 그 위에는 여러 보석으로 장식된 삐까번쩍
한 검 한 자루와 멋진 세공이 되어 있는 자그마한 상자가 올려져 있었
다.

"이제 나는 그대에게 후계자 반지 대신에……"

백작은 다시 입을 열며 내 손을 들어 주위 사람들에게 손에 끼인 후
계자 반지가 잘 보이도록 했다. 뭐, 그래 봤자 저쪽 멀찍이 있는 사람
들이 이 반지를 제대로 볼 수 있을까 의문이었지만, 단 근처에 있던 사
람들에게는 보인 모양이었다. 주위에서 놀람에 찬 작은 소리들과 웅성
거림이 들려오는 걸 보니 말이다.

그에 백작은 만족한 표정을 지어 보이고는 천천히 내 손가락에서 후계자 반지를 빼내어 옆에 대기하고 있던 시종이 내민 섬세한 세공이 된 상자 안에 내려놓고 자신의 손가락에 끼인 반지를 빼내어 내 손가락에 다시 끼워줬다.

"엠브로스 백작가를 상징하는 반지를 끼워주노라. 또한……."

그리고는 다른 시종이 들고 있던 쿠션 쟁반 위에서 화려한 검을 들어 나에게 건네줬다.

"이 보검을 주노니, 이 검을 들어 우리 가문을 지키라."

백작의 말이 끝나자 지라르 경의 낮은 속삭임이 들려왔다.

"뒤를 돌아 사람들을 보며 검을 천천히 치켜드십시오."

그의 지시에 나는 천천히 뒤돌아서 검을 치켜들었다. 그러자 뒤의 백작이 내가 현 엠브로스 백작이 되었음을 선언했고, 아래에서 우렁찬 함성과 박수 소리가 들려왔다.

그 뒤 백작은 단에서 내려가고 나는 백작이 앉아 있던 의자에 당당한 자세로 앉았다. 지라스 경은 내 오른쪽 뒤에 섰고 말이다.

"그럼 다음은 엠브로스 백작님께 대한 충성 서약식이 있겠습니다."

진행자인 듯한 시종의 외침에 단상 근처에 있던 누군가가 붉은 융단 위로 올라오더니 나에게로 다가와 무릎을 꿇었다. 그러자 즉시 지라르 경의 속삭임이 들려왔다.

"일어서십시오."

'젠장, 이렇게 금방 일어서게 할 것을 뭐 하러 앉게 했담…….'

나는 속으로 투덜거렸지만, 순순히 일어서서 그의 앞에 섰다.

"저 엠브로스 기사단 단장 진 윙겟 남작은 엠브로스 기사단을 대표하여 해인 오스번 엠브로스님께 충성을 맹세합니다."

'쯧쯧… 진부하게 엠브로스 기사단이 뭐야? 좀 멋있는 이름을 지을 것이지…….'

속으로 그렇게 중얼댔지만, 겉으로는 어디까지나 위엄있는 표정으로—내가 그런 표정 지으면 웃길지도 모르지만…—지라스 경이 시킨 말을 읊조리며 검을 진 윙겟이라는 독특한 이름을 가진 기사의 양 어깨에 가져다 댔다.

"엠브로스 백작 지위를 물려받은 나……."

그렇게 해서 시작된 충성 서약식은 10여 명쯤 지나자 끝이 났다. 5명쯤 지나자 슬슬 지겨워진 나는 설마 수십 명이 있는 건 아닐까 걱정이 되었지만, 정말 다행스럽게도 그건 아니었다.

그만큼 엠브로스 백작가가 큰 게 아닌 건지, 아니면 대표들만 나온 거라서 짧게 끝난 건지는 모르겠지만 말이다.

그렇게 서약식이 끝나고 진행자의 유연한 진행으로 인하여 다시 파티가 재개되었을 때 나는 백작, 그러니까 전 엠브로스 백작의 인도에 따라 망토를 벗고 단상에서 내려왔다. 그리고 내 뒤는 여전히 지라르 경이 따르고 있었다.

"인사하십시오. 이쪽은 이웃 영지를 다스리고 계신……."

전 백작이나 지라르 경이나 내가 혹시라도 실수할까 봐 무지 긴장한 표정들로 다른 사람들을 소개했다. 하지만 곧 이어 내가 자연스레 귀족 예법으로 다른 귀족들과 인사를 나누며 축하를 받는 걸 보고 눈이 둥그레졌다.

"주디스님께서 귀족 예절까지 가르치셨습니까?"

"아뇨. 다른 사람에게 배웠는데요."

"그렇습니까? 누군지 몰라도 그분께 감사해야겠군요. 사실 어색해하실까 봐 걱정 많이 했습니다.”

'어색해하는 게 아니라 다른 귀족들에게 비웃음을 살까 봐 걱정한 거겠지만… 그나저나 나에게 예법을 가르친 사람이 맥알파인 공작가의 집사라는 걸 알면 어떤 표정을 지을까?

전 백작의 말에 피식 웃음 지으며 속으로 생각하고 있는데, 전 백작이 주위를 두리번거리며 누군가를 찾기 시작했다.

“이상하군요. 분명히 참석했는데 어디 있는 거지?”

“누가 말입니까?”

“이 파티에 참석한 사람들 중 제일 중요한 사람이라고 할 수 있겠죠. 그런데… 안 보이는군요.”

계속 두리번거리던 백작은 그 누군가가 안 보이는지 결국은 나를 돌아보며 말했다.

“잠시만 자리를 피해 쉬고 계시겠습니까? 제가 찾아보고 오도록 하죠.”

그렇지 않아도 얼굴도 기억 안 나는 귀족들과 인사를 나누느라 좀 피곤했던 나는 얼른 고개를 끄덕였다.

“저쪽 테라스에 나가 있죠.”

“알겠습니다. 찾으면 그쪽으로 데리고 가든지 시종을 보내든지 하겠습니다.”

“그러세요.”

그렇게 해서 전 백작과 헤어진 나는 지라르 경을 데리고 사람들 틈을 헤치며 테라스로 향했다.

테라스와 연결된 문을 열고 파티장 밖으로 나서자 매서운 겨울바람이 엄습했지만, 파티장의 시끄러운 소리들과 복작스러움이 사라진 곳이라 그런지 오히려 시원한 기분이 들었다. 게다가 정 추우면 정령들에게 부탁하면 되고 말이다.

"춥지 않으십니까?"

"견딜 만한데요 뭐."

"다행이군요. 아, 아직 아무것도 안 드셨을 텐데 뭐라도 요기할 걸 가지고 올까요?"

그동안은 어린애 돌보는 유모처럼 내 뒤를 따라다니던 지라르 경이었는데 테라스에는 다른 사람들이 없어 잠시 날 혼자 놔둬도 괜찮을 거라 생각한 모양이었다.

"그래 주겠어요?"

그의 친절한 말에 출출함을 느낀 내가 반색하며 묻자 지라르 경이 피식 웃었다.

"잠시만 기다려 주십시오."

"고마워요."

내 감사의 인사를 뒤로하고 지라르 경이 다시 파티장 안으로 들어가자 혼자 남겨진 나는 테라스에 놓여진 의자에 털썩 주저앉았다. 쿠션이나 방석 같은 게 없어 차가운 기운이 엉덩이를 타고 올라왔지만, 피곤한 몸을 쉬게 할 수 있다면 그 정도야 얼마든지 참을 수 있었다.

"아아… 힘들었다. 정말 지겹다니까? 저놈의 파티는 도대체 언제쯤 끝나는 거야?"

차가운 기운을 무시하고 의자의 등받이에 등을 대고 머리까지 뒤로 젖힌 나는 눈을 감고 온몸을 타고 올라오는 시원한 기운을 느꼈다.

그런데 얼마 지나지 않아 테라스를 향한 문이 조심스레 열리고 닫히는 소리가 들려왔다.

지라르 경이 벌써 왔나 싶은 나는 좀 더 편한 자세로 있고 싶은 유혹을 애써 떨치며 몸을 일으켰다.

"아, 지라르 경, 벌써……."

하지만 내 말은 끝까지 이어지지 못했다. 내 눈앞에는 다른 인물이 버티고 서 있었던 것이다.

"오랜만이야."

장난기가 가득 들어 있는 녹색 눈이 부드럽게 휘었지만, 생각지 못한 인물을 만난 탓에 나는 마주 웃어주지 못하고 눈을 크게 치켜떴다.

"에?"

그러자 그가 섭섭한 듯한 표정을 지었다.

"뭐야? 반갑지 않은 거야? 나는 무척이나 반가운데……."

그러며 놀라서 굳어진 나에게 가까이 다가온 그는 손을 뻗어 바람에 휘날려 뺨을 간질이는 내 머리카락을 잘 정리해 귀로 넘겨줬다.

"흐음… 머리가 많이 길었는데?"

그의 행동에 정신을 차린 나는 살짝 인상을 찡그리며 뒤로 물러났다.

"으윽… 정말… 여전하시군요, 조엘님은."

그랬다.

내 앞에 나타난 이는 전에 잠시 내가 몸을 의지한 공작가의 장남인 조엘 맥알파인이었던 것이다.

나의 투덜거림에 조엘의 얼굴에 그의 트레이드 마크인 장난스러운 미소가 그려졌다.

"도대체 그동안 어디 있었던 거지?"

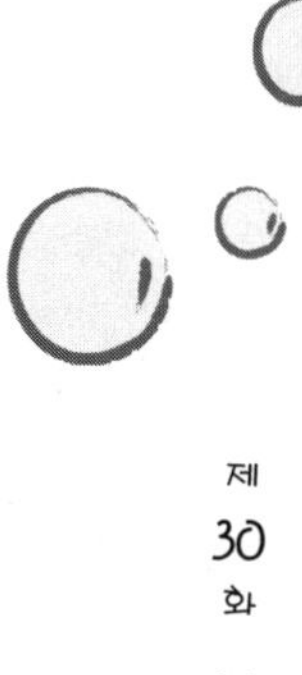

제
30
화

거울

"도대체 그동안 어디 있었던 거지?"

지나가는 말투로 툭 던져 오는 그의 질문에 나 또한 어깨를 으쓱이며 무심한 어투로 대답했다.

"에… 그게… 아버지에게 끌려서 집으로 갔었죠."

"아버지? 웨스트모어랜드 후작 성에 갑자기 나타났었던 그 불술사?"

"예."

내 말에 조엘은 알겠다는 듯 고개를 끄덕이며 내가 앉았던 의자에 털썩 주저앉았다.

"그랬군. 그럼 그때 거기서 여기로 온 건가?"

조엘이 앉기에 따라서 그의 맞은편에 앉았던 나는 생각지도 못한 질문에 어리둥절해졌다.

"예?"

그래 뭔 소린가 하고 조엘을 쳐다봤더니 아까의 그 미소는 어디로 가버렸는지 그의 얼굴은 겨울 밤바람 못지않게 차갑게 굳어진 채 날 바라보고 있었다. 아니, 정확하게 말하면 매섭게 쏘아보고 있었다.

"정말 놀랐어. 아까 파티장에서 작위를 계승받기 위하여 당당하게 걸어 들어오는 널 봤을 때 나는 순간적으로 환각을 보는 줄 알았다니까. 다시는 볼 수 없을 거라 생각했던 널 여기서 볼 줄은 상상도 못했으니까. 그것도 당당한 백작이 된 널 말야."

"아… 그게……."

얼결에 된 거라고 말하면 절대 믿어줄 것 같지 않은 분위기라 난 뭐라고 말해야 할지 몰라 머뭇거리는데 조엘의 차가운 질문이 다시 들려왔다.

"왜지?"

"예?"

쾅!

"왜 날 속였느냔 말이다!"

조엘은 무척 분노한 어조로 외치며 주먹을 탁자에 내려쳤다. 어지간해서는 흥분한 내색도 안 하는 녀석이었는데 저렇게 노골적으로 드러내는 걸 보니 무지 화가 난 모양이었다.

하지만 정작 억울한 건 나였다.

'아니, 내가 뭘 어쨌다고…….'

"무슨 소린지 모르겠군요. 제가 언제 조엘님을 속였다는 겁니까?"

내 반박에 조엘의 입매가 비웃음으로 일그러졌다.

"하긴… 속인 건 없지. 너는 단지 아무 말도 안 했을 뿐이니까."

"예?"

점점 알 수가 없어졌고, 머리까지 지끈지끈 아파왔다.

"부디… 알아듣게 설명 좀 해주시겠습니까?"

하지만 조엘 녀석은 계속 자기 하고 싶은 말만 내뱉을 뿐이었다.

"현 엠브로스 백작… 아니지, 이제는 전 백작이라고 해야겠군. 전 백작의 외동딸을 제치고 작위를 받을 수 있는 계승권을 가지고 있는 귀족이었으면서 어떻게 자존심을 억누르고 반년 동안 내 시종 노릇을 했는지 이해할 수가 없군. 그랬는데 이제 와서 백작으로 나서다니… 역시 엠브로스 가는 우리 맥알파인 공작가와 다른 길을 걷겠다는 건가?"

"예에?"

이거 왠지… 내가 원하지 않았으면서도 아주 복잡다단한 세계로 점점 끌려들어 가고 있는 기분이었다. 그와 함께 내 머리 속도 점점 복잡해져 갔다.

그러는 외중에 조엘의 말은 계속 이어졌다.

"내가 이해할 수 없는 건, 네가 우리 집에 시종으로 들어온 시기다. 그때는 엠브로스 백작가나 우리나 다 같은 친여왕파였는데 무엇 때문에 네가 우리 집안에 잠입한 거지? 그래서 얻을 수 있었던 이익이 도대체 뭘까?"

갈수록 태산이라더니, 지금 조엘이 딱 그 짝이었다. 나는 기가 막힌다는 심정을 숨기지 못한 채 그를 바라보며 물었다.

"잠입이요? 내가 도대체 왜, 무엇 때문에 공작가에 잠입했다는 겁니까?"

"나도 그걸 알고 싶어. 말해 봐, 해인. 왜 네 신분을 숨기고 우리 집안에 들어온 거지?"

"숨기긴 누가 뭘 숨겼다는 거예요? 절 시종으로 잡아둔 건 조엘님이 셨잖아요."

"물론 널 잡은 건 나지. 하지만 네 신분을 밝혔더라면 널 시종으로 삼는 대신 엠브로스 백작가로 고이 돌려보내 줬을 거야."

조엘의 그 말에 나는 그제야 그가 뭔 이야기를 하는지 감을 잡을 수 있었다.

"그러니까… 지금 내가 백작가 사람이라는 걸 숨겼다는 겁니까?"

내 말에 조엘이 피식 웃었다.

"숨긴 게 아니지. 아까 네가 말했지 않나? 숨긴 게 아니라 단지 말하지 않았을 뿐이라고."

조엘의 비아냥에 내 입에서 바람 빠지는 듯한 웃음소리가 새어 나왔다.

"나원 참… 기가 막혀서…….."

좋아서 웃었던 게 아니라 어디까지나 기가 막혀서 저절로 나온 웃음이었다.

내가 픽~ 하고 웃자 조엘의 눈꼬리가 꿈틀거렸지만, 나는 싸악 무시했다.

"내가 언제 말하지 않았을 뿐이라고 했습니까? 조엘님이 혼자서 추측하고 단정한 거지. 이런 걸 바로 혼자서 북 치고 장구 치고 한다는 거겠죠."

"무슨 말이 하고 싶은 거지?"

조엘이 날 매섭게 쏘아보기에 나도 지지 않고 마주 보면서 입을 열었다.

"그러니까 숨기든 말하지 않든 내가 백작가 사람이라는 걸 알아야 그럴 수 있는 거 아닙니까? 단도직입적으로 말해서, 저는 제가 백작가 사람이라는 걸 얼마 전에야 알았단 말입니다.”

하지만 이 사실이 조엘에게 안 먹힌 모양이었다.

내 말에 조엘은 천천히 차가운 의자 등받이에 등을 대더니 팔짱을 터억 끼면서 이렇게 대꾸했으니 말이다.

“…그 말을 내가 믿을 거라고 보는가?”

“믿든 안 믿든 그건 사실입니다. 엠브로스 백작 성에 온 것도 이번이 처음이라고요.”

“그러니까… 처음 오자마자 백작이 널 알아보고 백작 작위를 물려줬다? 아예 백작이 산속 깊은 곳에 유거하는 널 찾아와서 백작이 되어 달라고 요청했다고 하지 그래? 그게 더 믿음이 가는…….”

조엘의 비아냥에 나는 발끈하려고 했다.

하지만 그보다 먼저 침착한 목소리가 조엘의 말을 중간에 끊고 끼어 들었다.

“해인님 말은 사실입니다. 그리고 그게 사실이든 아니든 자작님과는 아무 상관이 없다고 생각됩니다만?”

시선을 돌리니 거기에는 언제 돌아왔는지 지라르 경이 여러 가지 음식이 조금씩 담긴 접시를 든 채 다가오고 있었다.

“많이 기다리셨습니다.”

“고마워요.”

조엘은 싸악 무시한 채 접시를 받아 들고, 지라르 경에게 감사의 인사를 하며 접시 위에 있던 포크를 막 집어 들려고 하는데 조엘의 목소리가 날아왔다.

“믿기 힘들군.”

계속 내 말을 못 믿는 조엘에게 슬슬 짜증이 나는 데다 설득하는 것
에도 지쳤던 나는 포크를 들고 당당하게 외쳤다.

"그러니까 믿거나 말거나라니까요. 그래도 지구는 돈다."

내 말에 조엘과 지라르 경이 황당하다는 표정으로 날 바라보았다.

"…무슨 소리야?"

"지구가 뭐죠?"

"아하하하… 그러니까… 에잇, 따지지 마요. 어쨌든 그런 게 있어
요."

인상을 팍 쓰며 말하자 조엘도 그냥 넘어가기로 했는지 다시 본론으
로 돌아왔다.

"흐음… 하지만 누구라도 믿기 어려울 거야. 사실 오늘 작위를 물려
주겠다는 선포를 들었을 때 나는 전 백작의 친딸 에르미아 엠브로스가
받게 될 거라고 예상했었거든."

"원래는 그 아가씨가 받기로 되어 있었을걸요?"

나는 접시에 올려져 있는, 먹음직스럽게 두툼하지만 한 입에 넣을
수 있게 작은 샌드위치를 콕 찍어 입에 가져가며 조엘의 말을 거들었
다.

"커흠흠……."

그 순간 내 뒤에 서 있던 지라르 경이 추운지 헛기침을 하는 소리가
들렸다.

그러나 조엘은 그런 그에게 시선조차 돌리지 않고 나만 똑바로 바라
본 채 물었다.

"그래? 그런데 왜 네가 받게 된 거지?"

그래 나도 친절하게 대답해 줬다.

"나도 그걸 알았으면 좋겠어요. 조엘님께 얼결에 끌려갔듯이, 이번에도 얼결에 끌려나온 거거든요."

"해, 해인님!"

지라르 경이 뒤에서 다급하게 부르자 나는 의아한 표정으로 그를 바라보았다.

"왜요, 지라르 경?"

"아니, 그, 그게……."

"예?"

말똥말똥거리는 눈으로 그를 쳐다보자 지라르 경은 안절부절못하다가 결국 고개를 숙였다.

"아니, 아무것도 아닙니다."

"그런가요?"

그의 말에 나는 다시 접시 쪽으로 시선을 돌리려고 했지만, 그러지 못했다.

"풋, 푸하하하하~~"

갑자기 조엘이 마구 웃어 젖혔기 때문이다.

이님은 또 왜 이러나… 하는 시선으로 내가 그를 바라보며 한 입 크기의 고기 꼬치를 먹는 동안 신나게 웃어 젖힌 조엘이 나를 바라보며 싱긋 웃었다.

"역시, 내가 사람 하나는 잘 본단 말이야?"

"예?"

"아니… 훗훗, 그런 게 있어. 아니, 아니… 이제 백작님이 되셨으니 나보다는 지위가 높으신 분께 하대를 할 수가 없겠군. 어쨌든 의심해서 죄송합니다, 엠브로스 백작님. 아참, 데니가 저와 동행했는데 만나

보시겠습니까? 그도 백작님을 보면 무척 기뻐할 겁니다."

"하아?"

데니 형도 왔다니 반갑기는 했지만, 그보다도 갑작스레 변한 조엘의 행동에 적응이 안 되어 어떻게 반응을 해야 할지 얼떨떨하기만 했다.

내가 이러든 말든 조엘은 다시 내가 알던 조엘의 모습으로 돌아와 있었지만.

그때 이 요상한 분위기를 타개해 준 인물이 등장했으니…

"아이고, 여기 다 모여 계셨군요."

나에게 백작 작위를 물려준 전 백작이었다.

그의 모습을 보자 조엘이 예의상 자리에서 일어났기에 덩달아 나도 일어날 수밖에 없었다. 나만 앉아 있는 건 좀 그렇지 않겠는가?

"안녕하십니까, 백작님."

조엘이 먼저 나서서 전 백작에게 인사를 하자 전 백작이 허허 웃으며 손사래를 쳤다.

"허허, 백작님은 무슨… 이제는 물러난 노물일 뿐입니다. 엠브로스 백작은 바로 저분이 아니십니까?"

그렇게 말하면서 나에게 다가온 전 백작이 조엘을 가리켰다.

"백작님, 이분이 아까 제가 말씀드린 그분입니다. 제가 소개시켜 드리려고 했는데, 먼저 인사를 하고 계셨군요."

"아, 그렇습니까?"

이번 파티에서 가장 신경 써야 할 인물이 조엘이었다는 게 이해하기 어려운 일은 아니었다. 지금은 비록 나보다 한 단계 낮은 자작이지만, 누구나 인정하는 이 나라 안에서 손꼽히는 맥알파인 공작의 후계자, 그러니까 미래의 공작이었으니 현재 그보다 한 단계 높은 위치에 있는 전 백작 또한 그에게 함부로 하대를 못하는 거였다. 자작이라는 작위는 국법상으로 백작 아래의 단계에 있지만, 이 자작이라는 작위가 공작이나 후작의 후계자에게 내려지는 작위였으니 말이다.

"하기야 맥알파인 공작가라면 알고 계신다고 해도 이상할 건 없겠군요. 우리 나라에서 손꼽히는 가문 아닙니까?"

슬쩍 조엘을 띄워주는 전 백작의 말에 조엘이 겸양의 표정을 지어 보였다.

"무슨 과찬의 말씀을… 엠브로스 백작가야말로 요 근래에 여왕 폐하의 크나큰 신임을 받고 계시지 않습니까?"

"하하하, 무슨 말씀을요. 아, 이번에 새로운 백작님을 여왕 폐하께서 잘 봐주셨으면 좋겠는데 말입니다. 아직 경험이 많지 않으신 분이니 조엘님께서 많이 도와주시기 바랍니다."

"제가 뭘 어떻게 하지 않아도 여왕 폐하의 신임을 한 몸에 받으실 수 있을 것 같은데요? 그런데……."

대충 상대편을 높이는 인사치레를 끝내려는 듯 조엘이 화제를 바꾸려 했다.

"예?"

그에 전 백작이 예의 바르게 반응을 해주자 조엘이 나와 전 백작을 번갈아 바라보며 물었다.

"전 백작님의 뒤를 이어 백작이 된 거라면… 현 백작님이 전 백작님보다는 아랫사람일 것 같은데… 어째 전 백작님이 윗사람 대하듯 하는 것 같아서 말이죠. 제가 잘못 느낀 것일 수도 있겠지만……."

'그래, 나도 그게 궁금했다. 뭔 사정으로 인하여 나에게 백작 작위를 넘겨준 건 알겠는데, 그렇다고 나를 깍듯이 윗사람 대접할 것 없잖아?'

그런 생각을 하면서 나도 전 백작을 쳐다보자 그가 빙그레 웃었다.

"그건 간단합니다. 현 백작님은 제게 할아버지뻘이시거든요."

"네?"

조엘도 놀란 표정을 지었지만 내가 더 놀랐다.

내 외할아버지가 아마도 전 백작 전대의 백작인 건 알겠는데 아직 나와 전 백작의 관계를 확실하게 몰랐던 것이다. 그런데 할아버지뻘이라니… 아직 결혼도 안 한 나에게 50대의 손자는 너무한 거 아닌가?

하지만 전 백작은 더 이상 자세한 이야기는 하지 않고 화제를 돌렸다.

"아아, 여긴 너무 춥다고 생각지 않으십니까? 여기에 계속 계신다면 감기에 걸리실지도 모릅니다. 그러니 모두들 들어가시지요."

그러자 지라르 경도 거들었다.

"그렇습니다. 밖에 너무 오래 계셨습니다. 이만 들어가시지요, 해인 님."

"아, 그럴까요?"

그렇게 전 백작과 지라르 경의 권유로 인하여 다시 파티장 안으로 들어간 나는 조엘과 계속 붙어 있기는 했지만, 우리 주위로 몰려드는 다른 귀족들로 인하여 더 이상 개인적인 이야기는 나눌 수 없었다.

드디어 몇 시간이 흐른 후 재미없는 파티가 끝나자 전 백작과 지라르 경은 나를 침실로 데리고 갔다.

"헤에… 여기는……."

그곳은 내가 옷을 갈아입던 바로 그 방이었다.

"여기는 대대로 엠브로스 백작이 쓰던 방이었습니다. 이제 새로운 백작님이 되셨으니 당연히 이 방을 쓰셔야지요. 파티 동안 급하게 준비시켜 부족한 게 많을 겁니다."

전 백작이 미안하다는 듯이 말하자 나는 한숨을 쉬고 그를 돌아보았다.

"나는 얼마 전까지만 해도 내 외할아버지가 백작이셨다는 것도 몰랐고, 부족하지는 않았지만 그렇다고 화려한 생활을 했던 것도 아닙니다. 지금까지 생활했던 것에 비하면 이 정도는 과분하게 여겨질 정도이니 그런 건 걱정 마시고요, 이제 제대로 된 설명을 들었으면 하는데요."

거기까지 말한 나는 백작의 안색을 살피고는 덧붙였다.

"피곤하시겠지만……."

그렇지 않아도 전 백작은 딸내미가 죽을 뻔했고, 그 딸에게 물려줄 작위를 나에게 넘겨야 하는 충격 속에서도 티 하나 안 내고 꿋꿋하게 파티에 참석했던 것이다(물론 안색은 좀 안 좋았지만…). 거기다가 이 파티 주최자라 자리를 비우지도 못하고 끝까지 버티고 있었으니, 온전한 정신일 때도 피곤했을 거였다.

그래도 다른 사람들이 있을 때는 티를 안 내더니만 여기에 우리끼리 있어서 그런지 피곤한 표정을 그대로 드러내고 있었다.

하지만 그래도 나는 들을 권리가 있었다.

나도 익숙지 않은 파티에 붙들려 있어서 그런지 정신이 하나도 없고 빨랑 편하게 눕고 싶었지만, 그보다도 이 모든 상황에 대해 속 시원하게 알고 싶었다.

내 말에 전 백작은 고개를 끄덕였다.

"당연하신 겁니다. 실례지만… 좀 앉아도 되겠습니까?"

"아, 그러세요."

전 백작이 폭신해 보이는 소파를 곁눈질로 보며 말하자 나는 얼른 고개를 끄덕였다.

"그리고… 정말 죄송하지만, 한잔해도 되겠습니까?"

"좋을 대로 하세요."

내 허락이 떨어지자 전 백작이 어딘가로 걸어가려고 했다. 하지만 그보다도 먼저 지라르 경이 그를 제지하며 나섰다.

"제가 가지고 오겠습니다. 전 백작님은 우선 앉으시지요."

"고맙군."

전 백작이 정말 고맙다는 표정으로 소파에 털썩 주저앉자 지라르 경이 나를 바라보았다.

"해인님도 한잔하시겠습니까?"

"전 됐어요."

그의 말을 거절하며 전 백작의 맞은편에 앉자 전 백작이 정신을 차리려는 듯 두 손으로 얼굴을 비비는 것이 보였다.

"후우, 정말… 제 생애에 오늘처럼 피곤한 날은 없었던 것 같군요. 몇 년 전 반대파를 치기 위하여 동분서주할 때도 이만큼은 피곤하지 않았던 것 같은데……."

힘없는 전 백작의 말에 나는 쬐게 미안해졌다.

"너무 힘드시다면… 내일로 미룰까요?"

전 백작이 내일 아침 당장 도망갈 것도 아닐 테니 내가 조금만 참아줄 생각으로 그렇게 말했는데 전 백작이 힘없이 웃으면서 고개를 저었다.

"아닙니다. 이런 설명은 빠를수록 좋겠지요. 아, 고맙네."

전 백작은 지라르 경이 건네준 크리스털 술잔을 받아 한 모금 마신 뒤에 나를 바라보았다.

"우선, 제 이름은 이브스햄 엠브로스라고 합니다. 저와 백작님의 관계를 말씀드리자면… 제 아버지가 주디스님 막내 동생의 손자이십니다. 그러니 백작님께서 제 할아버지뻘이신 거죠. 절 불러주실 때 그냥 이브스햄이라고 불러주시면 됩니다."

"헉… 그, 그런 겁니까?"

나의 기겁하는 표정에 백작이 피식 웃었다.

"뭐, 이렇게 나이 많은 손자를 두고 싶어하지는 않으시겠지만, 주디스님이 백작님을 늦게 낳으시는 바람에 이렇게 된 거니 어쩔 수가 없죠. 그리고 이쯤 하면 아시겠지만… 제 딸에게 갈 작위를 백작님이 가로챘다는 생각은 하실 필요 없습니다. 작위는 원래 백작님 것이었으니까요."

잘은 모르겠지만 그가 그렇다니 그런 건 줄 알아야겠지.

"그, 그런가요?"

그래서 얼결에 고개를 끄덕였더니 전 백작, 그러니까 이브스햄이 좀 더 자세한 설명을 해야 할 필요성을 느낀 모양이었다.

"원래… 작위는 주디스님 것이었습니다. 그 당시 백작님, 그러니까… 제 고조할아버님이자 백작님의 할아버지께서는 후계자를 주디스님으로 삼으셨으니까요. 하지만 이런 말씀을 드려서 정말 죄송합니다만, 그러한 결정은 감정적인 것이었지 우리 엠브로스 가를 위한 결정은 아니었습니다. 지금은 아니지만 그 당시의 벨레니 국가에서는 이종족이나 이종족의 피가 섞인 사람을 천대하고 있었으니 말입니다."

그에 대한 설명은 외할머니께 들었었던 터라 나는 쉽게 이해할 수 있었다.

"아, 예."

"그런데 이걸 아셨던 건지 아니면 단순히 인간 세상이 싫으셨던 건지 주디스님께서 성년이 되자마자 가문을 떠나셨지요. 그렇다고 아예 모습을 감추신 건 아니었지만, 백작님의 할아버님께서 돌아가시고 백작 작위를 물려받을 때는 나타나지 않으셨답니다. 그래 그분의 바로 아래 동생―그러니까 제게는 큰 증조할아버지가 되시겠군요―분께 돌아갔지요."

"그렇습니까? 그렇다면 작위가 제 거는 아닌 것 같은데요."

"뭐, 그 당시에는 주디스님의 허락 하에 그 바로 밑 동생 분께서 작위를 이어받으시고 그분이 돌아가시자 그분의 장남이 이어받으시고, 또 손자께서 이어받으셨지요. 거기까지는 사실 아무 문제가 없었습니다. 문제는 그 다음에 분… 그러니까 백작님의 조카뻘 되시는 분이 사고로 돌아가셨을 때 일어났답니다. 혹시 저희 나라의 작위 계승에 대한 법을 아십니까?"

"대충은요. 우선권은 아들에게 있지만, 아들이 없을 경우 딸에게도 물려줄 수 있는 거 아닙니까?"

내 말에 이브스햄이 고개를 끄덕였다.

"잘 아시는군요. 그런데 거기에는 단서가 붙지요. 결혼하지 않은 딸이라는 것 말입니다. 다시 본론으로 돌아가서, 백작님의 조카뻘 되시는 분이 사고로 돌아가실 때 작위를 물려받을 아들까지 같이 사고를 당해 돌아가신 게 문제였지요. 그래 작위가 딸에게 돌아가야 했지만, 그 당시 딸들은 모두 결혼을 한 상태였거든요."

"저런… 그래서 제 어머니에게 돌아갔어야 했다는 말인가요?"

"그렇습니다. 원래 처음부터 작위는 주디스님 것이었으나 그분이 사양해서 동생 분께 간 것이었으니까요. 하지만 그분의 대가 끊기는 바람에 계승권의 1순위는 다시 주디스님이 되신 거죠. 정석대로라면 주디스님을 찾아서 그분께서 작위를 받지 않겠다는 말을 듣고 그 다음 순위로 넘어가야 했습니다."

거기서 잠시 말을 끊은 이브스햄은 손에 들고 있던 잔을 들어 또 한 모금 마셨다.

"후우… 그 다음 순위의 계승권자는 제 아버님이셨습니다. 운명인지 모르겠지만, 주디스님의 바로 밑 동생 분께는 아들이 셋 있었는데 작위를 물려받으신 분을 제외한 나머지 분들이 아들을 남기지 못하고 돌아가셨거든요. 거기다가 작위를 물려받으신 분—주디스님의 조카 되시는 분 말입니다—은 아들을 한 분만 두셨고 말입니다. 그분의 아들은—주디스님의 손자 되시는 분 말입니다—작위를 물려받을 아들과 사망하셨고… 그래서 주디스님의 막내 동생의 장손이셨던 제 아버님께 순서가 올 수 있었던 것이죠."

긴 설명에 머리가 팽팽 돌아가는 게 느껴졌지만, 잘만 따져 보면 이해하는 게 어렵지는 않았던 터라 나는 고개를 끄덕일 수 있었다.

"그랬군요."

"나쁜 놈이라고 말씀하셔도 할 말은 없지만, 제 아버님께서는 주디스님을 찾지 않고 그대로 작위를 물려받으셨습니다. 그리고 곧 제게 물려주셨지요. 이름뿐인, 아무런 힘도 없는 집안을 백작가로 만들고 싶었던 욕심 때문이셨습니다."

고개를 푹 숙이고 나와 눈을 마주치지 못하는 이브스햄의 모습에 나는 괜히 멋쩍어져서 위로의 말을 건넸다.

"괜찮습니다. 어차피 어머님이라면 그냥 당신의 아버님께 작위를 넘겼을 테니까요."

그러자 이브스햄이 기운없이 웃어 보였다.

"송구합니다만, 사실 제 아버지의 변명도 그랬습니다. 어쨌든 그렇게 제게 작위가 넘어왔고, 저 또한 제 아들에게 물려줄 작정이었지요. 그런데… 아마 벌이었던지 제 아들은 10살이 되기도 전에 세상을 뜨고 말았지요."

"그, 그러셨습니까? 참으로 안타까우셨겠군요."

내가 뭐라 위로를 해야 할지 몰라 어찌할 바를 몰라 하자 이브스햄이 다시 피식 웃었다.

"위로하지 않으셔도 됩니다. 오래전 일이라 상처는 많이 가라앉았으니까요. 그런데 저에게는 아들이 그 녀석 하나뿐이었거든요. 그 외에는 딸이 한 명 있었습니다. 저는 이 아이에게 작위를 물려주고 싶었지요. 그러나 제가 죽을 즈음에는… 아마도 딸은 결혼한 상태일 겁니다. 우리 나라 법으로는 결혼한 딸에게 작위를 줄 수가 없지요. 그래서 저는 딸이 결혼하기 전에 작위를 물려주려고 했던 겁니다."

"그날이 오늘이었군요."

"예……."

내 말에 이브스햄이 내 눈치를 살피면서 고개를 끄덕였다. 그의 반응에는 아랑곳없이 나는 계속 입을 열었다.

"그런데 하필 오늘 내가 나타나자 놀라셨겠군요. 따님에게 작위를 물려주는 데 방해가 될 거라 생각하셨나 보죠?"

"…죄송합니다."

"하지만 나보다도 먼저 그… 에, 이름은 모르겠지만, 하여간 동생 분이 문제였군요. 그분도 자기 아들에게 넘기려고 사건을 꾸몄던 거 같은데."

내 말에 이브스햄이 고개를 끄덕였다.

"아마도… 그럴 겁니다. 그 녀석은 제 아버지의 동생의 아들입니다. 그러니 제 사촌 동생이지요. 제 딸 다음으로 작위 계승권을 가지고 있습니다. 하지만 오늘 넘어가면 제 딸이 후손을 보지 않고 죽지 않는 이상은 작위는 물 건너갈 테니 오늘을 노린 것 같습니다."

"흐음… 그랬군요. 그래서 그분도 저란 존재의 등장이 반갑지 않았겠네요."

"그랬을 겁니다."

기어들어 가는 목소리로 내 말에 긍정하는 이브스햄을 바라보며 담담한 목소리로 물었다.

"그렇다고 죽이려는 건 너무하지 않았어요?"

분노나 살기가 섞이지 않은 목소리로 물었건만, 이브스햄은 최후의 통첩이라도 받은 것처럼 얼굴이 하얗게 질린 채 굳어버렸다.

이해를 못하는 것도 아니었고, 그 정도에 죽을 내가 아니라 겁먹은 것도 아니었고, 또 죽을 걱정이 없었으니 이브스햄이나 그 동생이 날 죽이려고 할 때도 어리둥절할 뿐 별로 화가 나지도 않았다.

그러나 분노나 이해를 떠나서 이브스햄의 행동은 용서가 안 되는 것이었다.

만약 내가 정령사가 아닌 그냥 평범한 사람이었다면, 엄마의 초상화 한번 보려고 했다가—물론 보통 사람이었다면 몰래 숨어들지는 않았겠지만, 그래도 한번 보고 싶으면 정문으로 찾아와 정식으로 요청했을지도 모르는 일 아닌가?—이 세상을 하직했을지도 모르는 일이었다.

그리고 권력이라는 것에 눈이 어두우면 그럴 수 있다는 것은 이해하지만, 그렇다고 그걸 옳게 여기는 건 아니었다.

뭐, 이브스햄이야 내가 복수할 생각으로 그러는 건지, 인간적으로 용서할 수 없어서 그러는 건지 모를 테지만 말이다. 아니, 아무래도 상관없으려나?

"뭐라… 드릴 말씀이 없습니다."

하지만 문제는 그렇다고 해서 당장에 이브스햄을 어떻게 할 수도 없거니와—그가 없으면 당장 내일부터 있을 파티는 어떻게 하며, 그의 딸은 또 어떻게 처리한단 말인가? 상황이 좀 복잡 미묘 해서 함부로 손을 대기도 어려웠다—그렇다고 그냥 냅둘 수도 없었다.

지금 그의 사촌 동생이 나를 죽이려 했기 때문에—이브스햄 딸내미도 죽이려 했지만, 그건 아직 증명이 안 되었으니까—잡혀 있었다. 그런데 내게는 그 사촌 동생이나 이브스햄이나 똑같아 보이는데 이브스햄을 용서해 주면 사촌 동생만 혼줄이 나는 거 아니겠는가?

이럴 수도 없고, 저럴 수도 없고, 무지 난감했다.

이브스햄도 그걸 알고서 내 앞에 앉아 있을 수 있었던 건지도 모르겠지만…

"이런 말씀… 어떻게 생각하실지 모르겠습니다만… 어떤 처분이든 달게 받겠습니다. 그러나 처분은 모든 파티가 끝난 다음에 내려주십시오. 제가 갑자기 사라지면 다른 이들이 이상하게 여길 겁니다."

그의 말에 그의 처분에 대해 어찌할지 고민하고 있던 나는 우선은 이브스햄의 말을 들어주는 게 낫겠다 싶었다. 그러면 지금 당장 결정을 내리지 않아도 되고, 생각할 시간을 며칠 더 벌 수 있으니까 말이다.

그래서 천천히 고개를 끄덕였다.

"하아… 좋아요. 그러도록 하죠."

"그럼……."

내 말에 슬슬 대화의 장을 파하려고 했던 이브스햄의 말은 다급하게 문 두드리는 소리에 끊겨 버렸다.

"백작님, 백작님!"

"무슨 일이냐?"

나 대신 내 뒤에 있던 지라르 경의 말에 문이 열리고 기사 차림을 한 남자가 뛰어들어 왔다.

"큰일입니다. 이스파엘 엠브로스가 지하 감옥을 습격하여 그곳에 가두어놨던 벤자민 엠브로스를 구출해 달아났습니다."

아마 그 둘은 이브스햄의 사촌 동생과 그의 아들일 것이다.

기사의 말이 끝나자 이브스햄이 벌떡 일어나며 놀라움을 표했다.

"뭣이라? 어떻게?"

"밖에서 도와준 자들이 있었습니다. 그들이 지하 감옥을 습격하여 그 둘을 데리고 갔습니다."

"아마 벤자민 엠브로스가 데리고 온 자들일 것입니다. 만약을 대비했나 보군요."

침착한 지라르 경의 말에 이브스햄이 나를 돌아보았다.

"어서 그들을 잡아들이라고 하십시오. 그 둘을 놔두었다간 우환거리가 될 것입니다."

이브스햄의 말에 살짝 고개를 끄덕인 나는 보고하기 위해 달려온 기사에게 물었다.

"도망자들이 지금 어디 있습니까?"

"예? 아, 그, 그것이……."

그 기사는 내가 백작이 되었다는 걸 몰랐던 모양이다.

나에게 존대를 하는 이브스햄의 말에 당황하느라 내 질문에 대답을 못하고 버벅거리자 지라르 경이 나섰다.

"뭘 하는 건가? 백작님께서 묻고 계시지 않는가?"

지라르 경의 호통에 그 기사는 자신도 모르게 부동 자세를 취하며 재빨리 대답했다.

"아, 예. 아직 성을 빠져나가지는 못했고, 숲으로 들어갔습니다."

"윙겟 단장은 뭘 하고 있지?"

이브스햄의 물음에 기사는 부동 자세를 여전히 유지한 채 대답했다.

"단장님께선 일단의 기사들을 데리고 뒤쫓고 계십니다."

"골치 아프군. 다른 귀족들이 알기 전에 빨리 잡아들여야 할 텐데……."

이브스햄의 중얼거림에 지라르 경이 나를 바라보았다.

"백작님, 부디 제가 다녀올 수 있도록 허락해 주십시오."

나는 모르고 있는 사이 지라르 경이 내 호위 기사로 결정된 모양이었다.

호위 기사가 호위 대상을 떠날 때는 꼭 호위 대상의 허락이 있어야만 했기에, 지금 지라르 경이 내 허락을 구하는 거였다.

하지만 나는 여기 혼자 남아 있을 생각이 없었다. 더욱이 아까부터 툴툴대고 있는 실레스틴을 달랠 이 좋은 기회를 놓칠 수야 없는 일이었다.

"저도 가겠습니다. 그러니 앞장서 주세요."

"예? 아, 예."

자리에서 일어나며 보고하러 온 기사보고 앞장서라고 했더니만, 그가 순간적으로 당황한 표정을 짓다가 아까 지라르 경의 호통이 생각났는지 얼른 고개를 끄덕이고 몸을 돌렸다.

"이브스햄까지 갈 필요는 없겠죠?"

내 말에 이브스햄이 고마운 표정으로 고개를 끄덕였다.

"저는 딸에게 가겠습니다."

"그러세요."

그리하여 내 침실에 있던 모두는 방 밖으로 나와 문 앞에서 헤어졌다. 지라르 경과 나는 안내를 하는 기사를 따라 성을 빠져나와 성 옆에 있는 숲으로 달려가니 많은 기사들과 병사들이 이미 숲 속에 들어가 수색하고 있었다.

"단장님!"

보고하러 왔던 기사는 단장이 있는 곳으로 우리를 안내했고, 그의 부름에 고개를 돌리던 단장은 나를 보고 놀란 표정으로 고개를 숙여 보였다.

"백작님까지 오셨습니까."

기사단장의 인사에 간단히 고개를 숙여 보이는 것으로 답례를 하고 나는 질문을 던졌다.

"상황이 어떻습니까?"

"좋지 않습니다. 저쪽은 꽤나 실력자들만 있더군요. 숲을 포위하고 는 있는데, 병사들로는 상대가 안 될 것입니다. 지금은 그저 포위망을 좁혀 도망가지 못하게 막은 후 기사들에게 상대하게 하는 게 상책이지 만, 저쪽은 둘러싸이지 않기 위해 필사적이겠지요."

"아직 숲을 빠져나가지는 못했겠지요?"

"그렇습니다."

그의 말에 나는 잘됐다는 기색을 감추지 못하고 입을 열었다.

"알겠습니다. 그렇다면 수색하고 있는 병사들과 기사들을 숲 밖으로 내보내 주시겠습니까?"

뜻밖의 내 말에 단장의 눈이 동그래졌다.

"예? 저들을 풀어줄 생각이십니까?"

"그건 아닙니다. 단지 저에게 생각이 있어서 그러니 모든 기사들과 병사들은 단지 숲만 포위하게 해주십시오."

"그, 그런……."

내 말에 막 반박을 하려던 단장은 내 뒤쪽에 있던 지라르 경의 얼굴을 보더니 한숨을 내쉬며 고개를 끄덕였다.

"알겠습니다. 시키는 대로 하지요."

그가 몸을 돌려 옆에 있는 기사들에게 뭐라 지시를 내리자 그들이 사방으로 흩어졌다. 그리고 곧 이어 신호인 듯한 피리 소리들이 사방으로 퍼졌다.

"그런데 정말 방법이 있으신 겁니까?"

불신의 표정으로 날 바라보는 단장에게 나는 싱긋 웃어 보였다.

"네. 자, 모두 다 나왔나요?"

"잠시만 기다려 주십시오."

그의 말대로 잠시 기다리자 곧 사방에서 병사들이 달려와 모두 숲 밖으로 나와서 포위하고 있다고 알려왔다.

"이제 어쩌실 겁니까?"

"어쩌긴요, 잡아야죠. 실레스틴!"

내 말에 옆에 있던 실레스틴이 환한 미소를 보이며 잽싸게 숲으로 날아 들어갔다.

[네에~ 기다리고 계세요오~~]

하지만 다른 이들에게는 그녀의 모습이 보이지 않았기에 내 부름에 아무런 변화가 없자 단장을 비롯한 모든 병사들과 기사들이 황당하다는 눈으로 날 쳐다보는 게 느껴졌다. 그런 그들에게 씨익 웃어준 채 잠시 기다리자 멀리서 *끄아아악~* 하는 비명 소리가 메아리쳐 울리더니 곧 이어 하늘에서 뭔가가 내 앞으로 뚝 떨어졌다.

그건 기절해 있는 사람이었다.

"이, 이자는!"

"어서 잡아라!!"

병사들과 기사들은 그 사람의 얼굴을 확인하자마자 재빨리 달려들어 포박을 했는데, 채 포박을 해서 한쪽에다 끌어다 놓기도 전에 하늘에서 다른 사람이 또 떨어졌다.

올려다보니 실레스틴에게 불려 나온 듯한 슈리엘이 다시 숲 쪽으로 날아가고 있었다. 실레스틴이 잡아서 기절시킨 녀석들을 날라다 놓는 모양이었다.

"이, 이게… 어떻게 된 일입니까?"

단장이 놀란 눈으로 날 바라보며 물었지만, 나는 배시시 웃을 뿐 대답해 주지 않았다. 대신 지라르 경이 자신의 생각을 물어왔을 뿐이었다.

"정령을 불러내신 거군요?"

그에 나는 방긋 웃으며 고개를 끄덕였다.

"네. 이래 뵈도 정령술사거든요."

"하아, 정말 놀랍습니다. 정령술사셨다니… 그런데 정령술사가 이런 일도 할 수 있을 줄은 몰랐습니다."

단장이 감탄 어린 어조로 말하는 동안에도 숲 속에서는 계속 비명 소리가 들려왔고, 더불어 슈리엘들이 날라오는 사람들도 계속 늘어났다.

덕분에 얼마 지나지 않아 내 주변의 몇몇 기사들을 제외한 나머지 기사들과 병사들이 그들을 포박하기 위해 바삐 움직이는 가운데 이번 일의 주역이라고 할 수 있는 이브스햄의 사촌과 그의 아들이 하늘에서 떨어졌고, 마지막으로 실레스틴이 무지 개운한 얼굴로 땅에 우아하게 착지했다.

이번에도 역시 그녀의 모습은 다른 이들에게 보이지 않았다.

[우훗, 너무 즐거웠어요!]

너무 좋아하는 그녀의 모습에 내가 그녀에게 이상한 취미를 생기게 해준 건 아닌지 좀 걱정스러울 정도였다.

[좋았다니 다행이네. 어쨌든 사람들을 기절시키는 선에서 끝내줘서 고마워.]

[그거야 해인님이 원하셨잖아요.]

그녀의 말에 나는 빙그레 웃었다.

[이야, 그래서 그런 거야? 그렇다면 더 고마운걸? 하지만 말이야, 너무 즐기지는 말아줘. 버릇 될까 봐 걱정된다.]

[후후후, 적당히 할게요. 적당하게…….]

그렇게 실레스틴의 행복해하는 얼굴을 마지막으로 그녀를 보내고 나서 돌아보니 기사들이 벌써 알아서 뒤처리를 하고 있었기에 내가 할 일은 없었다. 그래서 아예 기사단장인 윙겟 경에게 나머지 일들을 다 맡겨두고 나는 지라르 경과 성으로 향했다.

"역시… 라고 해야 할까요? 아까 레이디 엠브로스 양을 구해주실 때도 대단하다고 느꼈는데 지금은 더 대단하시군요."

"칭찬은 고맙지만 크게 기쁘지는 않네요. 이건 다 부모님 잘 만나서 생긴 능력이거든요."

내 말에 지라르 경이 알겠다는 듯 고개를 끄덕였다.

“주디스님께 물려받으신 거겠죠? 주디스님도 정말 대단한 정령술사셨습니다.”

지라르 경은 어머니에게 도움을 받았다더니만, 그래서 그런지 거의 숭배하는 듯한 분위기였다.

나의 이런 능력은 어머니보다 아버지 영향이 더 큰 거 같지만, 그의 감정을 상하게 하고 싶지는 않아서 나는 고개를 끄덕였다.

“뭐… 어머니께 물려받은 것도 있고, 아버지께 물려받은 것도 있죠.”

그러자 지라르 경이 나를 바라봤다.

“제가 주제넘은 질문을 드리는 건지 모르겠지만… 해인님의 아버지라는 분은 어떤 분이십니까? 주디스님의 배우자 되시는 분이니 결코 평범하지 않을 듯싶습니다만…….”

“절대 평범하지 않죠. 아마 이 세상에 어머니 같은 분은 단 한 분이었을걸요?”

‘정령왕을 남편으로 삼다니 말야.’

하지만 이 말은 밖으로 나오지 않았다.

내가 거기서 입을 다물자 지라르 경은 내가 말하고 싶지 않아한다고 생각했는지 더 이상 묻지 않았고, 우리는 그런 침묵 속에서 내 침실에 도착했다.

그런데 내 방 안에서 나보다 서너 살 어려 보이는, 그러니까 대충 16, 7세쯤으로 보이는 낯선 소년이 침대보를 정리하다가 내가 들어서는 걸 보고 황급히 고개를 숙였다.

“누구지?”

인사를 하기에 받아주기는 받아줬지만, 알 건 알아야 했기에 던진 내 질문에 소년은 씩씩하게 대답했다.

"옙, 이제부터 백작님 시중을 들어드릴 켈빈이라고 합니다. 잘 부탁 드리겠습니다."

햇볕에 그을린 구릿빛 피부에 나와 비슷한 키를 가진 그 소년은 반짝반짝 빛나는 눈으로 나를 바라보았다. 붉은 기가 도는 갈색 머리에 황금색이 섞인 갈색 눈을 가진 그 소년은 콧잔등에 주근깨가 나 있고 뺨은 발그레한 것이 아직 어린애의 모습을 완전히 벗어버리지 못하고 있었다.

그 소년의 씩씩한 인사에 지라르 경이 설명을 덧붙였다.

"집사인 엘버트님의 막내 아들입니다. 몇 달 후면 17세가 되지요."

"아, 집사라면… 아까 그?"

계승식 전에 지라르 경과 같이 내 옷을 갈아입히던 사람을 떠올리며 묻자 지라르 경이 고개를 끄덕였다.

"네, 그렇습니다."

아들이라는 말을 듣고 보니 어딘지 집사와 이 소년의 얼굴이 닮은 듯했다.

"그래… 네가 내 시중을 들게 되었다니… 잘 지내보자."

작위를 이어받아 백작이 된 나에게 내 시중을 담당할 전속 시녀나 하인이 없다는 건 이상한 일이었다. 그러나 머리로는 알고 있는 일이었지만, 평생 시중을 받으며 살아본 적이 없던 내가 막상 시종을 갖게 되니 조금은 어색했다.

그래 어색한 미소로 인사를 건네자 켈빈이 다시 씩씩하게 웃으며 고개를 꾸벅 숙였다.

"옙. 이제 주무실 거지요? 목욕하고 주무실 건가요, 그냥 주무실 건가요?"

"간단하게 씻고 그냥 잘 거야."

"그럼 제가 옷을 벗겨 드리겠습니다. 씻을 준비도 해드리구요."

켈빈이 부지런을 떨며 나에게 다가오자 지라르 경이 뒤로 물러서며 말했다.

"그럼 저는 이만 물러가겠습니다. 내일 아침에 뵙도록 하지요. 혹시 제가 필요하실 일이 생기시면, 제 방은 백작님 바로 옆방이니 쉽게 찾으실 수 있을 겁니다."

"그러세요. 지라르 경도 푹 쉬세요."

"예."

지라르 경이 침실 밖으로 나가는 사이 켈빈이 익숙한 솜씨로 내 목에 매인 실크 레이스로 된 타이를 풀고 겉옷을 벗겨 정돈했다.

그 소년이 내 겉옷을 구겨지지 않도록 의자에 걸쳐 놓는 모습에 나는 그동안 계속 잊고 있던 사실을 떠올렸다.

"아, 그리고 보니 켈빈, 깜빡했는데……."

"예?"

"너, 혹시 성 밖으로 나갈 수 있니?"

"물론이죠. 15세가 된 후부터 어머니 심부름으로 자주 마을에 갔다 왔는걸요. 무슨 시키실 일이라도 있으신가요?"

"그래, 잘됐구나. 그러면… 아, 아니다."

나는 켈빈을 통해 잠시 잊고 있었던 듀비와 잭슨에게 연락을 취하려고 했지만, 생각해 보니 지금은 새벽이었기에 연락을 취하기엔 너무 늦은 시각이었다.

"무슨 일이신데요?"

"그게… 그래, 펜하고 종이 좀 가져다 주겠니? 아, 씻을 물 준비해 주고 갖다 주면 좋겠어."

그렇다고 내일 아침 일찍 사람을 보낼 생각을 하니, 지금 자면 아침에 일찍 일어나는 건 쉬운 일이 아닐 듯싶었다. 그렇다고 아마도 날 걱정하고 있을 그들에게 더 나중에 연락하기는 미안해서, 다른 방법을 쓰기로 했다.

"예. 아, 그리고 이거 갈아입으실 옷인데요, 제가 시중들어 드릴까요?"

잠옷으로 보이는 옷을 꺼내 들고 묻는 켈빈에게 나는 난처한 웃음을 흘렸다.

"나 혼자 갈아입을 수 있으니까 걱정 마."

간단하게 씻고 잠옷으로 갈아입은 뒤, 나에 대한 자세한 이야기는 생략한 채 며칠 성에 머물겠다고만 쓴 편지를 슈리엘을 통해 잭슨에게 전달한 후에야 나는 침대에 들 수 있었다.

폭신한 침대에는 부드러운 실크로 된 이불 위에 털이 고스란히 달린 동물 가죽으로 만들어진 이불이 또 얹혀 있었다. 그리고 그 안에는 따뜻한 물이 담긴 가죽 주머니가 들어 있어 침대 안을 따스하게 덥혀놓고 있었다.

"오오, 좋은데? 이 맛에 사람들이 귀족이 되려는 걸까나?"

침대 안의 기분 좋은 따뜻함에 녹아내린 나는 마악 쫓아오는 잠을 반갑게 맞으면서 중얼거렸다.

하지만 그 다음날이 되자 나는 인상을 북북 쓴 채 중얼거렸다.

"사람들은 왜 귀족이 되려는 거지? 이렇게 귀찮은데 말이야."

그도 그럴 것이, 약간 늦잠을 자고 일어난 나를 기다리는 건 정말 귀찮은 빽빽한 스케줄이었던 것이다.

아침 겸 점심을 먹은 나에게 일단의 하녀들이 달려와 내 옷의 치수를 재고 나자 이브스햄과 집사가 와서 대강의 스케줄을 말해 주는데 한숨만 푹푹 나올 뿐이었다.

우선 그날은 점심때부터 오후 늦게까지 외성 밖에 있는 넓은 숲에서 사냥이 있었고—이것도 정말 웃기게도 그 숲에 사는 동물들을 사냥하는 게 아니라, 사냥 시작 전에 미리 이브스햄이 수많은 사냥감들을 숲에 풀어놓아서 쉽게 사냥하게끔 조처를 취한, 거의 짜가 사냥이었다—저녁에는 그날 포획한 사냥물로 벌어지는 가벼운 만찬이 있었다. 그리고 그 다음날 낮에는 귀족들과 같이 온 기사들끼리의 검술 대회가 있었고—거의 귀족들 구경거리였지만, 진검을 사용하는 무시무시한 대회였다. 물론 진료팀은 대기하고 있었고, 큰 상품도 걸려 있었다—그날 저녁에는 그 기사와 그 기사의 주군을 축하하는 파티가 있었다.

그 다음날에도 또…

하여간 매일 파티, 파티, 파티가 있었는데 이놈의 파티는 올해의 마지막 밤이자 새해 첫 새벽까지 이어졌다.

그때까지 나는 항상 전 백작과 조엘과 같이 있었지만, 그들 말고도 다른 귀족들에 둘러싸여 있었기에 개인적인 이야기는 전혀 할 수 없었고, 데니 형을 만나기는 했지만, 다른 이들의 시선 때문에 제대로 인사조차 하지 못했다.

그러다가 새해 파티를 하고, 새해 첫날에는 파티의 피로 때문에 푹 쉬게 한 다음 그 다음날이 되어 귀족들을 모두 자기 영지로 돌려보내고 나서야 나는 드디어 크게 한숨을 내쉴 수 있었다.

"아아, 정말 지겨웠어. 도대체 무슨 놈의 파티를 그렇게나 오래 하는 건지 원……."

자신의 영지로 향하는 귀족들을 배웅하고 돌아서자마자 나는 그동안 계속 미소 짓고 있느라 경련이 일 것만 같은 볼을 주물러 근육을 풀어주며 투덜거렸다.

그러자 옆에 있던 이브스햄이―사실 그에게 불평하느라 투덜댄 거였다―피식 웃으면서 입을 열었다.

"어쩔 수가 없는 겁니다. 귀족의 세력이 크면 클수록 파티의 기간 또한 늘어나니까요. 파티의 규모와 날짜는 그 귀족의 부와 권위를 자랑하는 한 수단이거든요."

그의 말을 듣고 있자니 생각만 해도 몸서리가 쳐졌다.

"그래도요… 어휴, 다시는 이런 파티 하고 싶지 않네요."

"뭐, 좋을 대로 하십시오. 이제 백작님은 당신이시니까요."

공손한 어조로 말하는 이브스햄을 힐끔 곁눈질한 나는 그동안 묻고 싶었지만 상황이 여의치 못해 묻지 못했던 걸 꺼냈다.

"그나저나… 따님은 어떠세요? 이제 목숨에는 지장이 없다는 이야기는 들었습니다만……."

내 질문에 이브스햄의 얼굴이 흐려졌다.

"정신은 차렸습니다만… 아직 침대에서는 일어나지 못하고 있습니다. 그래도 꾸준히 회복되고 있으니 얼마 후에는 일어나 걸어다닐 수도 있다고 하더군요. 이게 모두 백작님 덕분이지요."

"그런가요? 그나마 다행이군요. 그럼 완전히 회복될 수 있는 겁니까?"

"완전한 정상… 으로는 돌아오기 힘들다고 합니다. 우선은… 얼굴 부터도… 여자애인데……."

"아……."

그러고 보니 엔다이론이 그녀를 도와줄 때에는 이미 그녀의 얼굴이 화상으로 인해 본래의 모습을 알아보지 못할 정도로 변해 있었다. 그건 완전히 회복이 되기 어려운 모양이었다.

"후우… 제 잘못으로 인한 벌을 딸이 대신 받는 느낌입니다. 그래도 그나마 다행히 죽겠다는 소리를 하지 않지만… 그건 자기 얼굴을 아직 못 봐서 그런 것 같기도 하고……."

"엠브로스 양에게 무슨 일이 있나 보죠?"

이브스햄이 죄책감 어린 어조로 중얼거리듯 말하는데 뒤에서 갑자기 우리 대화에 누가 끼어들자 우리 둘은 소스라치게 놀랐다.

이브스햄의 딸인 에르미아 엠브로스의 일은 물론 지하 감옥에 갇혀 있는 벤자민과 이스파엘에 대한 일은, 사건이 일어났을 때 많은 귀족들이 이 성에 머물고 있는 탓에 함구령을 내려놓은 상태였다. 그런데 그게 다른 이의 귀에 들어갔으니…

황급히 뒤를 돌아보니 조엘이 싱글싱글 웃으며 서 있었다.

다른 귀족들은 다 자기 영지로 돌아갔는데 조엘만은 돌아가지 않고 남아 있었던 것이다.

"레이디 엠브로스 양이 안 보여서 이상하다고 생각했는데, 무슨 일입니까?"

그가 다가오며 이브스햄을 향해 묻자 이브스햄은 금방 평소의 표정으로 돌아와 미소까지 띠며 대답했다.

"별거 아닙니다. 그냥 제 딸이 몸이 안 좋아 요양을 하고 있을 뿐입니다."

그들의 모습을 보면서 느낀 건데, 귀족이 되려면 표정 연기 솜씨도 뛰어나야 할 듯싶었다.

"그렇습니까? 그거 참 안타깝군요. 제가 위로차 방문하고 싶습니다만……."

"감사하지만, 그렇게까지 하실 필요는 없습니다. 절대적인 안정을 취해야 해서요. 대신 맥알파인 자작의 고마운 마음은 전해 드리죠."

"그래 주시겠습니까?"

그들의 모습에 나는 속으로 한숨을 쉬면서 먼저 발걸음을 옮겼다. 그들의 모습을 지켜보는 것보다는 우선 할 일이 있었기 때문이다.

"엘버트!"

커다란 홀에서 하인들에게 지시를 내리고 있던 엘버트 집사를 발견한 나는 그를 부르며 다가갔다. 그러자 엘버트가 얼른 고개를 숙이며 나를 맞았다.

"부르셨습니까, 백작님."

"사람 좀 데리고 왔으면 하는데요."

"말씀하십시오."

나는 엘버트에게 잭슨과 듀비가 머물고 있는 여관의 이름을 대면서 그들을 데리고 와줄 것을 부탁했다.

귀찮은 귀족들도 다 보내 버렸으니 어떻게 된 영문인지 궁금해하며 날 기다리고 있을 듀비와 잭슨을 데리고 오는 것은 물론, 내가 백작이 된 것도 알려줘야 했던 것이다. 그리고 잭슨을 통해 레이언과 크리스에게도 연락을 취하고 말이다. 상회를 그만둘 생각은 없지만, 얼결에라도 내가 백작이 되었으니 상회와의 관계도 바뀌어야 할 것이었다.

그리고… 이제는 이브스햄과 그의 사촌 동생에 대한 일도 결정을 내려야 했다. 더불어 에르미아 엠브로스를 죽이려 했던 그 괴인에 대한 처리까지도 말이다.

'골치 아파. 아직 어떻게 해야 할지 감도 못 잡았는데…….'

나는 작게 한숨을 내쉬고는 이제는 내 전용 서재가 된 백작의 서재로 향했다.

그곳에서는 여전히 소녀의 모습을 하고 있는 어머니가 부드럽게 미소를 보내고 있었다. 그 모습을 물끄러미 바라보고 있던 나는 계속 잊고 있었던 또 다른 사실 한 가지를 떠올릴 수 있었다.

나는 여전히 내 그림자처럼 행동하는 지라르 경을 돌아보았다.

"지라르 경, 미안하지만 자리 좀 비켜주겠어요?"

지라르 경은 의아한 듯 나를 바라보았지만 내가 단호한 표정을 하고 있자 고개를 끄덕였다.

"그럼 오랜만에 연무장을 갔다 오도록 하죠. 한 시간이면 되겠습니까?"

"네, 충분해요."

그가 서재 문을 열고 나가자 나는 재빨리 서재의 탁자에 고이 올려져 있는 주전자를 들어 컵에 따랐다. 그리고는 컵에다 대고 나직하게 불렀다.

"아버지~ 좀 나와보실래요?"

원래 지라르 경이 있어도 아버지의 모습은 그의 눈에 보이지 않을 테고, 정령의 대화법으로 이야기를 한다면 그가 전혀 눈치 채지 못할 테지만, 사람을 앞에 두고 안 그런 척하기도 미안해서 아예 그를 내보낸 것이었다.

그리고 아버지를 불러내는 것도 물의 정령에게 부탁할 수도 있었지만, 예전에 아버지에게 이 세상의 모든 물은 아버지와 연결이 되어 있기에 그 모든 물들이 아버지의 귀이자 눈이라는 말을 들어 한번 해본 거였다.

그런데 정말 역시나…

내가 부르자마자 컵 속에 얌전히 담겨 있던 물이 공중으로 치솟더니 쭈욱 늘어나 아버지의 모습으로 변했다.

그런데 황당하게도 부른 건 아버지뿐이었는데 나온 건 아버지뿐이 아니었다.

서재 한쪽에 마련된 커다란 대리석 벽난로 안에서 타오르며 서재 안을 훈훈하게 덥혀주던 불꽃이 화르르 치솟아오르며 그곳에서 이프리트가 모습을 드러냈고, 창문도 안 열었는데 갑자기 부드러운 소용돌이 바람이 생기며 그곳에서 실피드가 모습을 드러냈다. 마지막으로 서재의 마룻바닥 틈새에서 흙가루가 마구 솟구치더니 허공에서 뭉쳐져 노아스의 모습을 만들어내는 거였다.

"어라, 나는 아버지만 불렀는데……."

그들의 모습에 내가 난처한 표정을 띠며 중얼거리자 실피드가 즉각적으로 반응해 왔다.

"왜, 우린 오면 안 되냐?"

"에… 그건 아니지만… 그게……."

아버지에게 어머니의 초상화를 보여주려고 부른 건데 다들 몰려오면 창피하지 않겠는가?

그래 아버지에게 뭐라고 말해야 하나 고민하며 아버지 쪽으로 시선을 돌렸더니만, 내가 뭐라 할 필요도 없다는 것을 곧 깨달을 수 있었다.

아버지의 눈은 그리움에 젖은 채 어머니의 초상화를 줄곧 바라보고만 있었으니 말이다.

그런데 평소 같으면 이런 아버지의 무방비 상태를 가만히 놔둘 실피드가 아니었는데 오늘따라 이상하게도 실피드는 그런 아버지의 모습에 한번 쳇거린 후 고개를 돌리더니 못 본 척해주는 거였다. 그리고 이프리트와 노아스도 슬그머니 아버지의 주위에서 물러나 아버지가 다른 데 신경 쓰이지 않도록 배려해 줬다.

그런 그들의 모습에 나는 왠지 마음이 따뜻해져 옴을 느꼈다. 그리고 신께 정령왕이 한 명이 아닌 네 명이나 있게 해주심을 진심으로 감사드렸다.

아버지가 정신없이 어머니의 초상화에 폭 빠져 있는 동안 이프리트와 노아스는 나와 실피드를 데리고 서재와 연결되어 있는 옆방으로 자리를 옮겼다.

그 옆방과 서재는 두터운 나무문이 달린 입구로 연결되어 있었는데, 그 옆방에는 커다란 책장에 책 대신 수많은 서류들이 질서 정연하게 놓여져 있었다. 즉, 그 옆방은 백작의 사무실이었던 셈이다.

그 모든 서류들은 엠브로스 영지와 백작가에서 벌인 일에 대한 기록들과 보고서들이었다. 그리고 책장들 사이로 청동으로 만들어진 굳건해 보이는 커다란 서류함이 있었는데, 그 안에는 중요한 서류들만 따로 추려 보관되어 있었다. 서류함에는 커다란 자물쇠가 달려 있었는데, 그 자물쇠의 열쇠는 며칠 전에 이브스햄이 나에게 넘겨줬었다.

그리고 그 방 한가운데에 있는 커다란 테이블 위에는 이브스햄과 집사가 골라놓은 서류들이 두툼하게 쌓여 있었다. 이것들은 현재 엠브로스 백작가에 대한 보고서들로 백작이 된 내가 가문에 대한 걸 파악하게 도와줄 것이었다.

처음에는 이것들을 나에게 넘겨주면서 집사와 이브스햄은 내가 서류를 제대로 이해하도록 도와주려 했지만, 이래 뵈도 한국에서 고등학교 수업까지 받았고, 반년 동안 공작가의 집사 일을 돕던 나였기에—그때 배운 것들을 지금 써먹게 될 줄은 몰랐지만—이해하는 건 어렵지 않았다. 뭐, 어차피 생소한 분야의 전문 지식이 아닌, 단순한 보고서였으니 말이다.

"이것들은 뭐냐?"

실피드는 사무실 가운데에 마련된 소파에 털썩 앉으며 그 앞 탁자에 놓여 있던 서류들을 가벼운 바람으로 허공에 날리며 물었다.

"아앗, 건드리지 마세요. 그거 나중에 제가 다 검토해야 할 것들이라구요."

"헤에, 그 경호 무사인가 뭔가를 한다더니만, 이제는 서류 가지고 씨름도 하냐?"

실피드는 순순히 내 말대로 서류들을 다시 제자리에 얌전히 내려놓더니만 그 서류들 중 하나를 가져와 읽기 시작했다.

"이게 뭐야? 엠브로스 영지의 현황? 너 언제 엠브로슨지 엠브런슨지 하는 영지의 관리인이 되었냐?"

실피드뿐만이 아니었다. 이프리트와 노아스도 자리를 잡고 앉아 흥미진진한 얼굴로 서류들을 읽기 시작하는 거였다. 정령왕들이 언제 인간의 영지 관리에 관심이 생겼는지 모르겠지만…

그래 나도 자리를 잡아 앉으면서 푸념했다.

"관리인이 아니에요. 어머니의 핏줄이라는 이유로 얼결에 여기 백작이 되었단 말예요."

"호오, 백작? 그거 인간들 사이에서는 꽤 높은 자리에 있는 거지?"

노아스의 신기하다는 표정으로 묻는 말에 나는 고개를 끄덕였다.

"그렇죠. 하지만 높은 데 있다고 좋은 것만은 아니더라구요. 백작 된 지 이제 겨우 일주일이 지났건만 벌써부터 골치 아픈 일을 해결해야 한다고요."

"저런, 무슨 일인데 그러니?"

이프리트의 부드러운 말에 나는 그동안 백작의 성에서 있었던 이야기를 모조리 털어놓기 시작했다.

그런데 말하다 보니 좀 이상했다. 다른 때 같으면—가끔 심심할 때마다 내가 뭘 하나 보기는 했지만도 대부분은 내버려 뒀었다—내가 갑작스럽게 정령들을 부르면 무슨 일인가 꼭 살펴보는 정령왕들이, 이번에 이브스햄과 그의 사촌이 날 죽이려 했을 때 나이트 급 정령들이 놀라서 내 곁으로 달려왔는데도 무슨 일인지 알아보지는 않았단 말인가?

어쨌든 나는 쭈욱 있었던 이야기를 마저 끝내고 마지막으로 물어봤다.

"그런데, 정말 몰랐어요?"

내 질문에 이프리트는 슬그머니 내 시선을 피했고, 대신 노아스가 깔깔거리며 대답했다.

"모르긴! 엘라임이 네가 꽁꽁 묶인 거 보고 당장에 달려가려고 하는 걸 우리가 막느라고 얼마나 애를 썼는지 아니? 이프리트가 네가 태연하게 가만히 있는 걸 보고 뭔가 생각이 있는 거 같다고 해서 엘라임을 못 가게 막았다고. 우리 잘했지?"

"아하하… 정말 잘하셨어요."

그때 아버지가 나타났으면 어떻게 됐을지 쉽게 상상이 갔다. 아마…

성이 통째로 물바다가 되든지 터져 나가든지 했을 거였다. 저번에 웨스트모어랜드 후작령에서처럼 피가 안 멈춘다고 소리치며 아버지의 정신을 딴 데로 돌려놓을 수도 없었을 테니까.

하지만 그 생각을 하면서 나는 왠지 기댈 수 있는 언덕을 얻은 것만 같은 편안함을 느꼈다.

그동안은 이브스햄이나 그의 사촌 동생 부자, 그리고 에르미아와 그녀를 죽이려 했던 그 정체 모를 남자를 어떻게 해결해야 좋을지 몰랐음에도 불구하고 누구에게 의논을 해야 할지 몰라 혼자 전전긍긍하고 있었던 것이다.

지라르 경이나 집사가 나에게 극진히 대해주기는 했지만, 그들은 모두 이브스햄에게도 그렇게 해왔을 것 아니겠는가? 그리고 이브스햄이 나에게 공손히 대한다 해도 그가 처벌받을 당사자였으니 그에게 의논하는 건 더 더욱이나 어려웠다.

시내의 여관에 머물고 있는 듀비나 잭슨은 마음을 터놓는 친구이자 동료라고 생각은 하지만 집안일을 시시콜콜 이야기해 주며 조언을 구하고 싶지는 않았고, 조엘은 이브스햄에게 어떻게든 이 집안에 대한 정보를 얻어내려고—나에게 안 그러는 게 신기하지만, 나에게 다가오기만 하면 이브스햄이 대신 나서거나 지라르 경이 막긴 했었다. 그렇다고 순순히 포기하는 것도 이상하긴 했지만…—탐색전을 벌이고 있었으니 더 더욱 불가능했다.

그래 의논할 대상 하나 없어 불안함 속에서 외로움마저 느끼고 있었는데, 이렇게 아무런 어려움 없이 터놓고 이야기할 대상들을 생각해 내지 못했다니 웃음까지 나올 지경이었다.

하기야 솔직히 정령왕들은 인간 세상에 관심을 표하지 않았으니 관심없는 일에 끌어들이는 게 미안해서 처음부터 아예 이런 일에 대한 의논 상대에서 제해놨을지도 모른다.

그래도 지금은 진지하게 들어주던 건성으로 듣고 잊어버리던 이야기를 들어주는 게 얼마나 큰 위안이 되는지 다시금 느끼는 순간이었다.

'앞으로는 그들이 귀찮아하건 말건 이런 일에 자주 애용해야지. 우후후……'

내가 그런 생각을 하든 말든 세 정령왕은 내 이야기를 다 듣고 나더니 심각한 얼굴로 고민하기 시작하는 거였다. 그러다 잠시 후 실피드가 머리 아프다는 듯 인상을 찡그리며 내뱉었다.

"에잇, 정말 골치 아프군. 그냥 다 죽여 버리면 되잖아?"

하지만 그 뒤에 노아스가 즉각 반박했다.

"그 이브스햄이라는 녀석은 죽이면 안 된다잖아."

절대로 죽이면 안 된다는 건 아니었다. 단지… 곤란하다는 거였지.

"안 되긴 뭐가 안 돼? 그냥 간단하게 죽여 버려. 골치 아프게 머리 썩이지 말고."

실피드의 투덜거림에 노아스가 또 반박했다.

"하지만 해인이가 죽이기 싫다잖아."

"그럼 그냥 살리던가."

"하지만 해인이를 죽이려 한 녀석들을 어떻게 그냥 놔둬?"

"그럼 죽여!"

그런 어린애들 같은 논쟁을 중단시킨 건 이프리트였다.

"자자, 둘 다 장난은 그만 하자고."

그러자 정말 그게 장난이었던지 둘은 금세 입을 다무는 거였다.

이프리트는 둘이 조용해지자 온화하지만, 오래 산 자들만이 가질 수 있는 연륜있는 깊은 눈동자로 나를 바라보았다.

"해인아, 너는 어떻게 했으면 좋겠지?"

그의 질문에 나는 삐질 웃으며 대답했다.

"모르겠어요. 그래서 말씀드린 건데……."

"아니, 아니. 그게 아니라 모든 상황을 제외하고 그들만 놓고 본다면 너는 어떻게 했으면 좋겠니?"

"사실… 그냥 놔줬으면 좋겠어요."

내가 약간 머뭇거리며 말하자 실피드가 찌푸린 얼굴로 나를 바라봤다.

"바보냐? 너 죽이려고 했던 놈들을 그냥 놔줘? 본때를 보여줘도 모자랄 판에……."

"으음… 그렇기는 하지만… 뭐랄까… 미워지지가 않는걸요. 그들이 정말 저를 죽일 수 있을 거라고 생각해 본 적이 없구… 아마, 죽이지 못하리란 걸 알아서 그런가?"

"이런, 멍청이. 그렇다고 그냥 냅둘 거냐? 어쩌면 그 녀석들은 네가 이번에 그냥 봐주면 얼씨구나 하고 다음에 또 죽일 기회를 노릴지도 몰라."

실피드의 신랄한 말을 노아스도 거들었다.

"음, 그건 그러네. 해인아, 네 말에 의하면… 네가 사라지면 다시 작위는 그 이브스햄인지 소시지 햄인지 하는 그 인간 딸에게 넘어가는 거잖아. 그 딸이 없어지면 그 사촌의 아들인지 뭔지에게 넘어가고. 그러니 그들이 또 널 죽이려 하지 않을까?"

그녀의 말에 나는 깊은 한숨을 내쉬었다.

"하아… 그럴지도 모르겠네요. 그 생각은 미처 못했어요. 저는 단지 이브스햄의 사촌이 감옥에 갇혀 있고, 그는 다른 사람들이 보는 앞에서 날 죽이려 한 이상 처벌을 면치 못할 거라는 생각만 했죠. 제가 보기에는 이브스햄이나 그 사촌이나 똑같은데 명분이나 필요성 때문에 한 사람은 처벌하고 한 사람은 놔둔다는 건 싫거든요."

"아, 그럼 좋은 생각이 났어. 널 죽인다고 해도 백작 작위가 그들에게 안 넘어가게 하면 되잖아? 그럼 그들이 널 죽일 필요가 없으니, 너는 네가 좋을 대로 그들을 그냥 놔둬도 괜찮지 않을까?"

노아스가 손뼉을 짝 치며 하는 말에 나는 눈을 동그랗게 떴다.

"아, 그거 참 괜찮은 생각인데요."

내 말이 끝나자마자 실피드의 말도 이어졌다.

"거기다 그 사촌 녀석인지 뭔지 하는 녀석도 너에게 도움이 될 거 같은데?"

그에게 시선을 돌리니 그는 아까 들었던 서류를 읽고 있다가 우리를 향해 들어 보였다.

"여기에 의하면 그 녀석이 영지를 꽤나 잘 다스린 모양이야. 그 녀석이 다스리기 전에는 별 소득이 없던 영지인데 그 녀석이 다스린 후 3년이 지나자 소득이 점차 올랐군. 여기에 덧붙여진 설명에 의하면 그 녀석이 뭔가를 개발했다고 쓰여 있는데? 설명이 자세하지는 않아서 잘 모르겠지만……."

"호오, 그래? 그럼 그 사촌 녀석이 네가 없어도 작위를 못 받게 할 방법은 있는 건가?"

노아스의 말에 나는 천천히 고개를 끄덕였다.

"예. 국법에 의하면 혈연이라 할지라도 정당한 근거에 의해 가주가 계승권을 박탈할 수 있어요. 지금처럼 벤자민 엠브로스가 나를 죽이려

한 이상 그건 쉽겠죠. 그에게 엠브로스라는 성을 빼앗으면 돼요. 문제
는… 에르미아 엠브로스는 그게 어렵다는 거죠. 그의 아버지인 이브스
햄이 절 죽이려 했지만, 또한 저에게 작위를 넘겨준 사람이니까요.”

“뭐가 문제야? 그 여자애는 크게 다쳤다며?”

“다쳐도 살아 있는 한 작위 계승권이 있죠. 여자라서 결혼하지 않는
한……..”

내가 말하는 중에 실피드가 얼른 끼어들었다.

“그렇다면 잘됐네. 얼른 결혼시켜 버리면 되잖아?”

하지만 나는 고개를 저었다.

“그녀의 경우에는 결혼한다 해도 계승권을 가질 수 있어요. 작위를
가진 사람이 후손 없이 사망했을 때 그 작위를 물려받을 가까운 친척
남자(우리 나라로 말하면 6촌이다. 할아버지가 형제인 경우까지)가 없으면 결
혼을 했다 해도 딸이 물려받는 게 가능하거든요. 그런데 벤자민 부자
가 엠브로스 성을 박탈당하면, 제 가까운 친척은 그녀뿐이기 때문에 결
혼의 유무는 상관없죠.”

내 말에 세 정령왕이 나를 빤히 바라보더니 고개를 끄덕이는 거였
다.

“하기야 저 녀석이 후손을 생산할 수 있을지 없을지도 모르는데…….”

“생산할 가능성이 있기나 한 거야?”

“모르지. 저 녀석 엄마도 엘라임에게서 후손을 보게 했으니…….”

그들의 말에 나는 나도 모르게 얼굴이 붉어져 크게 헛기침을 했다.

“험험, 어쨌든… 그래도 이브스햄의 말에 의하면 그녀가 정상으로
돌아오기는 힘들다고 하더군요. 그러니 그녀는 그냥 놔둘까 봐요. 몸
이 안 좋은데 작위가 무슨 소용 있겠어요? 게다가 이브스햄이 날 죽이

려 한다 해도 제가 쉽게 죽어주지도 않을 테고 말예요. 이브스햄에게는 딸이 저렇게 된 게 가장 큰 형벌이지 않을까요? 뭐, 우선은 제가 그녀를 직접 보고 판단할 거지만요.”

“뭐, 네 일이니까 너 좋을 대로 해라.”

“그래, 그래. 여차하면 우리도 있으니까 걱정 말고.”

실피드와 노아스의 말에 이프리트도 부드럽게 미소 지으며 고개를 끄덕였다.

전혀 도움을 기대하지 못했던 세 정령왕 덕분에 어느 정도 결정을 내릴 수 있어 홀가분해진 나 또한 그들에게 가벼운 미소를 되돌리는데 서재 쪽에서 노크 소리가 들려왔다.

똑, 똑~

“백작님, 저 집사입니다.”

그래 나는 서둘러 자리에서 일어나 서재로 갔다.

“네, 무슨 일입니까?”

내 대답이 들리고 나자 서재의 문이 열리며 언제나처럼 단정한 모습을 한 엘버트가 들어왔다.

“말씀하신 분들을 모셔왔습니다. 어떻게 할까요?”

“지금 어디에 있습니까?”

“응접실에 계십니다.”

“제가 직접 가보도록 하죠. 아, 그 둘이 머물게 될지도 모르니 방을 마련해 주시겠습니까?”

“알겠습니다.”

엘버트 집사가 나간 후 나는 여전히 어머니의 초상화를 바라보고 있는 아버지를 힐끔 보면서 그냥 놔두고 나갈지, 아니면 나 나간다고 말을 해야 할지 갈등하고 있는데 사무실 쪽에서 우르르 나온 세 정령왕 중 이프리트가 내 어깨를 툭 쳤다.

"그냥 놔두거라. 지금 무슨 이야기인들 귀에 들어오겠냐? 이럴 때는 그냥 놔두는 게 제일이란다."

"그럴까요? 그런데 저 이만 나가봐야 하는데 어쩌실래요?"

내 말에 노아스가 손을 번쩍 들었다.

"나는 해인이 따라갈래."

그러자 그녀의 뒤를 이어 실피드도 오만하게 입을 열었다.

"바쁜 몸이지만, 이왕 여기까지 온 거 같이 가주도록 하지."

"아. 하. 하. 하… 이거… 감사하다고 해야 하나요? 아, 이프리트 아저씨도 같이 가실 거죠?"

내 말에 이프리트가 부드러운 미소를 지으며 고개를 끄덕였다.

"물론이지. 아, 우리는 갈 때 되면 알아서 갈 테니 걱정 안 해도 된다."

나는 삐질 웃으면서 세 정령왕을 달고 응접실로 향했다.

그곳에는 듀비와 잭슨이 마치 자기 집에 온 양 고급스러운 소파에 편안하게 앉아서 대접으로 나온 다과를 즐기다가 응접실에 들어서는 나를 보더니 눈이 휘둥그레진 채 자리에서 벌떡 일어났다.

"여~"

손을 들어 반갑게 인사를 하는데 두 녀석은 내 인사를 받는 둥 마는 둥 나에게 득달같이 달려와 멱살이라도 쥐고 흔들 태세로 외쳤다.

"야, 너 도대체 어떻게 된 거야?"

"해인님!!"

"아하하~ 오랜만이지?"

내 태연한 말에 잭슨 녀석이 매섭게 노려보며 말했다.

"오랜만인 건 아냐? 응? 도대체가 말이야, 당분간 백작의 성에 있어야 할 것 같다는 편지 한 장 보내놓고 지금까지 아무 연락 없으면 기다리는 사람이 얼마나 애탈지 생각이나 해봤어? 너, 우리 생각이나 한 거냐?"

쉼없이 다다다 나온 잭슨의 말에 나는 미안한 표정으로 웃었다. 말투가 매섭기는 해도 그 안에 나를 걱정하는 마음이 깔려 있다는 걸 알 수 있었기 때문이다.

"미안, 그동안 사정이 여의치가 못해서 연락도 못하고 너희들도 못 불렀어. 자, 자, 할 이야기가 많으니까 우선 좀 앉자."

내 말에 그 둘은 진정하고 다시 자리에 앉았지만, 여전히 나에게 원망의 시선을 보내는 걸 잊지 않았다.

"걱정 많이 했습니다, 해인님."

듀비의 말에 기다렸다는 듯 잭슨이 다시 입을 열었다.

"그래, 도대체 어떻게 된 거냐? 영문을 모르겠다. 네가 백작의 성에는 왜 온 거냐? 나는 혹시나 붙들려 온 건 아닌가 싶어서 걱정했는데 어째 그건 아닌 거 같다?"

그의 말에 나는 삐질 웃었다.

"으음… 그게 말이지… 내가 얼결에 여기 백작이 되어버렸어."

내 말에 듀비는 '그런가 보다…' 하는 표정이었지만, 잭슨은 그렇지가 못했다.

"…해, 해인아?"

"응?"

부들부들 떨리는 잭슨의 목소리에 내가 부드럽게 응답해 주자 그가 얼빠진 표정으로 입을 열었다.

"내가 요 며칠 피곤했는지 환청을 들은 것 같아. 미안하지만 다시 말해 줄래?"

"으음… 그게 말이지… 내가 얼결에 엠브로스 백작이 되어버렸다 구."

내 대답에 여전히 얼빠진 표정의 잭슨이 물었다.

"그게… 가능한 거냐?"

"그게… 내 외할아버지께서 엠브로스 백작이셨다는군."

"그, 그럼… 너 귀족이었냐?"

"으음… 그게… 그렇게 되겠지?"

내 말에 잭슨은 벌떡 일어나더니 이번에는 정말 내 멱살을 잡고 탈탈 흔들었다.

"으음이 아니야, 으음이!! 지금이 그렇게 태평하게 말할 때야?"

고함을 지르듯 소리친 잭슨은 그쯤에서 내 멱살을 쥔 손을 탁 놓더니만 절망에 빠진 포즈를 취했다.

"아아~ 어떻게 이런 일이 있을 수가 있지? 오랜만에 괜찮은 녀석이랑 동료가 되었다고 생각했더니만, 그 녀석이 재수없는 귀족 녀석이었다니~ 거기다가 이제는 뭐? 백작이 되었다고? 아아, 정말 운도 지지리도 없지……."

"이봐, 잭슨… 그러니까… 나도 얼결에 되었다니까?"

내 말에 잭슨은 무시무시한 눈초리로 나를 째려보며 소리쳤다.

"얼결은 무슨 얼어죽을 얼결!! 원래 작위를 받을 녀석이 어떻게 되기라도 했어? 갑자기 덜컥 너에게 떨어지게!!"

"응."

내 단호한 말에 잭슨은 얼빠진 표정을 지었다.

“응?”

“으응. 그렇다니까. 그래서 정말 얼떨결에 내가 받게 된 거라구.”

틀린 말은 아니었다. 뭐, 원래 계승권은 내가 일순위였지만 이브스
햄은 딸내미가 아프기 전까지는 그녀에게 물려줄 계획이었으니까.

이런 내 말에 ‘그랬군’ 이란 표정을 지으려 했던 잭슨의 눈초리가 뭔
생각이 떠올랐는지 다시금 치켜 올라갔다.

“그래도! 그래도 왜 네가 귀족이라는 걸 말 안 했어?”

“그거야… 나도 얼마 전에 알았으니까.”

내 말에 잭슨은 흥 하고 콧방귀를 끼었다.

“말도 안 돼. 태어나서 지금까지 모르다가 얼마 전에야 알았다고?
그럼 얼마 전에는 어떻게 알았냐?”

“거야… 외할머니를 만났으니까.”

“외할머니?”

내 대답에 뒤통수를 한 대 맞은 것처럼 멍한 표정을 짓던 잭슨은 곧
이어 고개를 갸웃하더니 풀죽은 표정이 되었다.

[허, 참… 저 녀석을 보고 있으면 심심하지는 않겠다. 뭔 표정이 저
렇게 다양하게 변하냐?]

[재밌네.]

[이봐, 이봐…….]

뭐, 사실 드러내 놓지는 않았지만, 나도 실피드와 노아스의 의견에
전적으로 동감이었다.

“으음… 으음… 그, 그랬구나… 으음… 미안해… 아, 저기… 늦었지
만, 백작 된 거 축하한다.”

그의 풀죽은 사과에 나는 싱긋 웃어 보였다.

"원해서 된 건 아니지만, 어쨌든 고맙다."

잭슨이 미안해하는 건 내 외할머니가 엘프라는 걸 지금 깨달았기 때문이었다.

벨레니 국은 흔하지는 않지만, 라센 국이나 왈그린 국에는 하프 엘프가 흔했다.

사람과 엘프가 종족을 초월하는 사랑으로 인하여 탄생한 것이었으면 나쁘지는 않았을 테지만, 안타깝게도 현실은 그렇지가 못했다. 잭슨 또한 그런 아픔을 가진 하프 엘프였던 것이다.

뭐, 내 외조부모님은 서로 사랑해서 결혼하신 거고 그래서 어머니가 태어나신 거지만, 아마 어머니도 이 나라에서 하프 엘프라는 것 때문에 이러저러한 상처를 많이 받으셨을 거였다.

나는 때를 잘 만나고 부모님을 잘 만난 덕택에 그런 일은 전~혀 없었지만 말이다. 그러고 보면 아버지가 날 태어나자마자 다른 차원의 세상으로 보낸 걸 고맙게 여겨야 할 듯하다.

어쨌든 잭슨은 나 또한 엘프의 혼혈─비록 2세이기는 하지만…─이었기에 귀족 가문에서 태어났어도 이러저러한 상처를 받았으리라 오해하고, 그런 날 몰아붙인 걸 미안하게 생각하는 거였다. 그리고 엘프와의 혼혈이면서도 백작이 된 걸 축하해 주는 거였고 말이다.

"그럼 어떻게 되는 거냐? 상회는 그만둘 거냐?"

다시 진정을 하고 자리에 앉은 잭슨은 진지한 얼굴로 나를 바라보았다.

그와 나의 인연은 같은 상회에 소속되었다는 걸로 시작되었으니, 잭슨에게는 그게 가장 중요한 문제였다. 물론 나도 그 때문에 그를 불렀고 말이다.

"그게, 사실 시작한 지도 얼마 안 됐고, 나쁘지도 않아서 그만두고 싶지는 않아. 하지만 아무래도 백작이 된 이상 전처럼 계속할 수는 없을 거 같아서… 뭐, 내 의견은 그렇지만 레이언과 크리스의 의견도 들어봐야 할 것 같고 말야."

"그렇겠지?"

내 말에 잭슨은 고개를 끄덕였지만, 듀비는 이해할 수 없다는 표정이었다.

"그게 무슨 말씀이십니까? 해인님은 돌아가지 않으실 겁니까?"

"으음… 그게 말이죠, 듀비, 아무래도 내가 여기서 새로운 일을 맡게 되어서요. 당분간은 계속 여기에 있어야 할 듯하거든요."

"그, 백작이라는 일 때문에 그러시는 겁니까? 그럼 그만두시면 되잖습니까?"

[멍청하기는, 그걸 왜 그만두냐?]

[쉽게 그만둘 수도 없는 거야.]

[어쩔 수 없잖냐? 저 블루 엘프는 인간이 아니니…….]

실피드, 노아스, 이프리트로 이어지는 세 정령의 잡담을 한 귀로 흘려들으며 나는 삐질삐질 설명하기 시작했다.

"으음, 으음… 제가 맡은 게 말이죠, 한 번 맡은 이상 제가 하기 싫다고 그만둘 수 있는 게 아니라서요… 에… 그러고 보니 듀비는 어쩌실래요? 저는 당분간 여기 있고 잭슨은……."

내가 말끝을 흐리며 잭슨을 돌아보자 그는 내가 뭔 이야기를 하고 싶은지 알겠다는 듯 고개를 끄덕이며 냉큼 말을 받았다.

"나는 여기서 제일 가까운 지부로 돌아가서 본부에 연락을 취해야 해요. 그래서 아무래도 우리 둘이 떨어질 것 같은데, 듀비는 어떻게 하실래요?"

잭슨의 말에 듀비는 혼란스러운 표정으로 잠시 생각에 잠기더니 나를 바라보았다.

"해인님은 그 상회 일을 그만두시는 겁니까?"

그의 질문에 나는 피식 웃으며 고개를 저었다.

"아뇨. 앞에서도 말했다시피 나는 상회 일을 계속 하고 싶어요. 하지만 지금까지 해왔던 것과는 다른 형태겠지요."

잭슨도 불쑥 끼어들었다.

"아마 본부 측에서도 백작이 참여하겠다는데 마다할 리가 없을걸요? 해인이가 그만두겠다고 해도 끝까지 붙들고 늘어질 겁니다."

"문제는… 다른 일도 맡는 바람에 제가 전적으로 상회 일만 할 수 없다는 거지요."

"음, 음."

내 말에 잭슨이 맞다는 듯 고개를 끄덕여 줬다.

우리 둘의 이야기를 들으며 열심히 고민하고 있던 듀비는 드디어 결정을 내렸는지 단호한 표정으로 나를 바라보았다.

"저는 그냥 해인님 곁에 남아 있겠습니다. 그래도 상회에 도움이 되는 건 확실하겠지요?"

"에… 뭐… 해인이가 상회를 돕게 될 테니, 해인이가 잘되는 게 상회로서도 이롭겠지요. 하지만 어디까지나 간접적일 텐데……."

아무리 듀비가 나 때문에 상회에 믿음을 가지게 되었다고 해도 나와 상회 중 나를 선택할 줄은 몰랐는지—듀비는 아무래도 뛰어난 무사였기에 잭슨은 은근히 같이 가기를 원했던 모양이다—떨떠름한 표정이었다.

솔직히 나는 듀비가 내 곁에 남아 있어주겠다는 것이 기뻤지만, 앞으로 내가 백작으로서 살다가 보면 듀비가 상회에 있던 것보다 힘들어질 게 뻔했기에 걱정도 되었다.

"듀비, 같이 있어주겠다는 건 정말 고마운데요, 제가 이번에 새로 맡게 된 일은 인간들 속에서만 활동하는 거거든요. 상회에서는 여러 이종족들이 같이 있어서 어느 정도 괜찮았겠지만, 제 곁에 있는다면 훨씬 더 불편할 거예요. 그래도 괜찮겠어요?"

내 걱정스러운 말에도 듀비는 전혀 흔들림이 없었다.

"저는 아무래도 상관없습니다."

그의 단호한 말에 잭슨은 고개를 설레설레 저었다.

"인간들이 어떤지 아직 잘 몰라서 그렇게 쉽게 말하는 거예요. 막상 당해보면 힘들 텐데……."

"괜찮습니다."

[그냥 놔둬라. 네가 좋다는데 뭘 그렇게 떼어놓으려고 하냐?]

이번에도 실피드가 제일 먼저 끼어들었고 그 뒤를 노아스가 따랐다.

[맞아. 불쌍하잖아. 게다가 옆에 두면 부려먹기도 편하고…….]

[노아스… 쟤는 해인이 친구지 하인이 아니라고.]

이프리트의 말에 노아스는 흥 하니 코웃음을 쳤다.

[그거나, 그거나. 어쨌든 해인이에게 도움이 되는 건 확실하잖아?]

'하하하…….'

"뭐, 좋을 대로 하세요. 나중에 힘들면 그때 상회로 돌아가셔도 될 테니까."

결국 설득하기를 포기한 잭슨이 그렇게 말하며 날 힐끔 보자 나라고 별수있는 건 아니었기에 고개를 끄덕여 줬다.

"그럼, 잭슨 혼자서 가는 걸로 하고… 필요한 거 있으면 말해. 도와
줄 테니까. 언제 출발할래?"

"이왕 성까지 온 거, 호사는 한번 누려보고 가련다. 내일 출발할게.
도와주려면… 후후후, 여비나 쬐게 보태줘. 아앗, 말도 필요하다."

"알았어. 아, 방을 준비해 놓으라고 했는데 가서 쉴래?"

내 말에 잭슨이 반갑다는 듯 손을 번쩍 들었다.

"응응, 나는 가서 쉬련다. 아, 목욕도 할 수 있을까?"

"시종을 붙여주라고 할 테니까 시종에게 말해. 듀비는 어쩔래요?"

"저는 별로 피곤하지 않으니까 해인님과 함께 있겠습니다."

"그러세요. 할 일이 있으니 이만 갈까요? 으음… 그런데 듀비?"

막 일어나려던 나는 갑자기 떠오른 생각에 듀비를 바라보았다.

"예?"

아무 사심 없이 대답하는 그에게 나는 정말 미안한 표정을 지으며
입을 열었다.

"으음… 정말 미안한데요… 듀비가 제 곁에 있으려면… 아마도 호
위 무사로 있어야 할 것 같은데… 괜찮겠어요?"

물론 지금까지도 듀비는 나를 지켜주는 형식으로 내 곁에 있었지만,
그래도 '동료'로서 같이 있었던 것이다. 하지만 '호위 무사'로 있는
건 나는 고용주고 듀비는 고용된 자가 되는 걸 뜻하는 거라 괜시리 듀
비에게 미안했다.

그러나 듀비는 내 곁에 있는 것만으로 만족했는지 아무렇지도 않게
고개를 끄덕이는 거였다.

"상관없습니다. 해인님이 편하실 대로 하십시오."

내가 말하는 것의 정확한 뜻을 알고도 괜찮은 건지 아니면 몰라서

괜찮은 건지 몰랐지만, 그래도 그가 쉽게 고개를 끄덕이자 나는 왠지 더욱 미안해졌다.

[저 봐, 상관없다잖아.]

이번에는 노아스가 불쑥 끼어들었고, 그 뒤를 실피드가 따랐다.

[지금 생각한 건데… 저놈은 멍청이가 아닐까?]

중간중간 끼어드는 정령왕들의 대화에 여기 데리고 오지 말고 아까 서재에 놔두던지 보내 버릴걸… 하는 후회가 들었지만, 이제 와서 후회한들 늦은 일이었다. 그래 될 수 있는 한 그들의 대화를 흘려버리며 듀비의 문제에 집중하려고 애썼다.

'으음… 그럼 차라리 듀비에게 기사의 작위를 줄까? 그럼 좀 괜찮지 않을까 싶은데……'

그래서 듀비를 단순한 무사가 아닌, 기사로 만들 방법을 궁리하며 잭슨을 시종 딸려 올려 보내고 듀비를 데리고 지라르 경이 있을 연무장 쪽으로 걸음을 옮겼다.

그런데 그때 정령왕들도 더 있기 지루해졌는지 나에게 작별 인사를 던졌다. 이번에는 이프리트가 제일 먼저 말을 걸어왔다.

[아, 해인아, 우리는 이만 가마.]

[잘 있어라. 나중에 또 놀러 올게.]

[혼자 잘 놀고 있어라.]

실피드를 마지막으로 세 정령왕은 미처 내가 작별 인사를 던지기도 전에 사라져 버렸다.

'거참, 뭐가 그리 급하대……'

"타앗~!"

"하앗~!!"

"거기! 동작이 틀렸잖아!!"

"제대로 못하겠나!!"

"죄송합니다!"

"시정하겠습니다!"

이 성에 온 후로는 이러저러한 일 때문에 연무장에는 이번에 처음 오는 거였다.

하지만 왠지 분위기가 무척 익숙하게 느껴지는 것이, 연무장이라는 곳은 어디나 비슷비슷한 듯싶었다.

1월의 차가운 날씨임에도 불구하고 연무장에서는 가벼운 옷차림을 한 기사들이 열심히 교관들의 호령에 따라 훈련을 받고 있었다.

그러한 모습들은 맥알파인 공작가 저택에 있는 연무장에서 봤던 모습과 비슷했다. 단지 다른 점이라고 하면 그곳에 있던 연무장보다 조금 더 큰 곳이라는 것과 인원수는 훨씬 많다는 것, 그리고 연무장에 있는 이들은 모두 기사들, 혹은 그들의 종자나 견습 기사들뿐이라는 거였다.

내가 있던 공작가의 저택은 수도 안에 있어서—수도 안에서는 각 작위에 따라 차이가 있기는 하지만, 수도 안으로 들여놓을 수 있는 기사의 수가 한정되어 있었다—공작가의 사설 기사단 모두가 들어올 수 없었지만, 이곳은 엠브로스 영지였기에 백작가의 사설 기사단이 버젓이 백작의 성에 같이 상주할 수 있었던 것이다.

내가 간 곳이 사설 기사단용 연무장이었고, 병사들용은 또 따로 있었다.

질서 정연하게 줄을 맞춰서 선 채 똑같은 검법을 선보이는 기사들 사이로 교관들이 지나다니면서 틀린 부분을 지적해 주고 있었다. 그리고 한쪽의 지대가 높은 곳에서는 몇 명의 사람들이 옹기종기 모여 그 모습을 구경하고 있었기에 나는 그쪽으로 발걸음을 옮겼다.

그런데 거기에는 내가 찾던 지라르 경 말고도 생각지도 못했던 조엘과 데니까지 나와서 구경하고 있는 거였다.

사설 기사단의 훈련 모습을 남에게 보여줘도 괜찮은 건지 모르겠지만… 왜 무협 소설에 보면 남의 무공을 수련하는 걸 보는 건 큰 실례라고 하지 않았던가 말이다. 그런데 여기서는 그런 게 하등 상관없는 모양이었다.

그들 쪽으로 다가가자 사람들이 내 기척을 알아챘는지 나를 돌아보고는 정중하게 인사를 건네왔다.

명목상으로든 어쨌든 여기 있는 이들 중에서는—정말 어쩌다 보니 그렇게 된 거지만—내가 가장 높은 지위에 있는 사람이었기 때문이다.

제일 먼저 조엘과 인사를 나누고 기사단장인 진 윙겟 경, 부단장인 지라르 경과 가벼운 목례를 주고받은 뒤에야 나는 조엘 뒤에 목석처럼 서 있는 데니 형을 힐끔 보았다. 그러나 무표정한 얼굴로 그냥 예의에 맞게 고개만 숙여 보이는 모습에 침울해진 나는 가벼이 한숨을 내쉬며 고개를 돌렸다.

조엘과 다시 재회한 그 파티 날에는 다른 이들 때문에 개인적으로 이야기를 나눌 기회가 없었지만, 그 뒤로는 몇 번 개인적으로 만날 기회가 있었다.

내가 맥알파인 공작가에 있을 때 마치 친형처럼 대해준 그였기에 이번에도 아무 생각 없이—신분제가 없는 세상에서 살다 온 나로서는 귀족이든 평민이든 그런 거에 별 생각이 없어서—반가이 그를 대하려고 했다.

하지만 이게 웬일인지 데니는 전혀 나와 몰랐던 사이였던 듯, 딱딱하게 예의를 차려가면서 거리를 두는 거였다.

조엘처럼 화라도 냈으면 상황 설명이라도 할 수 있었으련만, 전혀 모르는 사이처럼 대하니 이건 아예 말을 붙일 엄두조차 나지 않는 거였다. 이 세상에서 가장 무서운 게 증오나 미움이 아닌 아예 있는지도 없는지도 모르는 무관심이라더니만 그 말이 정말 맞다는 걸 새삼 깨닫는 중이었다.

조엘도 갑자기 백작이 되어 나타난 나에게 배신감을 느끼기도 했으니 데니 형 또한 그 비슷한 반응을 보이리라는 것쯤은 예상했지만, 그래도 나와 사이가 좋았으니 금방 풀고 전처럼 친해질 수 있을 것이라 의심치 않았다. 그러나 이건 마치 까마득히 높은 절벽을 밑에서 바라보고 있는 기분이었으니…

상황이 이러니 조엘도 어중간하게 끼어들어 중재하기도 난처했는지 그냥 수수방관하는 형편이었다.

'에휴우~ 차라리 예전이 나았던 거 같아……'

잠시 데니 형 때문에 침울 모드에 빠져 있던 나는 사람들이 나와 같이 온 듀비에게 시선이 쏠려 있다는 것도 눈치 채지 못하다가 지라르 경의 말에 의해 겨우 정신을 차릴 수 있었다.

"백작님, 같이 오신 분은 누구십니까? 아무래도… 인간은 아니신 듯한데요."

"아, 사실은 이분을 소개시키려고 나왔습니다. 인사하세요. 이분은 얼마 전에 저와 인연을 맺게 된 블루 엘프 족이십니다. 당분간 저와 함께 있을 거예요."

내 소개에 듀비가 앞으로 한 걸음 나서서 꾸벅 인사를 했다.

“듀비라고 합니다.”

다른 종족을 보는 신기함에 사람들이 듀비를 찬찬히 살펴보는 사이 나는 지라르 경을 향해 설명을 덧붙였다.

“지라르 경, 사실 듀비는 인연을 맺은 후부터 계속 저를 보호해 주고 계셨거든요. 그래서 지금도 여전히 저를 보호해 주시려고 하는데요.”

내 말에 지라르 경의 눈썹이 꿈틀거렸다. 내 호위는 전적으로 지라르 경의 담당이었는데 그걸 듀비와 같이 하게 되었으니 약간 마음이 상한 모양이었다. 그런 그의 반응에 듀비를 기사로 만들 방법을 의논할 수 있을지 회의적이었지만, 내친김에 다 말해 버렸다.

“그래서… 아무래도 아직 인간 세상에 적응을 못했는데 그냥 제 곁에 있는다면 어려움이 많을 것 같아서요. 듀비 씨께 기사 작위를 주는 게 어떨까 싶은데…….”

내 말에 다시금 지라르 경의 눈썹이 꿈틀거렸다.

“백작님의… 호위 기사 말씀이십니까?”

“예. 물론 지라르 경께도 계속 부탁드릴 겁니다.”

내 말에도 지라르 경은 못마땅한 눈으로 듀비를 뚫어져라 바라보더니 조금 지난 후에야 천천히 입을 열었다.

“인간이 아니시니… 인간들 사이의 예법에 대해서는 묻지 않겠지만, 실력은 확인해 봐야 할 듯싶군요. 괜찮겠습니까?”

“아, 실력은 제가 보증합니다. 일류검사의 실력을 가지고 있으니까 말이죠.”

못마땅하다는 기색이 역력한 지라르 경의 말에 내가 황급히 나서서 대꾸했지만, 지라르 경은 물러서지 않았다.

“물론, 백작님께서 그러시니 믿음은 갑니다만, 이 나라에서는 일반 검사들과 기사들과의 기준은 좀 차이가 나서 말입니다. 아무래도 제가 직접 확인을 해봐야 확신할 수 있을 것 같군요.”

내가 아닌 듀비를 보며 말하자 계속 가만히 지켜보기만 했던 듀비가 나섰다.

“원하신다면.”

듀비의 말에 지라르 경이 피식 웃더니 자신의 허리에 찬 검을 두드렸다.

“제가 상대해도 좋겠습니까?”

그렇게 말하는 지라르 경에게서 은근슬쩍 매서운 기세가 피어올랐지만, 듀비는 여전히 무덤덤한 표정으로 고개를 끄덕였다.

“아무나 상관없습니다.”

“호오, 자신만만하시군요. 좋습니다.”

지라르 경은 고개를 끄덕이더니 몸을 홱 돌려 연무장에서 열심히 검법을 수련하는 기사들을 향해 외쳤다.

“전원 동작 그만!!”

타닥!!

그의 외침이 끝나기도 전에 모든 이들이 하나같이 자신이 하던 동작을 멈추고 우리가 있는 쪽을 향하여 부동 자세를 취하는 거였다.

‘오오, 멋있다.’

“지금부터 대련을 할 테니 자리를 마련하도록.”

또다시 떨어진 지라르 경의 말에 사람들은 일사불란하게 흩어져 연무장 가운데 커다란 자리를 마련했다.

그 모습을 만족스레 훑어보던 지라르 경은 듀비를 향해 말했다.

“가실까요.”

지라르 경의 살벌한 기세 때문에 혹시나 진검으로 대련을 하는 건 아닐까 걱정했지만, 다행히 지라르 경은 연무장으로 내려가서 듀비에게 목검을 건네주는 거였다. 기사들끼리의 대련은 보통 가검으로 하지만, 듀비에게는 가검이 없었으니까 말이다.

가검은 가짜 검이라고 해도 쇠를 두드려 만든 것이기 때문에 꽤나 비싼 거라 일반 용병이나 무사들은 가검을 소지하고 있지 않고, 돈이 엄청 많은 검사 지망생이나, 아니면 기사들이 소지하는 거였다.

대련할 자리를 마련해 주던 기사들은 그 장소에 지라르 경이 직접 나서는 걸 보고 놀란 듯 웅성웅성거리는 소리와 함께 듀비를 향해 호기심 어린 시선을 쏟는 게 보였다.

"아아… 정말 왜 이렇게 되었지? 여기 온 뒤로는 잘되는 일이 없는 거 같아."

둘이 자세를 잡는 걸 보며 나는 한숨을 푹푹 쉬며 투덜거리는데 내 옆에서 같이 구경하고 있던 기사단장 윙겟 경이 자신만만한 표정을 지어 보였다.

"걱정 마십시오. 저 블루 엘프라고 하는 분은 크게 다치지 않을 겁니다. 지라르 경은 저래 뵈도 엄청난 실력의 소유자거든요."

자신의 부하라서 그런지 윙겟 경의 표정에는 자부심이 가득해 보였다. 그의 표정만 보면 지라르 경이 절대로 질 것 같지 않지만, 듀비의 실력도 엄청 뛰어나다는 게 문제였다. 그리고… 연륜도 훨씬 훠어어얼~씬 지라르 경보다 많을 거고 말이다.

지금에서야 밝히는 거지만, 듀비는 나이가 많았다. 뭐, 블루 엘프 족으로서는 쌩쌩한 청년의 나이지만, 인간의 관점에서 보자면 엄청난 나이다. 무려 233세니까 말이다. 아, 새해가 지났으니까 이제 234세인가?

그걸 떠올린 나는 다시금 한숨이 나왔다.

"에휴… 쉽지 않을 텐데……."

내가 걱정스러운 시선으로 바라보는 가운데 자리를 잡은 둘은 가볍게 고개를 숙여 대련하기 전의 예를 취하고 목검을 천천히 치켜 올렸다.

듀비는 왼손을 마치 뒷짐이라도 진 것처럼 뒤로 돌려 그 손에 들고 있던 중검(70cm) 길이의 목검은 등에 세워 붙여놓고, 오른손에 쥔 장검(1m) 길이의 목검을 앞으로 치켜들고 무릎은 약간 굽힌 상태로 지라르 경을 바라보았다.

그에 비해 지라르 경은 장검 길이의 목검을 두 손으로 잡고 검끝을 미간까지 올린 정자세를 취한 채 금방이라도 공격할 듯 무릎을 굽혀 자세를 낮추고 있었다.

마주 보는 둘 사이에서는 천천히 매서운 기세가 피어오르기 시작했다. 주위 사람들이 긴장 어린 시선으로 지켜보는 가운데 우선은 시선 싸움, 즉 기선 제압과 서로에 대한 상대방 탐색에 들어갔다.

'으음… 듀비에게 미리 지라르 경을 다치지 않게 해달라고 부탁할 걸 그랬나?'

하지만 지금 보니 기세만큼은 지라르 경도 듀비에게 조금도 뒤지지 않는 거였다. 게다가 무지 진지한 지라르 경의 표정을 보니 그런 부탁을 했다는 걸 나중에라도 알게 된다면 엄청 자존심 상해할 것 같기도 했다.

'아무래도… 의원을 대기시켜 놓는 게 좋을 거 같은데…….'

성에는 성 사람들을 위한 의원뿐만이 아니라 약사는 물론 그들의 보조원까지 따로 상주하고 있었다.

그런데 에르미아를 치료하는 과정을 지켜보며 느낀 건데, 이 성의 사람들은 다친 사람을 치료하는 데 의원과 약사보다는 마법사나 신관을 더 전적으로 의지하고 신뢰하는 거였다.

내가 잠깐이나마 마법을 배워서 아는 거지만, 상처를 치유하는 힐링 마법을 배운다고 해서 그걸 배울 때 사람의 인체와 상처나 병이 났을 때의 대처법, 혹은 하다못해 기본적인 의료 행위에 대해서 자세하게 배우는 건 절대 아니었다. 뭐, 치유 마법을 전문적으로 연구하는 마법사라면 공부하겠지만 말이다. 단지 힐링 마법의 원리와 마나 응용, 그리고 마법을 발현하는 법만을 배울 뿐이었다. 그보다 더 윗단계의 회복 마법인 리커버리 마법을 배울 때도 그건 마찬가지일 터였다.

그러니 그냥 치유 마법만 배운 마법사보다는 처음부터 사람의 인체와 병에 대해 연구한 의원이나 약사가 훨씬 훠어얼~씬 에르미아에게 도움이 될 거였다.

그런데 금방 눈에 보이는 마법이라는 것 때문인지 사람들은 의원이나 약사를 마법사보다는 한 단계 낮게 취급하는 거였다.

그건 신관에 대해서도 마찬가지였다.

에르미아 때문에 영지 내에 있는 신관을 모셔온다기에 이해를 못한 내가 그제야 신관에 대해서 알게 되었는데, 엄청난 고위 신관은 떨어진 팔다리도 순식간에 붙여 버린다고는 하지만, 내 생각에 신관들은 그런 능력을 개발하는 데만 힘을 쏟을 뿐 의원들처럼 처음부터 의학을 공부하는 건 아닌 듯했다.

게다가 중환자도 순식간에 살려낼 수 있을 정도로 엄청난 능력을 가진 고위 신관들은 이 세상을 통틀어 채 몇십 명도 안 된다고 한다—사실 생각해 보면 고위 마법사들도 그 정도의 능력은 가지고 있었다. 그런 거 보면 마법사나 신관이나 비슷한 점도 많은 듯…―제법 큰 영지라는 엠브로스 영지에 상주하는 신관들 중 가장 높은 신관이 달려와서 보여준 능력이라고 해봤자 백작가의 마법사인 벨헤븐이 할 수 있는 힐링 마법보다 조금 더 나은 정도라고나 할까?

뭐, 그것도 그녀에게는 도움이 많이 되겠지만서도, 그래도 내 생각에는 의원과 약사가 더 도움이 될 것 같은데 말이다.

그들도 그녀 곁에 붙어서 꾸준히 치료하고 있기는 하지만, 마법사나 신관이 오면 그들이 의원과 약사를 제치고 치료를 주관하는 거였다.

그런 상황이었으니, 내가 어깨를 다쳐서 치료를 받던 그레이험 항구의 그린모어 의원이 내가 신전 대신 의원을 택했다고 무지 좋아했던 게 쉽게 이해가 갔다.

"타앗~!!"

내가 잠시 딴생각을 하는 사이 눈싸움이 끝나고 본격적인 육탄전으로 돌입했다.

먼저 움직인 건 지라르 경이었다.

지라르 경은 한 걸음 듀비를 향해 다가가며 그가 내밀고 있던 검을 옆으로 크게 쳐냄과 동시에 듀비의 품으로 파고들어 그의 가슴을 향해 올려 베기를 하려고 했다. 하지만 듀비가 여유있게 슬쩍 뒤로 한 걸음 물러나며 등 뒤로 숨기고 있던 중검을 쓰윽 앞으로 빼내어 가로막자 오히려 지라르 경이 검을 향해 몸을 들이미는 꼴이 되어버렸다.

그러나 그런 위험한 상황에서도 지라르 경은 침착하게 올려 베기를 하려던 검으로 듀비가 앞으로 내민 중검을 쳐내고 다시 그의 가슴을 찌르려고 했다. 하나 그때는 지라르 경이 먼저 쳐냈던 듀비의 오른손에 들려진 목검이 지라르 경의 목을 노리며 날아들고 있었다. 그리하여 지라르 경은 듀비를 공격하는 대신 다시 그의 검을 막아야만 했다. 그런데 그렇게 듀비의 오른손에 들린 검을 지라르 경이 막는 사이 그 기회를 놓치지 않고 듀비의 왼손에 들린 검이 지라르 경을 향해 날아들었다.

그 절체절명의 순간, 지라르 경은 손목을 살짝 틀어 위에서 내리누르고 있는 듀비의 검 위로 자신의 검이 올라가게 하면서 부드럽게 팔을 돌려 듀비의 오른손의 검을 움직여 듀비의 왼손의 검을 막아내는 거였다. 그리고 그와 함께 듀비의 두 검이 부딪치는 순간을 놓치지 않고 두 검을 한꺼번에 걷어내면서 듀비의 비어 있는 옆구리를 향해 다가갔다.

"오오~"

그 동작이 마치 물 흐르는 것처럼 얼마나 자연스럽고 멋있었는지 보고 있던 나는 나도 모르게 감탄사를 절로 흘려내었다.

나뿐만이 아니었다. 보고 있던 기사들은 물론이거니와 조엘과 데니까지 한순간 넋을 잃는 모습에 윙켓 경은 마치 자신이 감탄을 받은 것마냥 뿌듯해하며 중얼거렸다.

"지라르 경의 능력은 대단하다니까요."

하지만 그 뒤에 보인 듀비의 실력도 만만치 않았다.

듀비는 검이 허공으로 올려쳐진 상태에서 지라르 경이 자신의 옆구리를 향해 공격해 들어오자, 지라르 경의 검이 들어오는 방향과 같은 방향으로 부드럽게 몸을 회전하며 검을 피해내는 동시에 쳐올려졌던 오른손에 들린 검을 아래로 하강시켜 허공을 찌른 지라르 경의 검 중앙 부분을 강하게 내려쳤다.

"크웃~!"

어지간히 큰 충격을 받은 듯 지라르 경이 인상을 약간 찡그리며 자신도 모르게 신음을 흘렸지만, 검을 놓치지는 않았다. 그래도 그 충격을 무시하지는 못하겠던지 더 이상 공격해 들어가지 않고 잠시 뒤로 물러나서 숨을 골랐다.

"후우, 대단하시군요."

크게 한 번 심호흡을 한 지라르 경이 진정으로 감탄한 얼굴로 말하자 듀비가 희미한 미소를 지어 보였다.

"당신 역시."

그들의 말을 듣고 있던 윙겟 경은 놀란 감정을 숨기지도 않은 채 중얼거렸다.

"세상에나… 저 스승님을 상대할 수 있는 자가 있었다니……."

너무나 작은 소리라 바로 옆에 있던 나밖에 들을 수 없었던 말이지만, 윙겟 경의 말은 엄청난 충격이었다.

'스, 스승? 누가? 누구의? 아니, 도대체 어떻게?

대련하고 있는 둘 중 윙겟 경이 아는 자는 바로 지라르 경이었다.

하지만 내가 알기로 윙겟 경은 엠브로스 기사단의 단장이고 지라르 경은 그 밑의 부단장이었다. 게다가 척 보기에도 윙겟 경은 40대 후반으로 보이는 중년 남자였고, 지라르 경은 기껏해야 20대 중반, 많으면 후반으로 보이는 쌩쌩한 젊은이였다.

물론 20대의 나이로 보이는 주제에 실제 나이는 그보다 엄청나게 많은 자들이 없는 건 아니었다.

내 눈앞에서 지라르 경과 대련을 하고 있는 듀비만 해도 그렇고, 내가 아는 이들 중 외할머니를 비롯하여 레이언과 크리스 또한 100살이 넘는 주제에 쌩쌩한 20대 젊은이의 모습을 가지고 있었다. 게다가 몇 천 년의 세월을 살아왔으면서도 태어난 그 순간부터 소멸될 그 순간까지 조금도 변화가 없을 네 정령왕도 있었고 말이다.

하지만 그들은 인간이 아니었기에 가능한 것이었고, 인간 세상에서, 그것도 얼마 전까지만 해도 이종족들을 노예로만 생각하던 이 나라에서 기사의 작위까지 받은 사람이 인간이 아닐 수가 없을 터였다.

'아니면 그걸 숨기고 있던가……'

하지만 그런 건 숨긴다고 해서 숨길 수 있는 게 아니었다.

마법을 이용하거나 변장을 해서 자신도 다른 사람들처럼 점점 성장하거나 늙어가는 모습을 보이지 않는 한 계속 똑같은 모습을 가진 자를 사람들이 이상하게 생각하지 않을 리가 없었다.

'아아, 몰라, 몰라, 몰라. 생각하지 않을래.'

내가 고개를 저어 생각을 떨쳐 내고 대련 장소를 바라봤을 때 지라르 경과 듀비는 다시 자세를 잡고 있었다.

지라르 경은 아까와 마찬가지로 여전히 두 손으로 잡은 검을 앞으로 내밀고 있는 데 반해, 듀비는 아까와는 달리 오른손을 약간 위로 더 들고 왼손의 검은 가로로 눕혀 배 높이에 둔 채 자세를 낮추고 있었다. 아까 자세는 방어 위주인 것에 비해 지금은 적극적으로 공격을 할 태세 같았다.

"핫!"

짧은 기합 소리와 함께 이번에는 듀비가 먼저 움직였다.

오른손에 들린 검으로 지라르 경의 검을 쳐내고 한 발 더 지라르 경에게 다가가며 왼손에 들린 검으로 그의 목을 노리고 들어가자 그 빠른 공격에 지라르 경은 분분히 뒤로 물러나며 검을 좌우로 움직여 양쪽에서 쇄도해 들어오는 검들을 막기 바빠 보였다. 그래도 지라르 경의 얼굴은 침착했고, 듀비의 공격은 번번이 지라르 경의 검에 막히고 있었다.

그러던 어느 순간 듀비는 방금 전까지 계속해 오던 것처럼 지라르 경의 손목을 노리며 강하게 그의 검을 쳐냈다 싶더니만 갑자기 그 자리에 주저앉는 자세로 몸을 낮추며 오른손에 든 긴 목검을 뻗어 지라르 경의 다리를 노렸다.

너무 순간적인 일인데다가 그 방금 전에 듀비가 지라르 경의 검을 쳐냈기에, 지라르 경은 검을 내려 듀비의 검을 막을 생각을 못했다. 대신 검을 잡은 한 손을 놓아 균형을 잡은 채 재빨리 제자리에서 폴짝 뛰어 듀비에게서 멀어짐과 동시에 검을 놓은 손으로 땅을 짚고 몸을 재빨리 한 바퀴 굴려 자리에서 벌떡 일어나 자세를 잡았다.

'멋진 구르기.'

흠잡을 데 없는 동작이었지만, 안타깝게도 그것이 지라르 경이 우위를 점하게 해주지는 못했다.

지라르 경이 듀비와 거리를 두려고 했지만, 듀비는 기다렸다는 듯 자신도 지라르 경과 같은 방향으로 구르더니 지라르 경이 자세를 잡자마자 아래쪽으로 치고 들어왔던 것이다.

"핫!"

다급한 지라르 경의 기합 소리를 들으며 듀비는 왼손에 들린 목검을 머리 위로 들어 올려 지라르 경의 검을 견제함과 동시에 더욱더 지라르 경의 품으로 파고들어 그의 턱 아래에 오른손에 들린 목검의 끝을 가져다 댔다.

그 순간 나는 옆에 있던 윙겟 경의 놀람에 찬 작은 중얼거림을 들을 수 있었다.

"이건… 말도 안 돼……."

잠시 침묵이 흐른 뒤 지라르 경이 싱긋 웃으며 검을 거두고 뒤로 물러나자 듀비 역시 차분한 얼굴로 검을 거두고 뒤로 물러났다.

"제가 졌습니다. 이런 대련, 정말 오랜만이군요."

"저 역시, 이쪽 세계로 온 이후 처음이었습니다."

듀비의 진심 어린 말에 지라르 경이 환하게 웃었다.

"그렇습니까? 이거 참 영광이군요."

지라르 경은 자신이 졌음에도 불구하고 무척이나 홀가분하고 기분 좋은 얼굴이었다. 덕분에 혹시나 그가 듀비에게 져서 자존심 상하지 않을까 전전긍긍했던 내 마음도 한시름 놓였다.

"좋으시겠습니다, 백작님. 정말 뛰어난 호위 무사를 두게 되셨군요."

쭈욱 대련을 지켜보고 있던 조엘이 대련이 끝나자 나에게 다가와 말을 건넸다.

"운이 좋았지요."

조엘이 예의 바른 태도를 유지하고 있었기에, 나 또한 예의 바르게 겸양의 말을 중얼거렸다. 그에 조엘이 잠시 재미있다는 듯 쿡쿡 웃더니 돌연 진지한 얼굴로 나를 바라봤다.

"그런데 아까 듣기로는 저 블루 엘프 분께 기사 작위를 주길 원한다고 하신 듯한데……."

그의 입에서 듀비에 대한 이야기가 나오자 나는 나도 모르게 약간 긴장했다.

조엘의 인격을 의심하는 건 아니었지만, 듀비에게 기사 작위를 주면 어떨까라고 생각할 때부터 듀비가 이종족이라는 것 때문에 반대를 당할까 봐 걱정하고 있었기에 그에 대한 말이 나오자마자 반사적으로 경계하게 되었던 것이다. 뭐, 처음부터 듀비에게 기사 작위를 주려는 이유가 내 곁에 있을 때 이종족이라는 이유로 괜한 고생을 할까 봐 걱정되기 때문이었지만 말이다.

그래서 그럴 의도는 없었건만 조엘의 말에 나도 모르게 약간 예민하게 반응해 버렸다.

"무슨 말씀을 하고 싶으신 겁니까?"

잔뜩 경계하는 시선으로 바라보며 가시를 세운 어조로 물었으니 조엘이 당황해하는 것도 당연했다. 그의 반응에 아차 싶었지만, 이미 '당신을 경계하고 있습니다' 란 인상을 강하게 심어주고 난 뒤였다.

'에구… 그럴 의도는 아니었는데…….'

덕분에 조엘보다 더 당황해 버린 내가 얼버무릴 말도 꺼내지 못하고 조엘의 눈치만 살피고 있는데, 조엘이 이런 내 기색을 알아챈 것인지 피식 웃더니만 평이한 어조로 말을 꺼내는 거였다.

"제가 실수를 했군요. 백작님의 결정에 제가 뭐라고 할 권한은 없는데 말입니다."

"아, 아뇨. 저야말로… 너무 예민하게 굴었습니다. 죄송합니다. 무슨 말씀을 하려고 하신 겁니까?"

내 말에 조엘이 내 눈을 똑바로 들여다보며 한 치의 망설임도 없이 대답했다.

"블루 엘프 분께 기사 작위를 내리시는 걸 다시 한 번 재고해 주시는 게 어떨까 싶은데요."

"예?"

그의 말을 듣자니 '역시나…' 란 생각이 제일 먼저 떠올랐다.

이종족에 대한 별다른 편견이 없어 보이는 조엘도 어쨌거나 사람인지라 사람을 우선으로 생각하게 되나 보다. 묘하게 조엘에 대한 실망감이 피어오르면서, 내가 엘프와 혼혈이라는 걸 알게 된다면 과연 어떤 반응을 보일지 짓궂은 궁금증마저 생겼다.

하지만 우선은 그의 말을 들어보기로 했으니 그렇게 말한 이유까지는 들어봐야 했다.

"그렇게 생각하시는 이유가 뭔지 들어도 될까요?"

그런데 내가 미처 조엘의 대답을 듣기 전이었다. 어느새 우리가 있는 곳까지 다가온 지라르 경이 불쑥 끼어드는 것이었다.

"백작님, 그런 이야기는 성으로 돌아가서 하는 것이 어떻겠습니까? 연무장은 아무래도 중요한 말씀을 나눌 적당한 장소는 아닌 듯싶습니다만……."

주위를 둘러본 나는 지라르 경의 말이 맞다는 것을 인정하고 그곳을 떠나 성으로 가서 조엘을 서재로 안내했다. 아버지 모습이 보이지 않는 걸 보니, 아까 다른 정령왕들이 간다고 했을 때 같이 가신 듯했다.

조엘은 처음으로 서재에 들어오는 거라, 그 서재에 들어오자마자 눈에 확 들어오는 내 어머니의 초상화를 보고 잠시 넋이 나갔다.

아마 이제부터 내 안내를 받아 서재에 처음 들어오는 사람들은 다 저럴 것이다. 놀란 표정으로 초상화와 나를 번갈아 바라보는 저런 행동 말이다.

"아… 음… 굉장히 아름다운 분이신데 처음 보는 분이군요. 그런데, 백작님과 굉장히 닮았네요. 실례가 안 된다면 누구신지 물어도 될까요?"

평소 같으면 그런 모습을 재미있게 봐주련만… 지금은 그럴 기분이 아니었다. 그래서 그런지 몰라도 대답하는 내 말투는 약간 퉁명스러웠다.

"제 어머니십니다. 그건 그렇고 이제 이유를 들어도 되겠습니까?"

원래 예의상 차라도 권해야겠지만, 그런 예의조차도 차릴 기분도 아니라서 완전히 다 무시해 버린 채 나는 조엘의 대답을 재촉했다.

'아아, 그러고 보니 외할아버지의 초상화는 아직도 못 봤잖아? 으윽… 이렇게 정신이 없어서야… 여유가 없어, 여유가… 어쨌든 지금 일 마무리 짓고 외할아버지 초상화를 보러 가야지.'

하지만 이번에도 조엘의 대답이 들려오기 전에 지라르 경의 말이 들려왔다.

"백작님, 우선은 자리부터 권하는 게 어떠신지요? 그리고 차를 준비시킬까요?"

그러고 보니 내가 팔짱을 떠억 낀 채 책상에 기대고 서 있는 바람에 서재로 우르르 들어온 모든 사람들, 그러니까 조엘과 지라르 경을 비롯하여 듀비와 데니까지 앉지도 못하고 엉거주춤 서 있었던 것이다.

"하아… 그렇군요. 그럼 다들 앉으시겠습니까? 조엘 자작, 차 드실래요?"

예민하게 굴지 말고 침착하자고 마음속으로 다시 한 번 다짐하며 자리에 앉자 조엘도 마주 앉으며 고개를 저었다.

"괜찮습니다. 조금 전에 전 백작님과도 같이 티타임을 가졌거든요."

"그렇습니까? 아, 듀비, 이쪽으로 앉으세요. 그리고, 데, 아니, 링클레터 경과 지라르 경도 앉으시지요."

데니 형의 성은 링클레터였다. 그는 이미 기사의 작위를 받았기에

지금처럼 찬바람이 쌩쌩 부는 상황에서는 링클레터 경이라고 정중하게
부르고 있는 중이었다.

내 권유에 듀비는 아무렇지도 않게 내 옆 자리에 털썩 주저앉았지만,
지라르 경과 데니 형은 정중하게 거절했다.

"저는 괜찮습니다."

"제의는 감사합니다만, 이대로 있겠습니다."

지라르 경이나 데니 형 같은 경우는 나나 조엘을 하루 종일 따라다
니면서 결코 같은 자리에 앉으려 하지 않았다.

뭐, 데니 형은 조엘과 사적인 자리에서는 같이 앉기도 하고, 지라르
경도 필요에 의하면 가끔 자리에 앉기도 하지만 대부분 저렇게 곁에
항상 서 있었다.

그 이유는 그들이 호위 기사이기 때문이었다. 호위 기사는 언제 어
떤 상황에 무슨 일이 발생할지 모르므로 항상 몸을 긴장 상태로 유지
하고 있어야 한다나? 그런 거 보면 호위 기사라는 직종은 엄청 다리가
튼튼해야 할 듯싶었다.

그런 그들의 사양에 나는 그런가 보다 하고 더 이상 아무 말 않고 조
엘 쪽으로 시선을 돌리다가 묘한 표정으로 날 바라보는 그와 마주쳤다.

"조엘 자작?"

도대체 그 표정의 의미가 뭐냐고 물은 거였는데 조엘은 예의 편안한
미소를 띠며 자세를 바로 했다.

"그거 아십니까? 만약 저 블루 엘프 분께 기사 작위를 내리신다면,
블루 엘프 분은 지금처럼 백작님 옆 자리가 아닌 지라르 경 옆에 서 있
어야 할 겁니다."

"음……."

조엘의 말은 내가 생각지도 못했던 부분이었기에 나는 뭐라 말하지도 못하고 그의 말을 되새기고 있었다.

그런데 갑자기 내 뒤에 서 있던 지라르 경이 끼어들었다.

"백작님, 저도 사실 블루 엘프 분께 작위를 드리는 것에 반대합니다."

"지라르 경은 왜요?"

나는 속으로 한숨을 내쉬면서 그래도 이번에는 태연한 신색을 유지하려 애쓰며 물었는데, 대답은 조엘이 했다.

"아마 저와 같은 생각일 겁니다."

그의 말에 내가 의아한 표정으로 눈썹을 치켜들자 조엘이 설명해 줬다.

"기사라는 건, 물론 평민보다는 많은 특권과 권리가 있습니다만 그만큼 의무와 책임도 같이 있답니다. 거기다가 이제부터 백작님께서 몸을 담그시려는 귀족들의 세계에서 기사의 작위라는 건 가장 낮은 위치에 있는 것입니다. 블루 엘프 분을 보호하려고 작위를 주시려는 것 같은데, 그게 오히려 블루 엘프 분을 보호하지 못하는 수도 있습니다."

조엘의 말에 이어 지라르 경이 덧붙였다.

"기사가 되면 그에 따르는 의무를 지셔야 하는데, 인간이 아니신 분이 그 의무를 어떻게 받아들이실지도 문제입니다. 그러나 지금처럼 이종족으로 계신다면 그런 의무에서 자유로울 수가 있으며, 귀족들도 계급을 내세워 함부로 굴 수도 없겠지요."

"몇 년 전이라면 이종족이라는 이유로 업신여김을 당했을지도 모르지만, 지금은 여왕 폐하께서 이종족과 인간은 동등하다는 입장을 강력하게 고수하고 계시니까 이종족이라고 해도 함부로 대할 수는 없을 겁니다. 뭐, 뒤에서 뭐라고 하는 건 어쩔 수가 없을 테지만요.”

“아, 예…….”

지라르 경 뒤를 이어 곧바로 이어지는 조엘의 말에 내가 고개를 끄덕거리자 지라르 경이 마지막으로 쐐기를 박았다.

“그리고 아직 기사가 뭔지 제대로 모르는 분께 함부로 기사 작위를 받아라, 받지 마라, 라고 말할 수는 없는 법이라고 생각합니다. 나중에 인간 세상에 대해서 잘 알게 되셨을 때 의견을 물어야 하는 게 아닐까요?”

“핫… 으음… 그렇군요…….”

그 생각은 전혀 못했다.

듀비에게 기사 작위를 주는 것만 생각하느라 다른 생각은 조금도 못하고 있다는 걸 깨달은 나는 한숨을 푹 쉬었다.

역시, 백작이라는 것도 쉬운 직업은 아니라는 걸 새삼 깨닫는 것과 동시에 나는 아직도 너무나 경험과 지식이 부족하다는 것을 느꼈던 것이다.

“미안해요, 듀비.”

“무엇이 말입니까?”

그는 옆에서 자기 이야기가 한참 오고 갔음에도 불구하고 아무것도 모른다는 표정으로 날 바라봤다. 그래서 더 미안했다.

“이것, 저것, 모두 다요. 어쨌든 미안해요.”

“죄송하실 것 없습니다.”

“그래도요… 아, 그리고 조엘 자작, 충고 정말 감사드립니다. 지라르 경도요. 두 분이 아니었다면 자칫 큰 실수를 할 뻔했군요.”

내 진심 어린 감사에 빙긋 웃던 조엘이 막 생각난 듯 입을 열었다.

"그러고 보니… 이제야 생각난 건데 말입니다."

"네?"

"혹시 베르쿠스 남작 영애를 기억하십니까?"

"예?"

뜬금없는 조엘의 말에 나는 고개를 갸웃거리며 그게 누구일까 생각해 봤지만, 영 떠오르는 사람이 없었다.

그도 그럴 것이, 지금은 백작이 되었다지만 귀족들과 잘 알고 지내는 사이가 아니라서 내가 아는 귀족이라고 해봐야 전 엠브로스 백작이었던 이브스햄과 조엘, 그리고 그의 가족이 전부라고 해도 과언이 아니었던 것이다.

내가 계속 생각해 내지 못하자 조엘이 설명을 덧붙였다.

"작년 초여름에 웨스트모어랜드 후작령으로 몬스터 사냥을 가지 않았습니까? 그때 만났던 버릇없는……."

거기까지 말하자 나는 그제야 기억을 떠올릴 수 있었다.

"아… 헉……."

그리고 그 기억의 책장을 펼치자마자 하얗게 굳었다.

그동안 이 나라에 올 일이 없었던 터라 까맣게 잊고 있었는데, 생각해 보니 그때 아버지에게 끌려서 집에 가기 전 나는 그 남작 영애를 살해한 범인으로 지목당하고 있었던 것이다. 덕분에 그 남작 영애를 좋아한 듯 보였던 후작가의 차남, 다니엘 웨스트모어랜드 녀석에게 어깨를 찔리기도 했고 말이다.

"아앗, 그러고 보니 그거 어떻게 됐습니까? 일이 잘 해결되었습니까?"

잘못하다간 계속 범인이라고 누명을 쓰게 되는 건 아닌가 걱정스런 얼굴로 바라보는데 조엘이 빙그레 웃었다.

"그 사건은 작년에 이미 해결이 되었답니다."

"엣? 그럼 범인이 밝혀졌다는 말씀인가요?"

"그렇습니다. 그녀의 유모가 나중에 정신을 차리고 남작 영애가 고용한 용병들을 데리고 나갔다고 말해 주더군요. 그래 그들을 찾았는데, 나중에 알고 보니 성문 수비대에 잡혀 있더라구요."

"어떻게요?"

"수비대 측에서는 몰래 성을 빠져나가려고 하기에 수상해서 심문하기 위해 잡았다고 하더군요. 덕분에 수월하게 잡았지요. 그 녀석들에게는 불행이지만, 우리에게는 다행스럽게도 녀석들이 용병이 된 지 얼마 안 되는 건달들이라 우리가 들이닥치자 지레 겁을 먹고 순순히 실토하더군요."

"그 둘이 남작 영애를 죽였다고요? 왜 죽였대요?"

"실수로 그녀의 드레스 자락을 밟았는데, 엄청 화를 내면서 뺨을 때렸답니다. 모욕적인 언사도 덤으로 말이죠. 평소 그녀의 무례한 행동으로 인해 안 좋은 감정이 그렇지 않아도 쌓여 있었는데, 그 일을 계기로 폭발해서 우발적으로 죽인 거랍니다."

잠깐 만난 사이였지만 그때 당한 일을 생각해 볼 때 절대로 이해가 안 가는 일은 아니었다.

"으음… 정말 그 둘은 운이 안 좋았네요……."

얼굴도 모르는 그 둘에게 동정심을 느끼며 중얼거리자 조엘이 피식 웃었다.

"그렇습니까? 어쨌든 나중에 다니엘 웨스트모어랜드 경을 만나면 그가 그때 일을 사과할 겁니다."

“아아… 뭐…….”

그 일로 그도 아버지에게 거의 죽을 뻔했으니 피장파장이라고 생각하고 있었던 터라 그를 괘씸하게 여기고 있지 않아 사과를 받는다는 말에 좀 얼떨떨했다. 물론 나야 억울하게 당한 거고, 그는 당해도 쌌지만 말이다.

“그러기 위해서는 우선 수도로 가서야겠지만 말입니다.”

조엘의 말에 나는 다시금 한숨을 내쉬며 자리에서 일어났다.

“아아, 그전에 할 일이 많아서 문제겠지요. 끄응… 저는 다음 일을 또 처리하러 가야 할 듯하군요.”

“그러십시오. 저는 그럼 이만 나가보겠습니다.”

“아, 저도 나가야 하니 같이 나가시죠.”

그렇게 문밖으로는 조엘과 같이 나왔지만, 그와 나는 갈 길이 달랐기에 문 앞에서 다시 헤어졌다.

“그럼 저녁 식사 시간 때 뵙도록 하겠습니다.”

“예. 나중에…….”

조엘과 헤어져 역대 백작과 그의 부인 초상화가 주르르 걸려 있는 화랑으로 발걸음을 옮기는데, 지라르 경이 조심스레 내 곁으로 다가오더니 물었다.

“한 가지 여쭈어도 되겠습니까?”

“말씀하세요.”

그의 말에 별 뜻 없이 고개를 끄덕이자 지라르 경이 잠시 머뭇거리더니 어렵사리 질문을 꺼냈다.

“혹시… 조엘 자작님과는 전부터 알고 계시던 사이였습니까?”

“아아… 예. 2년 전에 우연찮게 알게 되었습니다. 물론 그 후에 다시 헤어졌었지만……."

"평범한 인연은 아니었나 봅니다. 조엘 자작께서 자청해서 수도로 같이 가주시기로 한 것을 보면 말입니다."

이브스햄이 연 파티가 모두 끝나 다른 귀족들이 다 돌아갔음에도 불구하고 조엘이 남아 있던 이유가 바로 그것이었다. 나와 같이 수도로 돌아가기 위해서 말이다.

귀족이 작위를 물려받게 되면 왕궁으로 가서 국왕을 알현하여 자신이 작위를 물려받았음을 고하고 국왕에게 새로이 충성을 맹세해야 한다. 뭐, 진심으로 하는 게 아니라 거의 형식적인데다 요즘은 귀족들도 많아서 절차도 무지 간단하다고 한다. 그래도 이제 작위를 가지게 된 귀족으로서 정식으로 국왕과 처음으로 얼굴을 맞대는 자리라 그 자리에는 평소 친분있는 작위를 가진 귀족들을 대동할 수 있는데, 이것은 그 사람의 힘이 되어줄 거라는 걸 알리는 것과 같았다.

그래서 웬만큼 친하지 않으면 그 자리에 잘 참석치 않으려고 했고—물론 힘있는 귀족이(예를 들면 공작 정도?) 알현하는 자리라면 친하지 않아도 참석하려 하겠지만—알현하는 측도 자신이 알고 있는 이들 중 될 수 있는 한 높은 작위를 가진 자가 참석하기를 원했다.

그 자리에는 모든 사람들이 다 우르르 가는 게 아니라 최소한 5명까지만 같이 참석할 수 있었다. 증인 비스무리한 역할로 말이다.

그런 자리에 조엘 녀석이 참여해 주겠다고 하는 데다—물론 이브스햄이 은근슬쩍 부탁하기는 했지만, 그도 조엘이 덥석 허락할 줄은 몰랐을 거다—왕성으로 갈 때 같이 가기 위해 빈둥대면서도 성에 머물러 있으니까 엄청난 친분이 있는 걸로 보이는 거다.

조엘이 지금 나보다는 낮은 작위인 자작이지만, 금방 죽지 않는 한 미래의 맥알파인 공작, 그러니까 이 나라에서 손꼽히는 큰 귀족가의 장남이니 한마디로 나는 킹카 중의 킹카를 잡은 셈이었던 것이다.

"뭐… 독특한 인연이었지요."

차마 조엘의 시종 노릇을 반년간 해줬다고는 말할 수가 없어서 어색하게 웃으며 얼버무리려고 했는데, 지라르 경이 무지 심각한 음성으로 나를 불렀다.

"백작님……."

"예?"

마침 그때 초상화들이 걸린 화랑에 도착했던 터라 나는 걸음을 멈추고 바로 전 백작이었던 이브스햄의 초상화부터 바라보고 있는데, 지라르 경의 무지 심각한 음성이 들리자 당황해서 고개만 돌려 그를 바라보았다. 그랬더니만, 그가 음성 못지않은 심각한 얼굴로 나를 빤히 바라보더니만 천천히 검을 빼어 땅을 짚더니 그것도 모자라 한쪽 무릎을 꿇어 땅에 대는 거였다. 그 외중에서도 그의 시선은 절대 내 눈을 떠나지 않았다.

"지, 지라르 경? 지금 뭐 하시는 겁니까?"

생각지도 못한 그의 행동에 당황한 내가 그를 일으키려 했지만, 그는 꼼짝도 하지 않았다.

"들어주십시오, 해인님."

"지라르 경, 무슨 이야기를 하려는 건지 다 들어줄 테니까 그만 일어나세요. 이게 무슨 짓입니까?"

"저는 당신을 진정한 제 주군으로 삼았습니다. 당신을 위해서라면 제 모든 것을 바칠 각오를 하고 있다는 걸 왜 몰라주십니까?"

"지라르 경… 충성 서약이야 이미 전에……."

"해인님, 이건 제 진심입니다."

"알겠어요, 알겠으니까 우선 일어나서……."

"그럼 제 마음을 믿어주시겠습니까?"

나는 우선 그를 달래서 일으키려고 했었다. 그런데 지라르 경이 내 눈을 똑바로 바라보며 묻자 차마 그렇다는 말이 나오지를 않았다.

그가 의지가 되는 사람이고, 나에게 해를 가할 사람이 아니라는 건 물론 알고 있다. 그러나 그것은 그가 엠브로스 백작가의 기사이기 때문에 의무적으로 그런 것일 뿐, 나에게 정말 충성을 다한다고는 믿고 있지 않았던 것이다.

그와 내가 안 지 이제 며칠이나 되었는가?

만약 그가 충성을 바치고 있다면 오랜 시간 그가 모신 이브스햄에게 바치고 있을 거라고, 현재 이브스햄이 자신의 잘못 때문에 나를 극진히 모시고 있어 그도 같이 그러는 것뿐이라고, 이브스햄이 나에게 등을 돌리면 그 역시 주저없이 그럴 것이라 여기고 있었기 때문에 그에게 호감이 가기는 했지만 마음 한쪽 구석에서는 그를 완전히 신임하지 않고 거리를 두려 하고 있었다. 그가 언제 등을 돌리더라도 '쩝, 괜찮은 사람이었는데 아쉽군…' 하며 대수롭지 않게 넘겨 버릴 수 있도록 말이다.

그랬기에 그가 내 눈을 똑바로 바라보며 자신을 믿느냐고 묻자 대답할 수가 없었던 것이다.

시선을 피하면 '예' 라고 거짓말이라도 하겠는데, 내 눈을 똑바로 들여다본 채 묻고 있으니 마치 누군가가 내 입을 막고 있기라도 한 양 차마 입술이 떨어지지가 않는 거였다.

그래 아무 말도 못하고 머뭇거리고만 있자 지라르 경이 쓸쓸하게 웃어 보였다.

"물론… 이해는 합니다. 이제 만난 지 얼마 되지 않았으니 제 말을 의심하는 것이 오히려 당연한 것이겠지요."

"저기… 지라르 경… 물론 저는 당신이 나쁜 사람이 아니라는 것은 알고 있습니다."

그러자 지라르 경이 입술 끝을 비틀며 웃었다.

"사람이 아닙니다."

"예?"

순간적으로 뭔 소린가 싶어서 되묻자 그가 다시 입을 열었다.

"저는 사람이 아닙니다. 하프 엘프입니다."

"엑?"

두 눈이 크게 떠지고 입이 떠억 벌어졌다.

내가 그렇게 놀라든 말든 지라르 경은 계속 입을 열었다.

"저 첼릿 지라르는 사람이 아니라 하프 엘프입니다. 제 어머니는 누군지 모릅니다. 단지 운 나쁘게 노예 사냥꾼에게 붙잡힌 엘프라는 것 외에는… 저를 낳고 얼마 후에 돌아가셔서 저는 노예 상인의 손에서 자랐습니다. 이름도 없이 팔릴 날만 기다린 채 희망없이 살아가는 저를 구해주신 건 주디스 오스번님이셨습니다. 그분이 저에게 이름을 지어주셨고 이 엠브로스 백작가로 데리고 오셨습니다."

뜻밖의 말에 나는 아무 말도 못하고 계속 그의 이야기에 귀만 기울이고 있었다.

"저에게 그분의 귀를 보여주시며 자신도 하프 엘프라고 말씀해 주셨지요. 그러면서 제 귀는 엘프들의 귀를 닮지 않고 인간의 귀를 닮은 게 행운이라는 말씀도 해주셨습니다. 그분이 힘써주셔서 저는 엠브로스 기사단의 시종이 될 수 있었습니다. 그분의 추천으로 훌륭한 스승님을 만나서 검술도 배우고 기사가 될 수 있었지요. 그 뒤로 저는 실력을 쌓아 언젠가는 그분께 은혜를 갚겠다고 결심했었습니다. 그런데…….”

“그런데요?”

그의 이야기에 점점 빠져들고 있던 나는 그가 말을 멈추자 얼른 재촉했다.

그러자 그가 나를 향해 쓰게 웃더니 다시 입을 열었다.

“제가 어느 정도 제 능력에 자신감을 가지고 이 정도면 주디스 오스번님께 도움이 되겠다고 생각했을 무렵, 주디스님은 다시는 돌아오지 않으셨습니다.”

“헛… 그런 일이…….”

“언젠가는 다시 돌아올지도 모르겠다는 불확실한 말만 남기고 말이지요.”

슬픈 미소를 띠는 그를 보자니 왠지 그가 어머니를 짝사랑한 게 아닐까 싶었다.

‘에휴, 어머니는 알고 계셨나 몰라.’

속으로 한숨을 내쉬는 동안 지라르 경의 목소리가 다시 들려왔다.

“그래서 저는 계속 기다린 것입니다. 주디스님이 다시 돌아오시기를… 그리고 이제, 해인님이 오신 것입니다.”

그의 넋두리 비슷한 말에 나는 손을 들어 올려 말을 끊었다.

“자, 잠깐만요. 여기 계속 있었다구요? 어떻게요? 아, 저기… 실례지만 지금 나이가 어떻게 되죠?”

“제 나이는 올해로 136세입니다.”

“헉…….”

그건 레이언이나 크리스보다도 더 많은 나이었다. 아마 그 둘을 구하기 전 어머니께서는 지라르 경을 먼저 구하신 모양이었다.

"제 정체는 전, 전, 전 백작님부터 대대로 백작님들께서 알고 계셨습니다."

"아, 저기 혹시… 기사단장도 알고 있었나요?"

내 조심스러운 질문에 지라르 경이 고개를 끄덕였다.

"예. 대대로 백작님들과 기사단장들의 도움으로 제가 하프 엘프라는 걸 숨기고 계속 여기에 남아 있을 수 있었던 겁니다. 참고로 말씀드리자면, 현 기사단장은 제 제자입니다."

"아……."

그의 말에 나는 고개를 끄덕일 수 있었다.

그래서 기사단장인 진 윙겟 경이 지라르 경에 대해 그렇게 자부심을 느끼고 듀비에게 졌을 때 믿을 수 없다는 표정을 지었던 것이다. 게다가 그래서 '스승님' 이라고 했던 거고 말이다.

"이제 저를 믿으시겠습니까? 만약 제 말이 의심스러우시다면 전 백작님이나 현 기사단장에게 물어보셔도 됩니다."

"아, 아니요. 믿어요. 그러면… 지라르 경이 나에게 충성을 바치는 것도 어머니의 은혜를 갚기 위함이겠군요? 어머니 대신 말이에요."

"부인하지는 않겠습니다. 이 세상에 그분이 안 계시는 이상 은혜를 갚을 길은 이것뿐이니까요."

내 말에 주저하지 않고 고개를 끄덕이는 모습에 나는 왠지 머쓱해졌다.

"그러다가 내가 굉장히 나쁜 놈이라면 어쩌려고 그러세요?"

"절대 그럴 리가 없습니다. 당신은 주디스님의 아드님이시니까요.

게다가 정말 심성이 나쁜 분이셨다면 엠브로스 양을 도와주지도 않았을 거 아닙니까?"

"하아……."

이제는 아들이라는 말을 들어도 덤덤했다. 완전히 포기 상태라고나 할까?

"그럼, 이제 조엘 자작과의 인연에 대해 들을 수 있겠습니까?"

"하아?"

순간적으로 혹시 지금까지 한 모든 이야기가 조엘과 나 사이에 대해 알고 싶어서 이야기한 건가 싶었지만, 그래도 이제 완전히 믿을 수 있는 사람이 생긴 거라 허탈하지는 않았다.

"그러죠. 그럼 우선 일어나는 게 어때요? 나까지 불편해지잖아요."

"알겠습니다."

그가 순순히 자리에서 일어나 허리에 검을 도로 차자 나는 다시 초상화들 쪽으로 시선을 옮기면서 처음부터 간략하게 이야기하기 시작했다.

몰래 집에서 가출해서 노예 상인에게 잡혀서 팔릴 뻔하다가 조엘과 만난 이야기부터 시작하여 웨스트모어랜드 후작령에서 살인범으로 몰려 검에 찔린 채 집으로 돌아간 이야기까지.

그리고 내친김에 상회에 대한 이야기도 했다. 물론 간략, 간략하게… 그 사이사이 있었던 해프닝은 완전히 다 빼고 말이다. 그리고… 아버지가 정령왕이라는 것도 말할 수가 없었다.

"거참… 조엘 자작의 시종 노릇을 하셨다니… 뭐, 덕분에 귀족 사회에 대해 조금쯤은 경험을 하게 되셨으니 다행이라고 할 수 있겠군요. 그런데… 해인님의 아버님께서 살아 계신다는 말씀입니까?"

"예."

"그럼 그분은 왜 안 오시는 겁니까?"

'아까도 왔다 갔는데요?' 라고 말할 수는 없어서 나는 항상 사람들에게 변명하는 걸 그에게도 그대로 들려주었다.

"내 아버지는 엄청나게 특이한 분이시라서요. 인간 세상에 절대 관여 안 하시고 관심도 없으시죠."

"그, 그렇습니까? 그래도 해인님이 백작님이 되셨는데 아무렇지도 않으시겠습니까?"

"아무렇지도 않은 건 아니죠. 아마, 그런 귀찮은 건 왜 맡았냐고 핀잔이나 주실걸요?"

어머니 초상화에 푹 빠져 있는 모습에 내가 백작이 된 뒤로는 한 번도 이야기를 나누지 못했지만 십중팔구는 분명히 그랬을 거다.

"하하하……."

지라르 경의 황당함이 가득 담긴 웃음을 흘려들으며 내가 발걸음을 멈춘 곳은 내 6대 위의 백작 초상화가 있는 곳이었다. 바로 내 외할아버지이신 오스번 엠브로스 백작님 말이다.

그분은 부드러워 보이는 갈색 머리에 보랏빛 눈동자를 가졌다는 것 외에 어머니와 닮은 구석이라고는 보이지 않았다. 선이 굵고 강해 보이는 고집스럽게 꽉 다물린 턱, 짙은 눈썹에 부리부리해 보이는 눈을 보자니 정말 강직한 기사 외에는 달리 떠오르지 않았다.

그리고 어머니가 이분 체형을 닮지 않았다는 게 무척이나 고마웠다.

하지만 어머니를 지극하게 사랑하셨다는 말을 들어서 그런지 매섭게 나를 쏘아보는 눈초리에도 불구하고 왠지 무척이나 친근하게 느껴지고 있었다.

그리고 그 옆에는 내 외할머니가 아닌, 검은 머리에 인자해 보이는 초록색 눈을 가진 바람만 불어도 날아갈 것 같은 가녀린 귀부인 초상화가 있었다.

그분이 바로 울 어머니의 새어머니이지만 어머니를 친딸처럼 사랑해 주신 백작 부인이셨다.

'안녕하세요, 두 분? 해인 오스번 엠브로스라고 합니다. 만나뵙게 되어 정말 반갑습니다. 나중에 기회 있으면 아버지와 같이 오겠습니다. 제 아버지를 보시면 아마 엄청 놀라실 거예요. 후후후……'

제 31 화 왕성에 도착하기까지

왕성에 도착하기까지

화랑에서의 일이 있고 그 다음날 아침, 나는 그동안 아무런 언질도 없이 가만히 내버려 두었던 일을 해결하기 위하여 기사단장을 불러들였다.

"감옥에 가두어놓은 벤자민 엠브로스와 그의 아들 이스파엘 엠브로스, 그리고 제프리 찬텔을 데리고 오십시오."

제프리 찬텔은 에르미아 엠브로스를 죽이려 했던 그 남자의 이름이었다.

기실 나는 백작이 된 이래 처음으로 백작의 의무이자 권리를 행사하려 하는 것이었다.

진 윙겟 경이 절도있게 대답하고 수하 기사들을 데리고 가는 모습을 보며 그들에게 내릴 판결을 다시금 곰곰이 생각해 보고 있는데, 내 뒤에 서 있던 지라르 경이 조용히 물어왔다.

"제프리 찬텔 경은 어떻게 처리하실 것입니까?"

"글쎄요… 우선은 제가 그에 대해 아는 게 별로 없으니 그와 이야기를 해볼 작정입니다. 제가 아는 것이라고는 엠브로스 양과 전부터 알던 사이라는 것, 그런데 무슨 이유인지 모르겠지만 그녀에게 원한이 있어 복수를 하러 돌아왔다는 것뿐이니까요."

"그와 벤자민 엠브로스 간에 모종의 계약이 있는지도 모릅니다."

내가 백작 작위를 물려받던 날 일어난 사건이라 그들이 감옥에 갇힌 지도 며칠이나 흘러갔지만, 그동안은 내 주변 상황이 너무 혼란스러워 나는 그들에 대해 따로 뭐라 명을 내리질 않았었다. 덕분에 그동안 그들에 대한 심문이나 문초 같은 게 없어 나는 알고 있는 게 전혀 없었다.

그건 다른 사람도 마찬가지일 테지만…

"이제부터 알게 되겠지요. 그런데 지, 아니… 첼릿, 나는 이 자리에 에르미아 엠브로스 양을 참여시켰으면 좋겠는데요, 그건 너무 이기적일까요?"

지라르 경은 어제 일이 있은 후로 자신의 이름을 불러달라고 부탁해 왔었다. 그래 사적인 자리에서는 이름을 부르기로 했는데, 처음부터 계속 지라르 경, 지라르 경이라고 불러와서 자꾸 그를 부르려 할 때 성이 먼저 튀어나오려 했다. 뭐, 곧 익숙해지기야 하겠지만 말이다.

"아무래도, 엠브로스 양께는 어려운 일이겠지요. 여성에게 얼굴을 다치는 건 큰 충격이 아니겠습니까? 우선 오늘 심문을 한다고 이야기는 전하게 했습니다."

"끄응… 잘했어요. 에휴, 아무리 얼굴을 가린다고 해도 사람들 앞에 서는 건 역시 무리겠지요? 그나저나 이브스햄은 불렀는데 안 보이네요?"

"엠브로스 양께 잠시 들렀다 온다고 하셨습니다."

"그래요. 흐음… 아, 첼릿도 그 제프리라는 사람을 알고 있나요?"

"그는… 전에 엠브로스 기사단의 일원이었습니다. 소질도 있고, 열심히 노력하는 데다가 성품도 좋아서 저와 진이 눈여겨보는 자 중 한 명이었지요."

"오, 유망주였다는 소리네요?"

"얼굴도 잘생긴 데다가 매너 또한 좋아서 여자들에게도 인기가 많았답니다. 문제는… 그에게 호감을 가진 여자들 중에 에르미아 엠브로스 양도 있었다는 거지요."

"엥? 왜 그녀가 제프리 찬텔에게 호감을 가진 게 문제라는 거지요? 백작가의 딸에게 잘 보이면 좋잖아요?"

잘만 하면 그녀와 결혼해서 신분이 상승되었을지도 모르는 일이고 말이다.

"그는 백작가의 딸이라는 조건에 영향을 받지 않았던 모양입니다. 엠브로스 양에게 전혀 관심을 나타내지 않았거든요. 그렇다고 무시하는 것도 아니었지만 항상 거리를 두고 예의만 차렸으니까요. 그가 그렇게 대하니 엠브로스 양은 내성적이라 과감하게 다가서지도 못하고 멀리서 바라보며 전전긍긍하고 있었지요."

"그녀가… 내성적이라고요?"

이브스햄과 벤자민에게 잡혀서 꽁꽁 묶여 있던 날, 비록 직접 보지는 못했지만 침착하고 당당하게 말하던 그녀의 목소리는 똑똑히 기억했다. 그런 말투로 이야기하는 여성이 내성적이라니…

내가 믿기 어렵다는 표정이자 첼릿이 허허 웃었다.

"10년 전까지만 해도 말이죠. 그때 엠브로스 양은 소극적이고 내성적이고 나서기를 싫어했지요. 하지만 10년 전의 그 사건과 전 백작님의 교육으로 인해 지금은 많이 당당해진 거랍니다."

"10년 전의 사건이라뇨?"

첼릿의 말에 나는 그 사건에 에르미아 엠브로스와 제프리 찬텔이 연관되었음을 어렴풋이 눈치 챌 수 있었다.

"오랜 시간 멀리서 바라보았지만, 전혀 돌아봐 주지 않자 엠브로스 양의 마음에 앙금이 가라앉기 시작한 거죠. 그렇게 쌓이고 쌓인 감정이 한번에 폭파되었던 겁니다. 사실 엠브로스 양이 그랬다는 게 정말 믿겨지지 않았지만 말입니다."

"무슨 일인데요?"

"저도 자세한 사정은 모릅니다만, 제프리가 엠브로스 양에게는 보여주지 않는 어떤 다정한 행동을 다른 여성에게 했던 모양입니다. 그것도 하필이면 엠브로스 양의 하녀에게 말이죠. 그걸 엠브로스 양이 보고 만 거죠."

"저런……."

"제프리는 엠브로스 양에게 어떤 일말의 기대도 주지 않으려고 다른 여성들에게 대하는 것과 달리 냉정하게 대했거든요. 그런데 그게 엠브로스 양을 더욱 서운하게 한 거죠."

"그래서 어떻게 됐죠?"

"너무 화가 난 엠브로스 양이 그 즉시로 마법사의 방으로 달려가 황산을 가져와 제프리에게 던져 버렸습니다."

"허걱……."

"그래도 주위에 다른 기사들이 있던 터라 급히 조치를 취했기에 목숨은 건질 수 있었지만, 얼굴과 성대는 영영 망가지고 말았답니다. 흉악한 얼굴에 기분 나쁜 목소리로 변하고 만 겁니다. 잘생겼던 그이니 아마 충격이 더 컸던 모양입니다. 최고위 신관이나 고위 마법사들이 있다면 고칠 수도 있겠지만, 그들을 만나는 건 국왕 폐하를 만나는 것만큼이나 어렵고 비용도 만만치 않게 들 테니 일개 기사인 제프리로서는 꿈도 꿀 수 없는 일이었죠. 그 일이 있고 며칠 후 제프리는 백작가에서 조용히 사라졌답니다. 다시 돌아올 줄은 몰랐지만……."

"하아… 그래서 그가 엠브로스 양에게 원한이 생긴 거군요."

"예."

내가 한숨을 쉬자 첼릿도 낮게 한숨을 쉬며 대답했다. 그런데 그의 말투에 무지 안타깝다는 감정이 절절하게 서려 있어 나는 그를 빤히 바라보았다.

"그를 아끼십니까?"

"아까도 말씀드렸다시피 정말 좋은 인재였으니까요. 가르치는 재미도 쏠쏠했고, 진이 정말로 아끼던 아이거든요. 지금 진 녀석 표현은 못하고 있지만 속으로는 무척 끙끙 앓고 있을 겁니다."

"흐음… 그래요?"

어차피 이번 판결에서 누군가의 목숨을 빼앗는 일은 없을 터이지만 제프리라는 사람은 제일 큰 벌을 받게 되지 않을까 생각하고 있었다. 그래 봐야 처형은 아니고 추방쯤 되겠지만…

묘한 인연으로 만나게 되었지만 그에게 원한 같은 건 없었던 터라 다른 용병들처럼 그냥 풀어줘도 괜찮지만, 이브스햄이 그냥 놔주려고 할 것 같지 않았던 것이다.

그래 도가 지나치지만 않는다면 이브스햄이 원하는 쪽으로 하려고 했는데, 예상치 못한 난관에 봉착하고 말았다.

'아무래도… 윙겟 경의 의견도 들어봐야 하겠는걸?'

그렇게 결심하고 있을 즈음, 홀의 문이 열리더니 이브스햄이 모습을 드러냈다.

"늦어서 죄송합니다."

"아니… 어라?"

예의상 나는 앉아 있던 자리에서 일어나 인사를 하려고 했다. 그런데 그의 뒤를 따라오는 한 사람의 모습에 나는 내뱉던 인사를 끝내지 못하고 놀라서 입을 벌렸다.

여기 나타날 것이라고 생각조차 못했던 엠브로스 양이 아버지의 뒤를 따라 들어오고 있었던 것이다.

"백작님을 뵙습니다."

높은 열로 인해 성대가 상해 여성의 고운 목소리가 아니라 거친 허스키한 음색이 그녀의 입에서 흘러나왔다.

"어서 오세요, 엠브로스 양. 직접 오실 줄은 몰랐는데요. 몸은 좀 어떠세요?"

"많이 나았습니다. 걱정해 주셔서 감사합니다."

많이 나았기는 나았다.

얼마 전까지만 해도 충격 때문인지 침대에서 내려오는 것도 힘겨워하던 그녀가 지금 하녀의 부축을 받고 있기는 해도 스스로의 힘으로 걷고 있었으니 말이다.

얼굴은 얇은 베일로 가린 채 눈만 내놓고 있었고, 턱 아래부터 발끝까지 내려오는 드레스를 입고, 손에도 얇은 실크 장갑을 낀 채 겉으로는 피부를 조금도 노출시키지 않고 있는 그녀를 보자니 정말 안됐다는 생각이 다시금 들었다.

"좀 앉겠습니까?"

"그리해 주신다면 감사하겠습니다."

이곳은 정식으로 손님을 맞거나 아니면 판결을 내릴 때 사용되는 홀이라 단상 위에 나만이 앉을 수 있는 의자가 있을 뿐이라 다른 이들은 모두 서 있어야 했다.

그러나 백작의 허락 하에 단상 밑에 다른 이들이 의자를 가져다 놓고 앉을 수가 있었다. 엠브로스 양처럼 여성이거나 아니면 나보다 지위가 높은 사람이 참관할 경우에 말이다.

이브스햄은 전 백작이기는 했지만, 혈연상 내 손자였기에 앉지 않고 서 있는 거다.

한 병사가 의자를 가져와 그녀가 그 위에 몸을 앉힐 무렵 홀 문이 열리고 진 윙겟 경을 선두로 감시의 눈길을 번뜩이는 기사들과 감옥에 갇힌 자들, 그리고 그들을 묶은 줄을 잡고 있는 사병들이 우르르 몰려 들어 왔다.

"죄인들을 데리고 왔습니다."

벤자민 엠브로스와 이스파엘 엠브로스를 맨 앞에, 제프리 찬텔이 그 뒤에, 또 그 뒤에는 벤자민 엠브로스가 고용한 용병들이 주르르 무릎이 꿇려졌다.

추운 날 난방이 절대 되지 않는 차가운 지하 감옥에 며칠 갇혀 있었던 탓인지 아무런 문초도 없었음에도 불구하고 그들의 안색은 좋지 않았다.

그들의 모습을 보며 빨리 해결하고 풀어줘야겠다 마음먹으며 첫 말을 어떻게 꺼낼지 궁리하고 있는데 이런 내 고민이 허무하게도 첼릿이 나섰다.

"죄인 벤자민 엠브로스, 그대는 감히 백작님을 살해하려고 했다. 이는 네 목숨으로 갚아야 하는 큰 죄라는 것을 알고 있겠지?"

그러자 창백한 얼굴에 새파랗게 질린 입술을 하고 있던 벤자민이 갑자기 회심의 표정을 지으며 씨익 웃더니 힘겹게 입을 열었다.

"글쎄올시다… 내 죄가 크다면 다른 사람의 죄도 클 게 분명한데, 나는 감옥에 갇히고 다른 사람은 멀쩡하게 서 있다니 이거 참 아이러니하지 않소?"

그러면서 한쪽에 서 있는 이브스햄을 의미심장하게 바라보는 거였다.

"안 그렇습니까, 형님?"

그러자 이브스햄이 핼쑥해지더니 버럭 고함을 질렀다.

"이익, 닥쳐라! 네놈의 죄는 명명백백하다. 이제 와서 무슨 소리를 하는 거냐?"

"아아, 물론 그렇지요. 하지만 저도 할 말은 있습니다만? 설마 말도 못하게 하고 죽이는 건 아니겠지요?"

벤자민의 말에 이브스햄이 분노해 뭐라 더 말하려고 했지만, 첼릿이 먼저 나섰다.

"벤자민 엠브로스!! 묻는 말에나 대답해라. 뭐, 어차피 너는 현행범이라 시인을 하든 부인하든 상관없지만, 변명할 거리라도 있는가?"

"아아, 물론 시인합니다. 저는 단지 제 모든 죄상을 명명백백하게 고하려고……."

"네놈이 정녕 죽고 싶은 게로구나. 그나마 옛정을 생각해서 목숨만은 구하도록 노력하려고 했더니!!"

이번에도 이브스햄이 벤자민의 말을 자르고 끼어들었다.

그에 첼릿의 눈초리가 살짝 찌푸려졌지만, 이브스햄이 자기보다 지위가 높은지라 아무 말도 안 하는 듯했다.

이브스햄이 자꾸 그렇게 벤자민의 말을 자르고 흥분하자 오히려 벤자민은 더욱더 여유로운 표정으로 빙그레 웃었다.

"호오, 제 목숨을 구해주려 하셨습니까? 이거 참 눈물나게 고마우신 말씀입니다."

"이익, 네 이놈!!"

능글맞은 벤자민과 흥분해서 어쩔 줄 모르는 이브스햄의 모습을 보자니 아무래도 벤자민은 이브스햄이 자신과 공모해 나를 죽이려 했다는 걸 밝히려고 하고, 이브스햄은 그걸 막으려는 듯 해보였다.

그런데 웃긴 건 그건 내가 다 알고 있고 그동안 이브스햄도 거기에 대해 잊어달라거나 용서해 달라는 등의 말도 안 했으면서―물론 나도 가만있었지만―이제 와서 벤자민이 말할까 봐 전전긍긍하는 거였다.

이브스햄은 내가 증거가 없어서 그를 가만 놔두는 거라고 생각하는 걸까?

하지만 정말 그가 미웠다면 내 능력만으로도 나는 얼마든지 그를 해칠 수 있다는 걸 이브스햄도 알고 있는데 말이다. 아니면, 나나 그냥 덮어두려고 했는데 벤자민이 들춰내서 내가 어쩔 수 없이 이브스햄에게 벌을 내리게끔 하려는 걸 막는 걸까? 그의 죄가 드러나더라도 내가 용서해 주면 그만인 것을…….

지금 상황에서 모든 일의 결정은 내 손안에 있으니 아무리 증거가 명명백백하더라도 내가 안 보면 그걸로 끝이었다. 그걸 모르는 이브스햄이 아닐 텐데 그는 너무나 전전긍긍했다.

그래 이상하다 싶어 벤자민과 이브스햄의 언쟁을 제지하지 않은 채 가만히 지켜보고 있는데 이브스햄이 자꾸만 이야기하면서 힐끔힐끔 이쪽을 쳐다보는 거였다.

처음에는 내 눈치를 살피는 건가 싶었지만, 나와 눈이 마주치지 않는 거 보면 그게 아닌 듯싶었다. 그래 가만 보니 앞으로 나선 첼릿의 눈치를 자꾸 살피는 거였다.

'왜? 아아, 그러고 보니 대대로 백작은 첼릿의 정체를 알고 있다고 했지? 그래서 그러는 건가? 호오, 그러고 보니 기사단장이 첼릿 제자라고 했지? 그러면 첼릿이 기사단을 꽈악 잡고 있는 거겠네? 그래서 그러나?'

내가 그렇게 고개를 갸웃갸웃하는데 벤자민의 능글맞은 언행에 분노할 대로 분노한 이브스햄이 나를 쳐다보았다.

"백작님, 더 이상 이 녀석의 말을 들으실 필요 없습니다. 죄가 명백한 이상 그냥 처형하시지요."

"오오, 아무리 흉악범이라도 죽기 전에 신관의 기도는 받을 수 있고 마지막으로 하고 싶은 말을 할 수 있는 권리는 있는 법이라구요, 형님."

처형당하기 직전의 사람이 저렇게 여유만만하게 웃으며 이야기를 할 수 있는 건지 황당했지만, 아마 벤자민도 겉으로는 여유롭게 굴어도 속으로는 외줄을 타고 절벽을 건너가는 심정일 거였다.

"닥쳐라! 네 목숨을 끊기 전에 네놈의 혀를 뽑도록 하겠다!"

"아아, 왜 제 혀에 그렇게 관심이 많으실까?"

뭐, 그거야 아무래도 좋았다. 물어보면 모든 게 밝혀질 테니까 말이다.

그래서 나는 구경하는 건 관두고 슬슬 나서기로 했다.

"둘 다 그만 하시죠. 당신들의 이야기는 나중에 천천히 다 들어줄 테니까, 우선은 거기 용병들."

내 부름에 뒤쪽에 옹기종기(?) 무릎 꿇고 앉아 있던 용병들이 긴장한 표정으로 나를 올려다보았다.

"지하 감옥에 무단 침입하여 죄인을 이끌고 도망친 죄가 있기는 하지만, 그거야 당신들이 돈을 대가로 저지른 일이니 크게 탓하지는 않겠습니다. 뭐, 일을 실패했으니 대가도 못 받겠지만… 해서, 가벼운 벌금형을 내리기로 하겠습니다."

내 말이 의외였던지 용병들의 눈이 둥그레졌지만, 대부분은 다행이라는 듯 안도의 한숨을 내쉬었다.

"벌금은 얼마 정도……."

한 용병이 조심스레 묻자 나는 시선을 다시 벤자민 쪽으로 돌렸다.

"벤자민 엠브로스, 저들에게 계약금을 얼마나 줬지요?"

내 질문이 의외였던 듯 벤자민도 얼떨떨한 표정을 지우지 않은 채 대꾸했다.

"아… 그러니까… 한 사람당 은화 30씩……."

"흐음, 그래요? 윙겟 경, 그 정도면 저들의 수준이 어느 정도라는 이야기인가요?"

"계약금은 보통 약속한 금액의 10%를 주니까, 대충 저들은 금화 3개씩 받는다는 이야기군요. 그 정도라면… 2급 정도일 겁니다. 가장 활동을 많이 하는 괜찮은 실력을 가진 용병들이 그 정도입니다. 일급은 그보다 10배 정도, 특급은 100배 정도 받지요. 일급용병 이상이면 착수금부터 금화나 백금화밖에 취급을 안 한답니다."

“헉… 차이가 심하군요. 뭐, 어쨌든 벌금은 한 사람당 은화 20씩으로 하도록 하죠. 윙겟 경, 저들은 그렇게 정했으니 알아서 처리해 주세요.”

“알겠습니다.”

“우와~!!”

“감사합니다, 감사합니다!!”

“백작님, 멋쟁이!!”

내 선언에 눈에 띄게 안도하는 기색을 보인 용병들은 윙겟 경의 눈짓에 따라 자신들을 이끄는 기사들에게 순순히 끌려 나갔다.

그들의 모습에 첼릿이 못마땅한 표정으로 소곤거렸다.

“너무 가벼운 형벌을 내리신 게 아닙니까?”

“생각 같아서는 그냥 풀어주고 싶었는걸요. 사실 저들은 벤자민에게 고용되었을 뿐이잖아요.”

“그거야 그렇습니다만…….”

“그럼 됐으니까 그 정도로 넘어가요. 지금 중요한 건 저들에 대한 처분이 아니잖아요.”

“그렇군요. 그럼 저들은 어떻게 처리하시겠습니까?”

첼릿은 그러면서 눈짓으로 이제 남은 세 명을 가리키고 있었다.

벤자민은 여전히 이브스햄과 치열한 눈빛을 주고받고 있었고, 그 옆의 이스파엘과 그 뒤의 제프리는 고개를 푹 숙이고 있었다.

“흐음…….”

나는 의자에 등을 기댄 채 그들을 바라보고 있다가 자리에서 벌떡 일어났다.

“서재로 가죠. 윙겟 경, 저들을 서재로 데려와 주세요. 그리고 이브스햄, 엠브로스 양, 그대들도 서재로 와주세요."

"배, 백작님?"

나의 갑작스러운 명에 이브스햄은 물론이거니와 윙겟 경이나 첼릿, 그 주변의 기사나 사병들, 무릎 꿇고 있던 벤자민도 당황한 기색이 역력했지만, 나는 그들을 싸악 무시한 채 듀비를 데리고 척척 걸어 그 홀을 빠져나갔다.

"해인님, 뭘 어쩌시려고요?"

내가 척척 걸어가자 첼릿이 다급하게 쫓아오며 물었다.

"이야기를 들어보려구요."

"예?"

내 말에 이해할 수 없다는 표정을 짓는 첼릿에게 나는 싱긋 웃어주었다.

"그들의 이야기를 듣고 싶어요. 하지만 높은 데서 내려다보면서 듣기보다는 마주 앉아 듣고 싶어서 그래요. 그들도 무릎을 꿇은 채 이야기하는 것보다는 소파에서 앉아서 하는 게 더 좋지 않겠어요?"

"그들은 죄인입니다."

"압니다. 하지만 뭐랄까… 내가 너무 무른 걸지도 모르지만 그들을 무릎 꿇려놓고 위에서 닦달하고 싶을 만큼 그들이 밉지가 않네요."

"하, 하아……."

첼릿이 아무 말도 못하고 한숨만 내쉬자 그동안 조용히 상황을 지켜보기만 하던 듀비가 슬며시 끼어들었다.

"그들이 해인님께 무슨 잘못이라도 했습니까?"

"흐음… 아까 늙은 인간이 자신의 아들에게 백작 작위를 넘겨주고 싶어했지요. 그런데 중간에 내가 나타나서 작위를 가로채게 되니까 날 죽이려고 했어요."

간단명료한 내 설명에 듀비가 알았다는 듯이 고개를 끄덕이더니 간단하게 대답했다.

"죽여야겠군요."

그러자 그 뒤를 첼릿이 이었다.

"당연한 겁니다. 해인님을 죽이려 한 죄는 그 무엇으로도 용서할 수 없습니다. 그런데 그런 죄인을 소파에 앉게 해서 이야기를 들어보시겠다니……."

"죽이지 않습니다."

"예?"

첼릿의 말을 자르고 불쑥 내던진 내 말에 놀란 첼릿이 그도 모르게 소리를 높여 되물었다.

"그건 또 무슨 말씀이십니까? 죽이지 않겠다니요? 그럼 평생 감옥에 가두시게요?"

"아뇨."

간단하게 대답한 나는 서재의 문을 벌컥 열고 들어갔다.

"도대체 그들을 어떻게 처리할 생각이십니까?"

"그건 저도 묻고 싶군요. 갑자기 저들을 서재로 데려오라니, 그게 무슨 말씀이십니까?"

첼릿이 서재로 들어오자마자 나를 다그치는데, 그 뒤로 서재 문이 벌컥 열리고 흥분해서 얼굴이 벌겋게 상기된 이브스햄이 들어오더니 첼릿과 같이 다그쳐 묻는 거였다.

하지만 나는 거기에 대답하지 않고 소파에 자리를 잡으며 그에게 자리를 권했을 뿐이었다.

"진정하고 앉으세요. 아, 차 드실래요?"

"백작님, 지금 차가 문제가 아니지 않습니까? 저들은 즉결 처형당해도 할 말이 없는 죄인들입니다. 무슨 이야기를 더 들으시겠다는 겁니까?"

엄청 흥분한 듯 탁자를 손바닥으로 내려치며 외치는 이브스햄의 말을 칼칼한 음성이 부인했다.

"모두 다는 아니에요. 최소한 한 사람은 그렇지가 않아요."

"에르!!"

놀란 이브스햄이 돌아보는 가운데 그녀는 천천히 소파 쪽으로 다가왔다. 그래 나는 다시 자리에서 일어나 그녀에게 자리를 권해야 했다.

"이쪽으로 앉으세요, 엠브로스 양. 차 한잔 하시겠습니까?"

"감사합니다, 백작님. 차는 방금 전에 마시고 와서 생각이 없어요."

그녀가 자리를 잡고 앉자 이브스햄도 흥분을 가라앉히고 그녀 옆에 자리를 잡고 앉았다.

그리고 잠시 후 서재의 문이 열리며 윙겟 경이 들어왔다.

"죄인들을 데리고 왔습니다."

"수고하셨습니다, 윙겟 경. 아, 미안하지만 그들의 포박도 좀 풀어주시겠습니까?"

"예에? 아, 예……."

내 말에 눈을 휘둥그레 뜬 윙겟 경이었지만, 빙긋 웃으며 지그시 바라보고만 있자 그는 서둘러 대답하며 포박을 풀었다.

"자, 거기 세 분, 이쪽으로 앉으시지요. 아, 그래, 차 좀 드시겠습니까?"

서재에 들어온 뒤로 나는 모두에게 열심히 차를 권했지만, 아무도 마시질 않았다. 지금 세 명도 마찬가지인 듯 황당한 표정으로 나를 힐끔 바라본 채 대답은 안 하고 꾸물꾸물 내가 가리킨 소파로 와서 앉았다.

"거참, 별로 내키지 않으시는 모양이군요. 듀비, 차 마실래요?"

"저는 주십시오."

"좋아요, 윙겟 경은?"

듀비의 긍정적인 반응에 방긋 웃으며 문 가까이에 서 있는 윙겟 경을 바라보자 그는 아직도 황당한 기색을 감추지 못한 채 고개를 저었다.

"아, 저, 저는 됐습니다."

"그래요? 그럼 차 두 잔만 가지고 오라고 하세요. 기사 분들은 나가셔도 좋습니다."

"예에? 그러다가 죄인들이 무슨 일을 벌이면 어쩌시려고요? 다른 녀석들은 몰라도 제프리는……."

윙겟 경이 크게 놀라며 외쳤지만 나는 그의 말을 싹둑 잘라 버렸다.

"걱정이 된다면 윙겟 경은 남아도 좋습니다. 하지만 제 생각으로는 여기 있는 누구도 함부로 행동할 수 없을 것 같은데요?"

"아… 그, 그거야……."

더듬거리는 그를 보며 나는 다시 입을 열었다.

"윙겟 경은 어쩌실 거죠?"

"…여기 있겠습니다."

"그러세요."

상황이 무지 어색해서 그런지 시종이 차를 가지고 올 때까지 감히 어느 누구도 입을 열지 못했다. 윙겟 경은 내가 의자를 권했지만 사양

하면서 첼릿 옆에 섰고, 듀비는 내 옆에 자리를 잡고 앉았다.

달콤한 냄새를 피워 올리는 차를 기분 좋게 한 모금 마신 나는 긴장으로 인해 침묵이 흐르는 주변을 한번 훑고는 입을 열었다.

"자, 그럼 이야기를 해볼까요? 벤자민 엠브로스, 원하는 게 뭐죠?"

"예?"

내가 너무 단도직입적으로 물었는지 그는 놀란 눈으로 나를 바라보았다.

그에 싱긋 웃어준 나는 소파에 등을 기댄 채 다리를 한번 척 꼰 뒤 재차 입을 열었다.

"아까 보니까, 이브스햄과 무슨 거래를 하고 싶어하는 것 같던데… 내가 잘못 본 겁니까?"

"아, 그, 그게……."

"백작님, 그 무슨……."

벤자민과 이브스햄이 동시에 입을 열었지만 당황한 기색을 숨기지는 못했다.

"제가 틀린 겁니까?"

또 한 번 묻는 내 말에 벤자민이 크게 한숨을 내쉬더니 입을 열었다.

"제 아들은 아무 죄도 없습니다. 있다면, 제가 감옥에 갇힌 걸 그냥 둘 수 없어 용병들을 고용해 감옥을 습격한 것뿐입니다. 그전에 있던 모든 사건들은 제가 꾸민 짓이며 아들은 조금도 모르는 일입니다. 아버지를 생각해 잘못인 줄 알면서도 습격한 거니, 그 정도는 이해해 주실 수 있지 않습니까?"

"이브스햄 생각은 어떠세요?"

"말도 안 됩니다. 이스파엘이 전혀 몰랐을 수가 없어요. 이스파엘도 같이 꾸몄을 겁니다.”

“너무 단정하시는 것 아닙니까, 형님?”

“흥, 네 녀석이 뭘 생각을 하고 있는지 모르는 내가 아니다. ‘그’ 일로 날 협박해서 아들을 살리려는 모양인데, 백작님께서 날 그냥 두고 계시는 걸 보고도 모르겠냐?”

“백작님이야 형님이 어떻게 했을 수도 있겠지만, 지라르 경은 어떨까요?”

“지라르 경은 백작님의 수하다.”

“그렇긴 합니다만…….”

“지라르 경.”

이브스햄과 벤자민의 격렬한 언쟁에 갑자기 내가 끼어들면서 첼릿을 부르자 이브스햄과 벤자민은 입을 다물었고, 첼릿이 대답했다.

“예.”

“벤자민 엠브로스와 그 아들을 어떻게 처리했으면 좋겠습니까?”

그의 대답은 간결했다.

“처형하십시오.”

“왜요?”

이번에도 간결했다.

“백작님을 해하려 했으니까요.”

“아들은 나에게 직접적으로 손을 쓰지 않았는데요?”

허옇게 질린 두 부자를 힐끔 바라보며 다시 묻자 첼릿은 주저없이 대답했다.

“백작님을 해하려 했던 죄인을 구출하려 했으니 공모죄입니다.”

“그렇습니까? 그렇다면, 이브스햄과 벤자민이 같이 나를 죽이려 했으면 어쩔까요?"

이번에는 이브스햄까지 하얗게 질렸다.

"이자를 잡을까요?"

첼릿은 사실이냐고 묻지도 않았다. 내 말이 끝나는 즉시 검을 빼 들어 이브스햄의 목을 겨눴던 것이다.

"배, 백작님……."

"검을 거두세요, 지라르 경. 나는 이야기를 듣고 싶을 뿐입니다."

내 말에 첼릿은 그 즉시 검을 거두고 너무나 간결한 대답을 내뱉었다.

"처형하십시오."

그의 대답에 나는 피식 웃고는 천천히 입을 열었다.

"나를 죽이려 했기 때문입니까?"

"예."

"저는 머리카락 한 올 다치지 않고 무사한데요?"

"백작님을 해하려 한 것만으로도 목숨을 내놓을 중죄입니다."

단호한 첼릿의 대답이었다. 너무 사람의 목숨을 취하려 하는 것 같지만, 그의 대답은 이 나라의 법과 같았다.

여기서는 살인죄와 살인 미수죄를 똑같이 여기고 있기 때문이었다. 특히나 그것이 작위를 가진 귀족, 혹은 작위 계승 1순위 후계자를 향한 것일 때는 어떤 이유가 있든지, 성공했든지 실패했든지, 혹은 시도하기도 전에 들켰든지 상관없었다. 계급 사회에서는 작위나 가주에 대한, 혹은 왕에 대한 자리다툼이 비일비재했기 때문에 그걸 조금이라도 줄이기 위해서인지는 모르겠지만, 주동자는 물론이거니와 공모자들 모두에게 처형이라는 판결을 내리는 게 가능했다.

뭐, 그렇다고 해서 영지 안에서 영주가 안 죽이겠다고 한다고 법을 어기는 건 아니지만…

"그렇군요. 한 가지만 더 물어보겠습니다. 한 어린아이가 무지무지 미워하는 청년이 있었답니다. 그 아이는 이 청년이 죽기를 바랐는데 청년은 건강해서 당장 늙어 죽거나 병들어 죽을 확률이 극히 낮았지요. 그래서 고민고민하던 아이가 꾀를 써서 이 청년이 잘 다니는 길에 자그마한 함정을 팠답니다. 이 함정에 발이 빠져 나자빠져서 머리를 부딪쳐 죽게끔 말이지요. 그걸 모르는 청년은 그 길을 지나다가 정말 그 작은 함정에 발이 빠져 넘어져 버렸지만, 아쉽게도 죽지는 않고 작은 타박상만 입었답니다. 그럼 여기서 이 어린아이를 살인 미수죄로 잡아서 처형해야 할까요?"

뜬금없이 엉뚱한 말을 좔좔좔 내뱉는 날 사람들이 어리둥절하게 바라보았다.

그건 첼릿도 마찬가지였던지—그는 내 뒤에 서 있어서 얼굴을 볼 수가 없다—황당함이 가득 든 목소리로 대답했다.

"무슨 말씀을요. 그 정도로는 그 청년이 죽을 리가 없지 않습니까? 재수가 없어서 넘어질 때 머리를 짱돌에라도 박아 뇌진탕에 걸리지 않는 한 말입니다."

"하지만 죽이려는 목적으로 함정을 팠고, 청년이 거기에 걸렸는데요?"

"아무리 그래도 어린애가 한 일에 청년이 죽을까 봐 겁을 먹지는 않았을 거 아닙니까? 청년 또한 그런 일 정도로 어린애가 처형되기를 원치 않을 겁니다. 가볍게 혼내기야 하겠지만……."

"그렇군요. 그럼 저도 그 청년으로서 가벼이 벌을 내리고 끝내도록 하죠.”

“예?”

내 말에 첼릿이 다시 소리를 높였다.

“이브스햄과 벤자민이 나를 죽이려 했던 건 사실입니다. 그러나 제가 죽었습니까? 저 둘이 나에게 한 일은 내가 말한 어린애가 청년을 죽이려고 작은 함정을 판 것과 똑같은 일입니다. 그 정도로는 죽는다는 위협도 못 느끼거든요.”

“아니, 그래도 국법에는…….”

첼릿이 뭐라고 더 하려 했지만, 나는 그의 말을 자르고 입을 열었다.

“물론 국법에는 처형이라고 나오지만, 그렇다고 영주가 처형하지 않는다 해도 위법은 아니지요. 안 그런가요?”

“무, 물론 그렇습니다만…….”

“그럼 된 거 아닙니까? 자, 판결을 내리도록 하죠.”

그렇게 첼릿의 입을 다물게 한 나는 제일 먼저 벤자민을 바라봤다.

“벤자민 엠브로스, 당신이 관리하는 영지에 대한 서류를 봤는데, 확실히 영지 관리하는 데 유능하더군요. 아직 모든 면에서 미숙한 나지만 당신 같은 인재를 놓치기는 아깝다는 생각이 들어요. 해서, 당신의 지위는 그냥 보장해 드리지요.”

“그, 그게 정말입니까?”

벤자민은 믿을 수 없다는 듯 두 눈을 휘둥그레 떴다.

“그런 걸로 거짓말을 하지는 않습니다. 대신, 당신에게서 엠브로스란 성은 빼앗겠습니다. 당신은 이제부터 제게 소속된 영지 관리인이자 영주 대리인일 뿐, 엠브로스 가문 사람은 물론 제 손자가 아닙니다. 당연히 작위 계승권도 박탈되겠지요. 아시겠습니까?”

"알겠습니다. 정말 감사합니다. 살려주셔서 정말 감사합니다."

벤자민은 소파에서 내려와 바닥에 무릎을 꿇고 나에게 고개를 숙였다.

"대신, 사건의 전모를 다 알았으면 좋겠는데요? 당신이 그날 엠브로스 양에게서 작위를 빼앗으려 했던 모든 일을 말입니다."

그러자 벤자민은 차마 소파 위로 올라가서 앉지도 못하고 여전히 무릎을 꿇은 채 고개를 숙이고 띄엄띄엄 이야기를 시작했다.

벤자민과 이브스햄은 지금 남아 있는 엠브로스 사람들 중 그나마 가장 가까운 친척이었기 때문에 어렸을 때는 물론, 성인이 되고 결혼을 하고서도 자주 왕래가 있었던 모양이다. 벤자민이 엠브로스 영지 중 가장 척박한 곳을 골라 가서 거기를 크게 부흥시킨 것도 젊은 혈기로―그가 그 영지로 부임했을 때는 그가 중년이 되기 전 일이었다―자신의 능력을 한번 시험해 보고 싶었던 것도 있지만, 반은 이브스햄을 돕기 위해서라고 했다. 사실인지 아닌지는 모르겠지만…

그러다 보니 제프리 찬텔과 에르미아 사이에 있었던 일까지 알게 되었던 것이다.

그 당시에는 제프리를 단지 안됐다고만 생각했는데, 몇 년 전 이브스햄의 아들이 죽고 그에게 자식이라고는 에르미아만 남게 되자 작위에 대한 욕심이 생기면서 그를 다시 떠올렸다고 한다.

혹시나 이용할 수 있지 않을까 싶어 그를 수소문했지만, 에르미아가 결혼을 하면 작위는 자연스레 이스파엘에게 넘어오게 되었기 때문에 그냥 알아만 두고 있자는 생각이었단다.

그러나 에르미아가 다른 귀족가 여식들과는 달리 혼기가 차도 결혼할 생각을 하지 않았고―처음에는 제프리 사건 때문에 충격을 받아서 그러는가 보다 싶었지만…—나중에 이브스햄이 그녀에게 본격적으로 여러 가지 영지를 꾸려가기 위한 교육을 시키는 걸 보고 안 되겠다고 생각해서 일을 꾸몄다고 한다.

마침 제프리가 에르미아에 대한 복수심도 가지고 있었기에 일의 진행은 수월했다고 한다.

대신 어려서부터 친딸만큼 예뻐한 아이였기에 죽이지는 않기로 했는데 제프리가 자기 마음대로 죽이려 했다는 거였다. 그 말 그대로, 그때 그 자리에 내가 없었다면 에르미아는 정말 죽은 목숨이었다.

아들인 이스파엘과도 처음부터 논의가 되었다고 한다.

그들의 계획은 우선 벤자민이 어떤 핑계를 대든 이브스햄을 서재에 데리고 가 있는 사이, 그들이 있는 줄 모르는 제프리가 서재로 와서 에르미아를 불러내어 그곳에서 복수를 한다는 거였다.

원래는 그녀의 얼굴에 약한 황산을 끼얹기로 했었단다. 제프리가 당한 것만큼은 아니지만, 그나마 비슷하게 말이다.

그리고 그때 둘이 튀어 나가 제프리는 잡히고—나중에 벤자민 부자가 구출해 주기로 약속이 되어 있다고 했다. 그러나 내가 보기에 제프리는 거기서 잡혀 자기도 죽으려 했던 듯싶다—에르미아는 파티에 못 나가니 대신 이스파엘이 나가 작위를 받는다는 스토리였다.

"거참… 그런데 궁금한 게 있는데… 정말 작위를 가지고 싶다면 꼭 그렇게 엠브로스 양을 다치게 하지 않아도 방법이 있잖아요. 둘은 결혼이 가능하지 않습니까? 둘을 결혼시키면 되잖아요?"

이 나라에서는 같은 친척이라도 6촌 이상이면 결혼이 가능했다(이스파엘과 에르미아는 딱 6촌이다). 불가능한 건 4촌이나 5촌까지만…….

"그, 그게… 저도 그렇게 생각했지만, 이스파엘에게는 벌써 사랑하는 아내가 있어서 말입니다."

"그래요? 유부남이었군요."

"예에……."

"그래요, 이야기는 잘 들었습니다. 아, 그리고 이브스햄."

내 부름에 이브스햄은 깜짝 놀라 나를 바라보았다.

"그대에게는 따로 처벌을 내리지 않겠습니다. 그대는 벌써 큰 벌을 받은 것 같아서 말이죠."

"감사합니다, 백작님."

안도한 표정으로 고개를 숙이는 이브스햄이었지만, 순간 슬쩍 첼릿의 눈치를 살피는 걸 잊지 않았다. 하기야 그는 지금까지 내가 아무 말도 않고 잠자코 있었으니 자신에게 아무런 처벌을 내리지 않을 걸 짐작하고 있었을 터였다. 문제는 첼릿이었지…

첼릿이 여기서 그렇게 큰 비중을 차지하고 있는 줄 정말 몰랐었다.

하긴, 100년이 넘는 기간 동안 계속 엠브로스 가를 지키고 있었으니 그게 당연한 걸라나?

"자, 그러면 남은 사람은 제프리 찬텔, 당신뿐이군요. 당신은 할 말이 없습니까?"

내 말에 그는 고개를 더 숙이며 중얼거리듯 대꾸했다.

"없습니다. 마음대로 하십시오."

"에……."

그의 남의 일을 이야기하는 듯한 무관심한 어조에 내가 황당해하자, 그 즉시 내 뒤쪽에서 호통이 터져 나왔다.

"그게 무슨 망발인가? 제대로 대답하지 못하겠는가!"

윙겟 경이었다.

첼릿이 말해 주길 그가 제일 안타까이 여기고 있을 거라 하더니만, '죽이든 살리든 맘대로 해라' 라는 듯한 제프리의 행동에 제일 먼저 반응을 보인 것이었다.

하지만 윙겟 경의 호통에도 제프리는 고개만 더 푹 수그렸을 뿐이었다.

그의 얼굴은 에르미아 얼굴 못지않게 흉측하게 일그러진 데다가 색도 거무튀튀하게 변해 있었다. 엠브로스 양은 그나마 베일로 얼굴을 가리고 있었지만 그는 죄인의 몸이었기에 가리지도 못해 얼굴을 보이지 않으려면 고개를 숙이고 있는 수밖에 없었다.

"할 말이 없다면 하는 수 없지요. 그럼 이브스햄, 저자를 어떻게 할까요?"

이브스햄은 내가 자신에게 물을 줄은 몰랐는지 당황한 표정으로 입을 열었다.

"아, 저는… 그러니까……."

그런데 그때였다. 지금까지 조용히 지켜보기만 하던 에르미아가 끼어들었다.

"백작님, 제가 감히 한말씀 드려도 되겠습니까?"

어차피 그녀의 의견도 들어보고 싶었던 터라 나는 기꺼이 고개를 끄덕였다.

"그러세요."

"감사합니다. 백작님, 제프리 찬텔이 저에게 했던 일은 제가 먼저 그에게 했던 일에 대한 복수였습니다. 그러니 만약 제프리 찬텔이 벌을 받게 된다면, 그 원인을 제공한 저 또한 그와 같은 벌을 받아야 한다고 생각합니다."

“그렇군요. 그래서요?”

내가 그녀의 말에 쉽게 고개를 끄덕이며 묻자 그녀가 당황한 기색을 떠올렸다.

“예? 아, 예, 제 말씀은 그러니까… 만약 제프리 찬텔에게 벌을 내리신다면 저도 같이 벌을 받게 해주십사 하고…….”

“그렇습니까? 알겠습니다. 참고하도록 하지요. 할 말은 그게 다입니까?”

“예, 예에… 감사합니다.”

내가 너무나 산뜻하게 받아들이자 그녀는 기대했던 반응이 아니었던지 당황한 기색을 감추지 못하고 말을 끝맺었다.

“이브스햄은요? 할 말이 없으신가요?”

내 말에 이브스햄은 어색하게 웃으면서 고개를 저었다.

“제가 무슨 말을 하겠습니까? 백작님이 알아서 해주십시오.”

“따님의 인생이 망가졌으니 원한이 클 거라고 생각했는데요?”

“물론… 그렇습니다만, 제 딸 또한 한 사람의 인생을 망쳤으니 벌을 내려달라고 간청할 권리는 없다고 생각합니다. 게다가 제 딸은 회복할 수 있거든요.”

“호오, 그래요? 어떻게 말입니까?”

“수도에 있는 고위 신관을 찾아갈 생각입니다. 그래서 이번에 백작님께서 수도로 가실 때 딸과 같이 동행을 허락해 주십사 간청하려고 했었지요.”

“그 고위 신관이 고치는 것이 가능할까요?”

“가능할 겁니다. 완벽하게는 못하더라도 어느 정도는 할 수 있으리라 생각합니다.”

“대신 돈이 좀 많이 들겠지요?”

내 말에 이브스햄이 삐질 웃었다.

“허허허… 아마도 그렇겠지요. 그러나 충분히 감당할 수 있으리라 봅니다.”

“그렇군요.”

이브스햄의 말에 나는 고개를 끄덕이며 씨익 웃었다. 그의 말을 듣는 도중 좋은 생각이 떠올랐던 것이다.

원래 제프리에게도 큰 처벌을 내리고 싶지 않았던 데다가, 에르미아와 이브스햄까지 큰 원한이 없는 것을 보고 그냥 놔주려고 했지만, 그보다 더 좋은 해결책이 보였던 것이다.

“자, 그렇다면… 제프리 찬텔, 그대는 어떤 처벌을 내리든 감수하겠습니까?”

“네.”

그는 체념한 듯 대답했지만, 내 뒤쪽에서 긴장감이 전해져 왔다. 아마도 진 윙겟일 듯…

“좋아요. 아, 윙겟 경, 물어볼 게 있는데… 제프리 찬텔이 전에 엠브로스 기사단의 기사라고 했었죠?”

“예? 아, 예. 그렇습니다.”

“실력이 어느 정도였지요?”

“에… 예전에는 저희 기사단의 중간 레벨 정도였습니다.”

“그래요? 그럼 실력이 꽤 있는 건가요?”

“당연한 말씀이십니다.”

그렇게 말하는 윙겟 경의 어조에는 기사단에 대한 자부심이 깃들어 있었다.

"흐음, 그렇군요. 그럼 한 가지 더. 엠브로스 기사단은 월급이 좀 많 겠지요?"

"예? 아, 뭐… 괜찮은 편이라고 할 수 있습니다."

"괜찮은 편이 어느 정도인데요?"

"그러니까… 에… 1급 용병이 평균적으로 버는 수준과 비슷하다고 보시면 됩니다."

윙겟 경이 내가 알아들을 수 있도록 설명해 주려고 애썼지만 용병 세계에 대해 잘 모르는 내가 알 수 있을 리 없었다. 하지만 아까 듣기 로는 1급 용병들은 선금으로 금화를 받는다고 했으니 꽤 받는다는 것 만 어렴풋이 짐작할 뿐이었다.

"그래요? 좋군요. 좋아요, 제프리 찬텔, 몰래 백작가의 서재에 잠입 한 죄, 그리고 엠브로스 가문 사람을 죽이려 한 죄에 대한 처벌을 내리 도록 하지요. 우선, 기사단으로 복귀할 것."

"예? 그게… 처벌입니까?"

제프리가 황당하다는 시선으로 나를 바라보기에 나는 기꺼이 고개 를 끄덕여 줬다.

"당연하죠. 망가진 얼굴 때문에 기사단을 버리고 나간 것 아닙니까? 내 생각에는 꽤 심한 형벌이라고 생각하는데요. 거기다가 그게 끝이 아니거든요. 두 번째는 이번 수도에 갈 때 동행하도록 하세요."

"으……."

내 친절한 설명에 제프리의 얼굴이 일그러졌다.

"이브스햄, 엠브로스 양의 얼굴을 치료하러 갈 때 제프리 찬텔도 같 이 동행시키세요. 그리고 거기에 드는 비용은 엠브로스 가에서 빌려주 는 형식으로 하겠습니다. 매달 이자는 10%씩 해서 다 갚을 때까지 제프리 찬텔의 월급에서 50%씩 차압하도록 하세요. 제프리 찬텔, 당신은 평생이 걸리더라도 그 돈을 다 갚을 때까지 엠브로스 기사단의 기사 직을 수행해야 할 겁니다. 혹여 오랜 세월 동안 기사단에서 빠져 실력이 현저하게 낮아졌다면 중노동을 시켜서라도 돈을 다 받아낼 테니 실력을 크게 키우는 게 좋을 겁니다. 이브스햄은 이와 같은 내용이 들어간 저자에 대한 계약서를 작성해서 저에게 가지고 오세요. 이런 일은 직접 문서로 남겨두는 게 좋겠죠?"

줄줄이 내뱉는 내 선언에 앞에 있던 이들이 놀라움으로 눈을 휘둥그레 떴다.

"…허, 허허허… 허허허허… 이거 참… 왠지 백작님이 무섭게 느껴집니다만… 알겠습니다. 곧 계약서를 작성해 올리도록 하겠습니다."

이브스햄의 얼빠진 목소리에 다른 사람들이 심히 동감한다는 표정으로 고개를 끄덕였다.

"아, 그리고……."

내가 또 입을 떼자 사람들은 뭔 이야기를 할까 긴장한 눈으로―특히 제프리 찬텔이―나를 주시했다.

"엠브로스 양, 아까 말씀하시길 제프리 찬텔과 같이 벌을 받겠다고 하셨지요?"

"아, 예에……."

무지 긴장했는지 그녀가 두 손을 마주 잡은 채 고개를 끄덕였다.

"제가 나타나기 전에는 백작 작위를 이어받기 위하여 여러 가지 교육을 받았다고 하더군요. 사실입니까?"

"네에……."

고개를 끄덕이는 그녀를 만족스럽게 바라본 나는 입을 열었다.

"좋아요. 그럼 당신은 치료를 받고 난 후 제 보좌관으로 임명하겠습니다. 설마 얼굴이 망가졌다는 이유 하나로 기껏 받은 교육을 썩인 채 일생을 수나 놓으면서 빈둥빈둥 놀면서 지내려는 건 아니겠지요? 그건 제가 용납 못합니다. 아시겠습니까? 혹여 실력이 낮다고 생각한다면 치료와 공부를 병행하시는 게 좋겠지요. 만약 당신이 형편없다 생각되면 서류 정리만 죽어라 시킬 테니 각오하십시오. 대신 월급은 드리겠습니다. 물론 당신의 능력이 뛰어나다면 높아질 테지만, 낮다면 그만큼 월급도 낮아질 겁니다."

"네, 네!"

"이브스햄, 엠브로스 양에 대한 이와 같은 계약서도 같이 작성해서 가지고 오도록 하세요. 두 계약서를 보고 제가 만족한 다음 두 사람에게 사인을 받도록 할 테니까."

"아, 알겠습니다."

"좋아요. 제 판결은 끝이 났습니다. 윙겟 경은 즉시 제프리 찬텔을 기사단 쪽으로 인도해 가시고, 벤자민 엠… 아, 그렇군요. 두 부자는 성부터 새로 정하셔야겠군요. 오늘 하루는 여기서 푹 쉬고 내일 아침에 돌아가도록 하십시오. 그리고 그전까지 새로운 성을 마련해서 기록하고 가시구요. 질문있습니까?"

"어, 없습니다."

"저, 저도……."

이브스햄과 벤자민이 벙찐 얼굴로 고개를 끄덕이자 나는 만족스레 고개를 끄덕였다.

"좋아요. 그럼 모두 나가보세요."

내 축객령에 다른 사람들이 엉덩이를 소파에서 떼려고 하는데 에르미아 엠브로스가 가만히 손을 들어 나를 불렀다.

"저, 저기… 백작님."

"네?"

"괜찮다면 오늘부터 일하고 싶은데요? 저기… 백작님 의향은 어떠
실지……."

거절당할까 봐 주저주저 말하기는 하지만, 일에 대한 의욕이 있다는
건 마음에 들었다.

"저야 보좌관이 금방 생기는 게 좋기는 하지만, 비실대는 보좌관은
싫습니다. 그러면 어디 일시키고 싶은 마음이 생기겠습니까? 혼자 잘
걸어다닐 수 있을 때까지 참고 계시는 게 좋을 듯하군요. 그때까지는
이브스햄이 엠브로스 양 역할을 해줄 겁니다."

"네에……."

푹 고개를 숙이는 그녀를 향해 빙긋 웃고는 나는 다시 한 번 축객령
을 내렸다.

"좋습니다. 그럼 이만 나가들 보세요."

그에 이제야 정말 사람들이 슬금슬금 자리에서 일어났다.

내 명에 따라 진 윙겟 경도 제프리 찬텔을 데리러 내 뒷자리를 벗어
나려고 했는데, 그전에 슬쩍 내 귓가로 얼굴을 가져다 대더니 작게 속
삭였다.

"정말 감사합니다, 백작님."

그에 나는 싱긋 웃어 보였다.

"별말씀을……."

고위 신관을 만나 뭔가 부탁을 하려면 큰돈이 들어간다고 들었다.
제프리 찬텔이 그 돈을 갚으려면 아마 반평생 뼈 빠지게 고생 좀 할 터

였다.

그들에 대한 판결을 내리고 나서 평화로운 며칠이 흘러갔다.

나는 여전히 이브스햄과 엘버트 집사의 도움으로 영지에 대한 파악을 하고 있었고, 시간이 날 때마다 이브스햄과 조엘에게 벨레니 국가의 귀족 사회와 정계에 대한 강의(?)를 들었다.

내가 태어날 때부터 귀족가에서 태어나 착실하게 그 세계에서 교육받고 자라온 게 아니라 그런지 이브스햄은 날 왕성으로 보내는 걸 엄청 걱정했다. 그나마 조엘이 옆에 있어주는 데다가 이번에 이브스햄도 동행하기로 해서 불안해하지는 않았지만 그래도 완전히 안심한 건 아니었던지 틈만 나면 날 붙잡고 귀족 사교계와 정치 세계에 대하여 설교를 늘어놓았다.

웃긴 건 그런 이브스햄과 조엘이 완전 쿵짝이 잘 맞아가지고 나중에는 아예 이브스햄이 날 붙잡고 설교할 때는 조엘도 같이 합석하는 게 당연하게 되어버린 거였다.

그런데 한 일주일 정도 더 지나고 나자 대충 교육시킬 건 다 시켰다고 봤는지 이제는 은근히 왕성으로 출발했으면… 하는 눈치를 보였다.

원래는 영지에서 작위 수여식을 한 다음(아니면 전대가 죽으면 장례식을 치르고 난 후) 될 수 있는 한 빠른 시일 내에(보통 일주일 내외에) 왕성으로 향하는 게 보통이었다. 뭐, 언제까지 꼭 와야 한다고 기간이 정해져 있는 건 아니지만, 왕에게 정식으로 충성 맹세를 하기 전까지는 작위를 완전히 받았다고 할 수가 없었기 때문에 서두르는 거였다. 늦으면 늦어지는 만큼 정식으로 작위를 가진 귀족으로서의 활동도 늦어지니까 말이다.

만약 정계에 진출할 목적을 가지고 있다면 늦어질수록 손해가 아니 겠는가?

하지만 나는 이브스햄의 걱정도 있었고, 또 작위 수여식 파티 때 일 어났던 자그마한 소동 처리도 있고 해서 일주일이 훨씬 넘는 시간 동 안 왕성으로 출발할 생각도 안 하고 있었다.

그런데 그게 일주일이 지나고 이 주일이 지나고, 한 달이 가까워지 게 생기자 날 보내는 걸 걱정하던 이브스햄이 이제는 너무 늦는 게 아 닌가 싶어 걱정하게 되었던 것이다.

그래 어느 날은 단도직입적으로 나에게 왕성행에 대해 운을 떼었다.

"이제 슬슬 가셔야 할 때가 아니신지요?"

"어딜요?"

아무것도 모른다는 표정으로 묻자 이브스햄의 얼굴이 굳어졌다.

"왕성 말입니다. 설마 모른다고 하시지는 않겠지요? 말씀드렸지 않 습니까? 게다가 조엘 자작이 계속 이곳에 머물고 있는 것 또한 백작님 과 같이 왕성으로 가기 위해서라는 걸 알고 계시지 않습니까?"

이브스햄의 심각한 말에 나는 건성으로 고개를 끄덕였다.

"아아, 그랬지요."

"보통 귀족이 작위를 받게 되면 벌써 출발해서 왕성에 도착하고도 남았을 겁니다. 백작님은 너무 늦으셨어요. 그러니 이제 출발하셔야지 요."

"급할 것 없잖아요? 어차피 기간이 정해진 것도 아니라면서요."

"급할 게 없다니요. 사실 생각 같아서는 파티가 끝나자마자 왕성으 로 출발시키고 싶었다고 말씀드렸지 않습니까? 우리 엠브로스 가문으 로서는 요즘 시기가 무척이나 중요하다고요."

엠브로스 가문은 몇 년 전까지만 해도 중앙에 진출하지 못한, 그저 작위만 가진 지방 영주에 불과한 가문이었다.

그러나 전 엠브로스 백작(그러니까 이브스햄)이 친여왕파에 가담하고 친여왕파가 2년 전 노예 매매상들을 싹 쓸어버리는 걸 계기로 정권을 차지하게 되었을 때 드디어 중앙 진출에 대한 꿈을 이룰 수 있게 된 것이었다.

중앙 진출하여 권력을 가지게 되는 건 모든 귀족들의 꿈이라 해도 과언이 아니었지만, 지방 귀족에게는 그 꿈을 이루는 게 쉬운 일은 아니었다.

그걸 가능하게 한 사건이 바로 2년 전, 그러니까 내가 집에서 가출하다가 노예 매매상에게 잡혀 팔려가기 직전 조엘과 만나게 했던—그 일은 대작전의 마지막이자 가장 중요한 사건이었다. 반대파의 수뇌를 잡았으니 말이다—국가 차원에서 대대적으로 펼친 노예 매매상 척결 사건이었다.

전 국왕의 외동딸이었던 현 여왕이 왕위로 등극할 때에는 나이가 불과 15세였다고 한다. 그리하여 그녀가 너무 어리다는 이유로 그녀의 숙부였던 공작이 섭정을 펼쳐 정권을 장악하고 있었다. 권력을 차지하는 이들은 모두 숙부의 측근들이었고 말이다.

원래는 여왕이 성년이 되면 그가 물러나야 했지만, 사람의 심리가 어디 그렇겠는가? 섭정을 펼치던 숙부는 여러 가지 핑계, 또는 그가 장악하고 있는 권력의 힘을 이용하여 물러나지 않고 버텼다고 한다.

그리하여 여왕은 그를 물러나게 하기 위하여 뒤로 힘을 모았지만, 대부분의 권력을 차지한 중앙 귀족들은 이미 숙부의 측근들이라 힘을 모으기가 쉽지 않았다.

이때 조엘의 아버지인 맥알파인 공작과 전 국왕의 측근이었던 랭포

드 후작—조엘과 만났을 당시 작전 지휘를 하던 랭포드 자작이 그 후작의 아들
내미였다—그리고 혜성처럼 나타나 벨레니 국가 최연소 소드 마스터로
이름을 날리는 리건 블랜차드라고 하는 후작이 여왕의 측근이 되어주
면서 그제야 친여왕파가 구체적으로 모습을 드러내기 시작했다고 한
다.

그 세 귀족은 친여왕파의 세 기둥이며, 그녀의 가장 큰 측근이자 신
임을 받고 있어서 현재 굵직굵직한 자리를 하나씩 꿰어차고 있다 한다.
하기야 조엘 아버지만 봐도 그가 재상 노릇을 하고 있었으니…

다시 본론으로 돌아와서, 그렇게 큰 자들이 여왕에게 붙어 세력이
커졌지만—이때 우리 엠브로스 백작가도 친여왕파에 들어갔다—정권을 잡
고 있는 건 여전히 여왕의 숙부와 그 측근들이었다.

그리하여 그들을 한꺼번에 제거하기 위해 노예 매매상인의 척결 사
건을 일으킨 것이었다.

국법으로는 금지하고 있지만, 능력있는 자들이 뒤쪽으로는 다 가지
고 있다는 걸 이용한 것이었다. 거기다가 그녀의 측근들은 노예를 소
지하지 않았고 말이다.

나중에 이브스햄이 털어놓기를, 원래 우리 가문도 중앙에 진출해 있
는 꽤 큰 가문이었다고 한다. 그런데 내 외할아버지인 오스번 엠브로
스 백작께서 내 어머니를 친딸로 인정하고 데리고 있는 바람에 그 일
로 인하여 거의 왕따가 되다시피 해 중앙에서 물러나 지방 귀족이 된
거라나?

그런 상황이었으니 이브스햄이 아무리 애를 써도 여왕의 숙부 측에
붙지는 못했을 거라고 했다. 지금으로서는 그게 엄청난 행운으로 작용
했지만 말이다.

그 노예 매매상인 척결 사건 때 엠브로스 백작가도 두 팔 걷어붙이고 나서서 크고 작은 공들을 세웠기에 여왕의 신임을 받아 드디어 중앙 쪽으로 진출할 발판을 마련했던 것이다.

그게 바로 2년 전 이야기인데, 아직 중앙 쪽에다 탄탄한 기반을 잡기전에 내가 덜컥 백작이 되어버린 것이다.

원래 이브스햄은 이렇게 어중간할 때 자신이 기반을 잡기보다는 아예 딸에게 물려줘 그녀가 확실한 기반을 잡아 정권에 진출하거나, 아니면 거기서 큰 가문의 남자와 엮어 명실 공히 중앙 귀족으로 굳어지려는 야심 찬 계획을 세우고 있었다. 그런데 거기에 벤자민 엠브로스가찬물을 끼얹은 것이다.

그 이야기를 하면서 이를 빠드득 가는 폼을 보니, 내가 용서해 줬다고 해도 앞으로 벤자민 부자가 쫌 고생을 할 듯싶었다.

자업자득이긴 했지만, 이브스햄과 벤자민 사이가 벌어지면 벌어질수록 나에게는 유익이었다. 뭐, 지금에 와서 이야기지만 사실은 그 두부자를 살려준 이유가 이브스햄을 견제하기 위함이었다.

누군가를 죽이고 싶지 않은 마음이 가장 크게 작용하기는 했지만, 그 밑에는 그 두 부자를 죽이고 이브스햄 부녀를 그냥 놔두었다가는 만약 에르미아 엠브로스가 결혼을 해 자식을 낳았을 경우 그 애를 백작으로 세울 계획을 또 꾸미지 않는다고 단언을 못하니 말이다. 지금이야 에르미아를 구해줘서 나에게 고마워하고 있지만, 사람의 마음이란 언젠가 변하는 거 아니겠는가?

그러나 만약 벤자민 두 부자의 지위를 보장하고 놔둔다면 이브스햄과 그 두 부자 사이는 견원지간이 될 테고, 만약 이브스햄이 뭔가를 꾸민다면 두 부자는 든든한 내 아군이 되어줄 터였다.

비록 서류상으로 보기만 한 거지만, 벤자민은 꽤나 현명한 자였으니 그런 상황에서 꽤 도움이 되리라 생각한 거다.

게다가 그 둘에게서는 엠브로스란 성을 앗아버렸으니 백작이 되려 할 꿈도 버렸을 거고 말이다. 그게 아니라 하더라도, 그 둘은 서로를 견제하며 나에게 더 잘 보이기 위해 애쓸 테니 이러나저러나 나에게는 이익 아닌가?

으음, 이렇게 말하니 나도 엄청나게 나쁜 사람처럼 느껴지는데… 솔직히 이건 나중에 곰곰이 생각하니까 떠오른 거였다.

그렇게 옛 생각에 잠겨 있던 나는 이브스햄의 집요한 시선에 곧 정신을 차리고 입을 열었다.

"그렇군요. 하지만 조금만 더 있다가 출발할게요."

"언제요?"

"글쎄요… 뭐, 그래도 곧 출발할 듯하니 슬슬 출발 준비는 시작하고 계세요."

"하아… 알겠습니다. 그러나 너무 늦으시면 안 됩니다."

내 말에 이브스햄이 그쯤 하고 물러났다.

그러나 나라고 귀찮아서 미루고 있는 건 아니었다.

뭐, 사실 아직도 찬바람이 쌩쌩 부는 이 추운 겨울에 여행을 떠나야 한다는 게 내키지 않기는 하지만 더 큰 이유가 있었던 것이다. 바로 잽싸게 제일 가까운 지부로 달려간 잭슨 녀석이 아직도 돌아오지 않고 있었기 때문이다. 벨레니 국가에는 아직 상회가 진출하지 못해서 국경을 넘어야 하기 때문에 시간이 오래 걸린다더니 정말 오래 걸렸다.

그가 돌아와서 레이언 녀석과 어떻게 할지 이야기를 나누고 떠나려고 했던 것이다.

생각 같아서는 내 능력으로 잽싸게 다녀오고 싶었지만, 아무리 나라도 며칠 이상이 걸리는 거리인데다가 그동안 여길 비워놓는 걸 이브스햄에게 뭐라고 변명을 해야 할지 마땅치도 않았다.

아직 이브스햄에게는 내가 상회 사람이라는 걸 알리지 않았던 것이다. 만약 그 이야기를 했다간 당장 그만두라고 펄펄 뛸 거라 짐작되었기 때문이다.

정 오래 걸리면 잭슨에게 천천히 다녀오라 하고 나도 왕궁에 갔다와서 만나면 될 게 아니냐고 묻고 싶겠지만, 왕성에 가면 언제 돌아올지 기약이 없기 때문에 이렇게 기약없이 기다리고 있는 거였다. 그렇다고 수도로 찾아오라 그럴 수도 없고…

그동안은 이브스햄이 나에게 여러 가지 교육(?)을 시키느라 그가 보내주지 않아서 시간을 지연시킬 수 있었지만, 이제는 그가 직접 보내려고 하니 얼마나 버틸 수 있을지 모르겠다.

'그전에 부디 잭슨이 돌아와 줘야 할 텐데…….'

그러나 잭슨은 이런 내 마음을 아는지 모르는지 이브스햄이 단도직입적으로 말한 날부터 5일이 더 지났는데도 돌아오지 않았다. 그리고 그쯤 되자 이브스햄의 빨리 출발하자는 압력도 점점 강해지기 시작했다.

"백작님, 출발 준비는 다 되었습니다."

"아, 그래요? 엠브로스 양은?"

"걱정해 주셔서 감사합니다. 많이 회복되어 이제 장거리 여행도 괜찮을 거라고 합니다. 더욱이 마법사도 같이 동행을 하니 염려 놓으셔도 될 겁니다."

'그러니까 마법사보다는 의원이나 약사가 더 도움이 될 텐데…….'

여전히 의원이나 약사를 마법사보다 아래로 보는 이브스햄의 고정관념에 한숨이 나왔지만, 내가 뭐라고 한다 해서 고쳐질 것도 아니라 나는 속으로만 중얼거렸다.

"그러니 이제 출발하셔야죠?"

"그렇군요. 그럼 날씨 좋은 날을 선택해서 출발하도록 하죠?"

내 말에 이브스햄의 얼굴이 환히 펴졌다.

"요즘 날씨가 계속 좋았으니 내일도 좋을 것이라 생각됩니다. 내일 출발하는 건 어떠신지요?"

"내일이라… 나쁠 건 없겠군요."

내가 고개를 끄덕이며 대답하자 이브스햄의 눈이 둥그레졌다. 그동안 계속 미뤄왔는데 이제 와서 선선히 그러겠다고 하니까 기다리던 대답이긴 했지만 선뜻 믿겨지지 않았던 모양이었다.

"정말이십니까?"

"어? 나쁜가요?"

그의 말에 내가 장난스레 되묻자 그가 얼른 고개를 휘휘 내저었다.

"아닙니다. 나쁘다니요, 당치도 않은 말씀이십니다. 알겠습니다, 내일이란 말이지요?"

몇 번이나 다짐을 받은 그는 내가 마음이 변할세라 후닥닥 밖으로 나갔다.

그의 뒷모습을 바라보며 나는 혀를 쏘옥 빼물었다.

'가겠다고 한 적은 없는데? 나쁘지 않다고만 했지.'

이러한 내 모습을 뒤에서 다 지켜보고 있던 첼릿이 낮은 목소리로 물었다.

"해인님… 무슨 생각을 하고 계시는 거죠?"

그의 말에 나는 생긋 웃어 보였다.

"나쁜 생각."

날짜를 미루는 게 힘들다면 아예 출발할 수 없게 만들면 된다.

이번 여행의 중심 인물은 바로 나, 이런 내가 없어진다면 왕성으로 출발할 수 있을 리가 만무했다.

이렇게 잭슨이 늦을 줄 알았으면 차라리 여기에 큰 소동이 벌어지더라도 처음부터 내가 직접 나서서 그를 찾아가는 게 나았을 거였다. 잭슨이 여기로 오는 중이라면 늦어도 며칠 안에는 그와 조우할 수 있을 테니까 말이다.

늦었지만 지금이라도 그렇게 할 생각이었다.

아무 소동 없이 무난하게 출발할 수 있었다면 더없이 만족스러웠겠지만, 그렇게 할 수 없으니 어쩔 수 없는 일 아닌가?

이런 내 생각을 알아차린 것일까? 첼릿이 낮게 한숨을 내쉬며 말했다.

"제발 엉뚱한 생각은 하지 않으셨으면 좋겠습니다만……."

그런 그에게 빙긋 웃어 보이며 나는 자리에서 일어났다.

"자자, 이 일을 듀비에게도 알려줘야지."

듀비는 현재 내 곁에 머물러 있지 않았다.

벤자민 부자와 제프리 찬텔에 대한 판결을 내린 날 저녁, 듀비의 실력을 높이 산 첼릿이 그에게 한 가지 제안을 했다.

둘 모두 이곳에서는 최강으로 손꼽히는—물론 둘 중 듀비가 더 강하지만, 첼릿도 기사단에서는 첫 번째로 꼽히는 실력자였다—실력자이므로 항상 둘 모두 내 곁에 붙어 있을 필요는 없지 않겠냐는 거였다.

사실 내 자신도 스스로의 몸쯤은 지킬 수 있는 데다가, 여기서는 날 위협하는 위험 같은 건 없었으니 말이다.

그래서 듀비와 첼릿은 일정한 시간을 정해 한 명씩 교대로 내 곁에 있기로 했다. 그리고 내 곁에 있지 않는 시간에는 스스로를 위한 수련을 하고 말이다.

그 제안은 사실 첼릿 스스로를 위한 제안이었다.

첼릿은 그동안 자신 정도라면 이 나라에서도 손꼽히는 실력자라 자부하고 있었기에 수련도 전보다는 약간 게을리 하고 있었는데, 듀비에게 한번 꺾인 이후로 자부심도 같이 꺾여져 예전보다 더욱더 수련하고 싶어 몸이 근질근질거렸다고 한다. 그런데 내 호위 기사로 있는 바람에 한시도 내 곁에서 떨어질 수 없었으니 수련을 한다는 건 어려운 일이었던 것이다.

조엘의 심복이자 호위 기사인 데니 형 같은 경우에는 조엘 스스로가 시간있을 때마다 몸을 단련했기에—조엘 자신이 기사였으니—그 시간에 데니 형 또한 수련을 할 수 있었지만, 나는 몸을 단련하는 걸 아예 포기해 버렸으니 첼릿이 생각할 시간이라고는 내가 잠들어 다른 기사들이 내 침실을 지켜줄 때뿐이었다.

하지만 듀비와 교대로 한다면 듀비가 내 곁에 있는 동안 수련하는 게 가능했다.

듀비에게도 나쁜 제안은 아니었던지 그 제안은 기꺼이 수락되었고, 그 둘은 하루씩 번갈아가면서 내 곁을 지키기로 했다.

내 생각으로는 수련을 한다고 하면 최소한 며칠 정도는 계속 그에 몰두해 있어야 하는 게 아닌가 싶었지만, 그 둘이 그렇게 하겠다는데 뭐라 그러겠는가? 그 둘은 나보다도 그쪽에 대해서는 훨씬 더 잘 아는 이들인데 말이다.

그리하여 오늘은 듀비가 수련을 하고 첼릿이 내 곁을 지키는 날이라, 듀비는 지금 성 옆에 있는 숲에 가 있었다.

정글에서 태어나 그곳에서 살아오면서 검술을 습득했기 때문인지, 연무장을 이용하는 첼릿과 달리 듀비는 숲 속에 자리를 잡고 거기서 수련을 했다.

"어차피 새벽에는 돌아올 텐데요. 그때 이야기해 주는 게 좋지 않겠습니까?"

그럴 수는 없었다. 새벽에 출발할 예정이니까.

"산책 겸 한번 가보죠 뭐. 정 몰두하고 있으면 그냥 오고요."

내 말에 첼릿은 아무 말 없이 내 뒤를 따랐다.

숲으로 가는 방향에는 기사들 전용 연무장이 있었다.

"하앗~!!"

"하앗~!!"

오늘도 그곳에서는 우렁찬 기합 소리가 들려오며 열심히 훈련하고 있다는 것을 알려주고 있었다.

숲으로 가는 게 급한 일은 아니었던 터라 연무장이 가까워지자 나는 발걸음을 늦추며 연무장 쪽으로 시선을 돌렸다. 그러자 같이 그쪽으로 시선으로 돌리던 첼릿이 입을 열었다.

"아, 오늘은 수련 기사들이 하는 날이군요."

"그래요?"

수련 기사들은 아직 정식 기사가 되지 않은 상태로 기사단에 있는 사람들을 말했다.

기사 학교를 졸업하거나, 아니면 뛰어난 자질을 가진 것이 인정된 사람들을 뽑아 기사단에서 2년 이상의 수련 생활을 하고 나면 나중에 정식으로 기사의 작위를 받을 수 있는 게 정석이지만, 현실에서는 그렇지가 않았다.

수련 기사 과정을 겪어야 하는 건 귀족이든 평민이든 상관없이 기사를 목표로 하는 모든 이들의 의무였지만, 수련 생활이란 한마디로 기사의 시종 노릇을 하는 거였으니 권력있는 귀족들이 자신의 자제들에게 그런 일을 시킬 리가 없었다. 그래서 귀족들은 보통 기사 학교를 졸업하면서 자연스레 기사 작위를 받게 되고 수련 기사가 되는 사람들은 힘없는 귀족이나 평민이 대부분이었다.

어쨌든 그렇게 해서 수련 기사가 되면 기사들이 훈련받을 때 같이 훈련을 받지만, 이렇게 그들만 모아놓고 기사들이 지도를 해주는 날이 며칠에 한 번씩 따로 있었다.

오늘이 바로 그날이었던 모양이다.

연무장 높은 지대에는 윙겟 경이 몇몇 고참 기사들과 지켜보는 가운데 기사들이 수련 기사들을 한 명씩 맡아서 지도해 주고 있는 모습이 보였다.

"이 자식아, 검술을 똑같이 흉내 낸다고 그게 다 되는 줄 아냐? 네 걸로 만들어야지, 네 걸로!"

멋들어지게 검법을 선보이고 만족해서 히죽 웃어 보이는 수련 기사에게 그를 맡고 있던 기사가 엄한 목소리로 질책을 던졌다.

"야, 어깨에 힘이 너무 들어갔잖아! 너 도대체 학교에서 뭘 배워온 거야? 그것도 제대로 못해? 다시!"

"옙!!"

내가 보기에는 잘하고 있는 듯 보이는데, 지도해 주는 기사의 눈에는 성에 차지 않는 모양이었다. 그 기사의 질책에 수련 기사가 잽싸게 처음부터 다시 자세를 잡았다.

“너 이 자식, 그동안 놀고만 있었냐? 검 하나 제대로 못 다뤄? 네가 검을 휘둘러야지, 네가 검에 휘둘리고 있잖아!! 그만!! 안 되겠어, 이 자식. 풋샵 50회 실시!!”

“실시!!”

한쪽에서는 기사의 호령에 수련 기사가 잽싸게 엎드려 우렁찬 구령을 붙이며 팔을 굽히기 시작했다.

“하나, 둘, 셋~”

“빨리빨리 못하나?”

“넷, 다섯, 여섯……”

‘으음… 역시 기사가 안 되길 잘한 듯……’

무지 엄격해 보이는 모습에 몸을 한번 부르르 떨며 시선을 돌리는데, 연무장 한쪽 구석에 아무도 지도해 주는 이 없이 홀로 검을 휘두르고 있는 사람이 눈에 띄었다.

눈 주위와 콧등, 그리고 뺨 절반을 가려주는 검은 가면을 쓴 그는 주위의 소란에 아무 상관 없다는 듯 묵묵히 가검을 들고 정면 내려 베기를 하고 있었다.

“제프리 찬텔이군요.”

내가 그를 바라보고 있다는 것을 안 첼릿이 입을 열었다.

그는 흉악한 얼굴을 남에게 절대로 안 내보이려고 했다. 하지만 그렇다고 항상 모자나 망토를 두르고 있게 할 수는 없어서 가면을 쓰고 있도록 허락했던 것이다.

“적응은 잘 해가고 있나요?”

“진의 말에 의하면 수련에 몰두해 있다고 합니다. 다른 기사들과 잘 어울리지 못하는 게 좀 걱정이라고 하지만, 그것도 차차 나아지겠죠. 갑자기 잘 어울리기는 힘든 거 아니겠습니까?"

"그렇군요. 실력은 어때요?"

"기사단에서 나가기 전보다 훨씬 나아졌다고 합니다. 아무래도 세상을 떠돌아다니면서 경험이 쌓인 탓이겠죠. 그는 자신의 인생이 완전히 망가졌다고 생각할지 모르겠습니다만, 검사로서는 오히려 잘된 일이겠죠. 검에만 몰두할 수 있을 테니까요."

"어쨌든 저 사람도 얼굴이 치료됐으면 좋겠는데요."

마지막으로 다시 한 번 제프리를 힐끔 보며 숲으로 발걸음을 옮기려 하는 찰나, 저 멀리서 누군가가 열심히 나를 부르며 달려오는 게 보였다.

"백작님~ 백작니이이이임~~"

내 시종으로 배정된 켈빈이었다.

그는 얼마나 열심히 뛰어왔는지 내 앞에 도착해서 말도 못 꺼내고 한참 동안이나 헥헥거리는 거였다.

그가 숨을 다 고를 때까지 기다린 나는 켈빈이 겨우 몸을 똑바로 세우자 입을 열었다.

"무슨 일이야, 켈빈?"

"손님이 오셨어요. 그 왜 연보라색 머리카락을 가지신 잘생긴 분 있잖아요?"

내가 아는 사람 중 연보라색 머리에 잘생긴 얼굴을 가진 이는 딱 한 사람밖에 없었다.

"드디어 왔군. 그래, 지금 어디 있지?"

"응접실에요."

켈빈의 말을 들으며 급하게 발걸음을 옮긴 나는 성에 도착해 응접실 문을 박차듯 열고 들어가며 외쳤다.

"잭슨, 너어어~ 왜, 왜 그래?"

원래는 왜 이렇게 늦었냐고 한마디 하려 했지만, 그의 모습을 보는 순간 그 말은 쏘옥 들어가 버렸다.

"여, 여어……."

부들부들 떨리는 손을 들어 올리며 인사하는 잭슨의 모습은 한 일주일은 밥을 못 먹은 사람처럼 피골이 상접해 있었고, 온몸은 먼지투성이에 피로한 기색이 가득한 채 소파에 엎드려져 있었다. 척 보아하니 며칠 동안 식사도 제대로 못하고, 쉬지도 못한 채 열심히 달려왔음이 분명했다.

그런 사람에게 늦었다고 화를 낼 수는 없는 일 아닌가?

"어이, 괜찮냐? 살아 있어?"

"아아… 죽지는… 않았다… 나… 물, 물 좀……."

잭슨의 힘없는 요구에 내가 급히 시종을 부르려는 찰나, 한 시녀가 따뜻한 우유가 담긴 대접을 가지고 들어왔다. 잭슨의 꼴을 보자마자 집사가 준비해서 보낸 모양이었다.

잭슨은 그걸 보더니 번개같이 낚아채 벌컥벌컥 들이마시는데, 까딱 잘못하다가는 체할 것 같아 옆에서 보는 사람이 겁이 날 정도로 엄청 빠른 속도였다.

"야, 야아… 천천히 마셔. 그러다 체하겠다."

"꿀꺽, 꿀꺽, 꿀꺼억~ 크하~ 살았다."

내 우려와는 달리 한 방울도 남김없이 싸악 마신 잭슨이 그제야 혈색이 도는 얼굴로 날 바라보았다.

“더 줄까?”

“응. 이왕이면 우유 말고 먹을 걸로 줘.”

“그래, 그래.”

고개를 끄덕이며 시녀를 바라보자 그녀는 고개를 숙이고 뒤로 물러났다.

“아아, 정말 힘들었어. 도대체 웬 놈의 거리가 그렇게 먼 거냐?”

시녀가 밖으로 나가자 잭슨이 다시 소파에 털썩 드러누우며 투덜거렸다.

“레이언하고는 연락됐어?”

그의 맞은편 소파에 앉으며 묻자 잭슨이 아차 하는 얼굴로 벌떡 일어나 앉더니 자신이 가지고 온, 그와 마찬가지로 엄청 지저분한 가죽 가방을 뒤적거리더니 상자를 하나 꺼냈다.

그 상자 안에는 웬만해서는 깨지지 않게 솜이 사방에 깔려 있었고, 가운데에는 네모난 받침대에 고이 올려진 내 주먹보다 조금 더 큰 수정 구슬이 있었다.

받침대와 수정 구슬은 붙어 있는 형태였는데, 그걸 탁자 위에 올려놓은 잭슨은 받침대에 빨간 구슬이 박혀 있는 쪽이 내 앞으로 오게 하더니 입을 열었다.

“자, 네가 마법을 할 줄 알아서 마법사는 안 데리고 왔어.”

“이게 뭔데?”

“뭐긴 뭐야? 통신용 구슬이지. 너무 거리가 멀어서 화면은 안 뜨고 소리만 들릴 거야.”

“오오, 이게 통신용 구슬이야?”

말로만 들었지 실제로 본 건 처음이라 나는 신기하다는 눈으로 그걸 들어 이리저리 돌려보며 살펴봤다.

얼마나 능력있는 마법사가 만들었느냐에 따라 달라지겠지만, 꽤 좋은 것들은 한 나라 안에서—물론 한쪽 끝에서 다른 한쪽 끝까지는 안 되겠지만서도—영상을 보며 이야기를 나누는 것이 가능하다고 한다. 그런데 국경이 바뀌면 영상까지 보이는 건 힘들고 이야기만 나눌 수 있다고 한다.

그런 통신용 구슬들은 각각 한 세트로 있어서 같은 세트의 구슬들끼리만 주고받을 수 있지, 다른 걸로는 연락하지 못하게 되어 있었다. 다른 걸로도 연락 가능하다면, 자기가 연결되고 싶은 상대 말고도 다른 상대와 연결되는 수가 종종 있지 않겠는가?

"거기 빨간 구슬 보이지? 거기에 빛이 나올 때까지 마나를 주입하고 이야기하래."

"누가 받는데?"

"통신 담당 마법사겠지. 본부 직통이니까 누군가가 받으면 레이언 대라고 하면 돼. 아, 마나는 계속 주입해 줘야 한댄다. 빛이 꺼지면 연락이 끊어진대."

"알았어."

그때 음식을 가지고 온 시녀가 도착하여 우리의 대화가 잠시 끊겼다. 시녀가 나간 뒤에 나는 통신용 구슬을 탁자 위에 놓고 마나를 주입했다.

약 2서클에 해당하는 마나를 주입하자 그제야 빨간 구슬에 빛이 들어왔다.

"이제 이야기하면 되는 거야?"

그 빛을 확인하고 내가 잭슨에게 묻자 잭슨의 대답 대신 구슬로부터 누군가의 말소리가 들려왔다.

[네? 여보세요? 거기 누구십니까?]

"아앗, 네, 네. 베지테크스 상회 본부입니까?"

[네, 그런데요? 본부 사람이라면 등급과 이름을 대십시오.]

등급이란 무슨 패를 가지고 있느냐를 말하는 거였다. 나는 은패를 가지고 있었기에 은 등급이었다.

"아, 저는 은 등급의 해인 오스번이라고 합니다. 레이언 베지테크스 씨를 뵙고 싶은데요."

[잠시만요, 신원을 확인하겠습니다. 은 등급, 은 등급이라… 아, 예. 여기 있군요. 잠시만 기다려 주십시오.]

그리고 말소리가 끊겼다.

"오, 뭐야. 여기는 신원 확인도 하나?"

내가 구슬에 대고 이야기를 하는 동안 시녀가 가지고 온 오트밀을 열심히 퍼먹던 잭슨이 대꾸했다.

"당연하지. 아무나 바꿔주는 줄 알아?"

"그래 봤자 등급하고 이름만 확인하네, 뭘… 딴 사람이 등급하고 이름을 알아내서 연락하면 어쩔껴?"

내 물음에 잭슨은 다시 오트밀 그릇에 얼굴을 박고 시큰둥하게 대꾸했다.

"모르지. 난 통신 담당이 아니니까."

잠시 후 구슬에서 익숙한 소리가 들려왔다.

[해인, 너 해인이냐?]

"오옷, 크리스? 레이언이 안 나오고 왜 네가 나오는 건데?"

내가 놀란 목소리로 묻자 다른 목소리가 들려왔다.

[아, 나 여기 있어.]

"그래? 어쨌든 둘 다 잘 있었냐?"

[우리야 잘 있지. 그러다가 네 소식을 듣고 엄청 놀랐다. 너 백작이라면서?]

크리스의 말에 나는 어색하게 웃었다.

"아하하, 어쩌다 보니 그렇게 되었지."

[하기야 주디스 오스번님의 인간 아버지가 귀족이라는 이야기를 들어본 거 같아. 아마 그쪽이겠지?]

"응, 정확하게 말하면 벨레니 국가의 엠브로스 백작이셨지."

[그래, 어쨌든 네가 상회를 탈퇴하지 않겠다는 말을 들었어. 고마운 일이야. 우리도 슬슬 그쪽으로 진출을 해볼까 하는데 도움이 많이 될 거 같아.]

기대 어린 크리스의 말에 나는 삐질 웃었다.

"기대를 깨서 미안한데 크리스, 엠브로스 백작가는 아직 중앙 귀족이 아니라서 아마 큰 도움은 못 될 거야. 이제 슬슬 진출하려고 하기는 하지만 내가 잘할 수 있을지도 모르고."

그러자 레이언의 목소리가 들려왔다.

[무슨 말씀? 네가 어때서? 넌 잘할 수 있을 거야. 그리고 사실 네가 중앙 귀족이든 지방 귀족이든 우리로서는 귀족과 친하다는 건 엄청난 도움이 될 수 있다고. 그러니 너무 걱정하지 마.]

그리고 그 뒤를 이어 크리스의 목소리가 들려왔다.

[그래, 너무 걱정하지 마라. 그리고 너 혼자 어떻게 할 필요도 없어. 비록 나라가 다르지만, 우리 상회의 정보력은 그 나라까지 뻗어 있거든. 네가 우리 상회를 탈퇴하지 않는 한 우리가 널 힘껏 도와주마.]

[바로 그거야. 그까짓 중앙 귀족? 걱정 마, 걱정 마. 우리가 팍팍 밀어주고 끌어주고 응원해 줄 테니! 이 레이언 베지테크스를 믿어보라고!]

[확실하게 자금과 정보를 대줄 테니 걱정 마라. 우리 상회의 능력이라면 네게 큰 도움이 될 거다.]

둘이 번갈아가면서 이야기를 하는데 정신이 하나도 없었다. 하지만 확실한 건 그 둘이 너무 든든하게 느껴진다는 거였다.

"아하하… 그렇게까지 도와줄 건 없는데."

[무슨 소리? 너 같은 인재에게 이 정도 도움은 당연한 거지. 거기다 우리도 그만큼 네 배경을 써먹을 테니 빚을 진다고는 생각하지 마. 투자한 만큼 뽑아낼 거다.]

크리스의 덤덤한 말에 나는 부드럽게 웃었다.

"그래, 어디 잘해봐라. 그럼, 이제 나는 어떻게 하면 되지?"

[지금은 네가 중앙으로 진출해서 자리를 확실하게 잡는 것만 생각해. 어중간한 위치에서 상회 일도 같이 하려다가는 둘 다 안 되는 수가 있으니까 하나씩 확실하게 하자고. 우리나 너에게는 아직 시간이 많아. 게다가 벨레니 국으로 진출하는 건 생각만 하고 있었지 아직 어떻게 하자는 구체적인 계획은 없었거든. 우리도 이제부터 좀 더 자세한 정보를 착실하게 모으고 계획을 짜야지. 하지만 우선은 널 명실 공히 중앙 귀족으로 만드는 것부터 시작될 거 같다.]

"그렇구나. 아, 그럼 연락은 어떻게 할 건데?"

[생각 같아서는 잭슨을 너에게 붙여주고 싶지만, 이제 곧 봄이잖아? 상회가 또 바빠질 시기라 잭슨 같은 녀석이라도 절실할 때라서… 어느 정도 가닥이 잡힌다면 우리가 먼저 너에게 소식을 보낼 테니까 기다리

고 있어. 최대한 빨리 연락할게.]

"내가 언제 어디에 있는 줄 알고?"

[우리 상회의 정보력을 무시하지 말라니까. 우리에게 벨레니 국가에서 엠브로스 백작 찾는 건 크게 어려운 일도 아니라고.]

"그래, 알았어. 그럼 나는 이쪽 일에 전념하도록 하지."

슬슬 이야기를 마무리 지으려고 하자, 레이언의 진지한 목소리가 들려왔다.

[해인아, 우리가 연락하기 전에는 상회 일을 아무것도 안 하고 있다고 생각하면 안 돼. 알지? 네가 그쪽 일을 잘해 나가는 건 우리 상회에 크게 도움이 되는 일이라고. 너는 예전에도 지금도 여전히 베지테크스 상회의 사람이야. 아, 그러고 보니 이 소식 안 알려줬지?]

"무슨 소식?"

[너 이번 해부터 금 등급으로 올랐다. 그랜드마 지부에서 한 일 덕분인 줄 알아.]

"아하하, 그러냐? 그럼 월급은 꼬박꼬박 줄거?"

내 농담에 크리스의 목소리가 들려왔다.

[다 챙겨놓고 있으니 걱정 마라. 레이언 녀석이 약속한 보너스까지 벌써 계산해 놨다.]

"아하하, 대단한걸? 나중에 받을 돈이 크겠어."

[그래, 기대하고 있으라고. 나중에 다시 만날 때까지 건강해라.]

크리스의 말에 이어 레이언의 말이 들려왔다.

[잘 있어. 아, 그리고 그 통신 구슬은 잭슨 녀석보고 가지고 오라 했으니까 잘 챙겨주고. 나중에 만나면 백작님이라고 해야 하나?]

"됐네요. 그런 호칭으로 불리고 싶은 마음 별로 없어. 어쨌든 나중에 만나자."

[그래.]

레이언의 대답으로 통신이 끊겼다. 그러자 기다렸다는 듯이 벌써 음식을 싹 해치운 잭슨의 목소리가 들렸다.

"좋겠다, 벌써 금 등급이라니. 쳇, 나는 언제나 거기까지 올라가나?"

"후후, 부럽냐? 아아, 사실은 네가 늦어가지고 너 찾으러 가려고 했는데, 이렇게 만나게 되었으니 예정대로 나는 내일 출발해야겠는걸? 너는 내가 여기에 이야기를 해놓을 테니 있고 싶은 만큼 있다가 가도록 해."

내 말에 잭슨이 심드렁한 표정으로 고개를 저었다.

"너도 없는데 내가 무슨 재미로? 아, 그래, 나도 내일 쫓아가련다."

그의 생각지도 못한 말에 나는 눈을 휘둥그레 떴다.

"엥? 그럼 너도 여기 수도로 가려고?"

"수도까지는 가지 않고, 길이 같은 곳까지만 같이 가려고. 너랑 같이 가면 편하게 이동할 거 아니냐? 아무래도 백작께서 이동하시는 건데. 상회에는 봄이 되기 전까지만 도착하면 되니 시간은 좀 널널해서 괜찮아."

"그래? 그럼 너 좋을 대로 해라."

"그러지. 아, 나는 이만 자러 갈란다. 내일 아침까지 계속 잘 거니까 저녁 먹으라고 깨우지 마라. 대신 아침은 푸짐하게 차려놔."

입이 찢어져라 크게 하품을 하는 잭슨 녀석에 나는 피식 웃으며 고개를 끄덕였다.

"그래, 잘 자라."

다음날, 성의 앞마당에는 엠브로스 가의 문장이 새겨진 고급 마차 여러 대와 짐마차, 그리고 기사들을 위한 수십 마리의 말이 몰려들었다.

"그러니까… 기사단도 같이 간다고요?"

나는 오늘 아침에야 들은 이번 왕성행 일행의 규모에 입이 떠억 벌어졌다.

"당연한 일입니다. 백작님을 호위해야죠. 하지만 왕성의 규칙상 다는 못 가고 일부만 갑니다."

"허어……."

나는 기껏해야 나와 나를 호위할 기사 몇 명, 그리고 이브스햄과 그의 딸을 위한 기사 몇 명, 나와 그 기사들의 시종, 그리고 이브스햄과 에르미아를 위한 시종 몇 명… 그러니까 다 합해봐야 전체 인원이 20명쯤 될 거라 생각하고 있었다.

그것도 너무 많다고 생각하고 있었지만, 아무래도 에르미아 양이 있으니 그 정도는 허용해 줘야겠다고 생각을 하고 있었는데, 이건 기사단장 윙겟을 비롯해 호위 기사만 30명이었다.

거기다 사병에, 시종들에, 에르미아 양을 위한 시녀에, 짐꾼들까지 합하니 숫자는 장난이 아니었다. 게다가 뭔 짐이 그리도 많은지, 짐마차가 사람이 타고 가는 마차의 두 배였다.

조엘이 이 영지에 들를 때 데니 형만 동행하고 와서 다행이었지, 조엘까지 형식을 갖춰서 왔다가는 수도로 돌아가는 일행은 이보다 더 불어 있을 거였다.

성 앞마당에 와글와글 모여 있는 인원들을 보고 인상을 찌푸리자 조엘이 슬그머니 다가와 속삭였다.

"후후후, 제가 딸랑 둘만 와서 다행이라 생각하고 계셨죠?"

"족집게시군요. 이거야 원, 너무 거창해서… 어디 외출이나 제대로 할 수 있겠습니까?"

"뭐, 사적인 외출은 이 정도까지는 아니니 너무 걱정 마십시오. 지금은 공적인 외출이라서 그러는 거랍니다. 거기다가 국왕의 공식적인 나들이에 비하면 약소한 거라고요."

"하아……."

차가운 겨울바람이 분주하게 출발 준비를 하는 일행들 속으로 한번 파고들었지만, 모두들 그에 대비해 두툼한 망토를 걸치고 있었기에 오들오들 떨게 하지는 못했다.

나 또한 이브스햄이 부랴부랴 마련해 준, 안쪽에 부드러운 털이 그대로 달린 고급스러운 망토를 걸치고 있었기에 크게 춥지는 않았다. 부드러운 털의 느낌이 좋아서 나는 아까부터 은근슬쩍 손등을 털에 대고 부비고 있었다.

많은 시종들이 달라붙어 분주하게 움직인 덕에 잠시 후에 출발 준비가 다 되었다.

이브스햄과 그의 딸, 그리고 그녀를 위한 시녀들과 백작가의 마법사인 벨헤븐이 마차에 오르고 모든 기사들이 말 위에 오르자 나도 나를 위해 준비된 새하얀 백마 위로 올라갔다.

원래는 나도 마차를 타고 편안하게 가고 싶었는데, 조엘이 말을 타고 가는 바람에 손님이 말을 타고 가는데 주인이 마차를 타고 갈 수가 없어서 반강제적으로 말을 타고 가게 된 것이었다. 조엘이나 데니 형이야 기사 수련을 받은 사람들이고, 여기 올 때 말을 타고 왔으니 갈 때도 당연히 그래야 하지만, 그가 그러는 거에 나까지 영향을 받는다는 게 좀 황당하기는 했다.

뭐, 이브스햄은 나이가 많다는 이유로 마차를 타고 가게 되었지만…

"오, 그렇게 하니까 귀족 같다."

내 옆에 준비된 말에 오른 잭슨이 쿡쿡 웃으며 속삭이자 나는 입술을 비쭉였다.

"뭐냐, 옷만 잘 차려입은 거뿐이잖아. 그럼 고급 옷 입은 사람들은 다 귀족으로 보이냐?"

"아니지, 너는 원래 얼굴이 멀끔해서 그런지 은근히 귀티가 났으니까."

"남 말 하고 있네. 너는 안 그러냐? 아, 너 그렇게 말해서 은근히 네 자랑 하는 거지?"

"헤헷, 들켰나?"

그렇게 우리 둘이 속닥거리는 중에 윙겟 경의 큰 소리가 들렸다.

"자, 그럼 출발~!"

그의 외침과 더불어 선두에서 엠브로스 백작가의 깃발과 기사단의 깃발을 든 기사들이 제일 먼저 말을 몰았고, 그 뒤에 선 일행들도 천천히 움직이기 시작했다.

여행은 순조로웠다.

비록 라센 국이나 왈그린 국처럼 모든 길이 잘 닦여 있지 않았고 날은 무척 추웠지만, 그 외에는 우리 일행이 움직이는 데 위협이 될 만한 건 없었다. 가끔 인적이 드문 곳에서는 들짐승들이나 몬스터들이 나온다고 하기는 했지만 이렇게 추운 날씨에 수십 명이, 그것도 완전 무장한 기사들이 눈을 부라리고 있는 일행을 덮칠 만큼 어리석은 이들은 없었다.

일행이 많다 보니 속도가 느려서 그 다음 마을에 도착하지 못해 노숙하는 날이 많았지만, 노숙에 익숙한 나였기에 견디지 못할 만한 일은 아무것도 없었다.

게다가 백작이라는 이유 하나로 노숙한다고 해도 두터운 망토를 두르고 가만히 앉아만 있으면 시종들이 다 알아서 해줬으니, 오히려 전에 노숙하던 것보다는 훨씬 편했다.

문제는… 기사들과 잭슨의 사이였다.

물론 처음에 나는 하찮은 문제라고 생각했었다.

어차피 잭슨은 며칠 뒤 우리와 헤어질 테고, 그가 친한 건 나지 기사들이 아니었으니 말이다.

그래서 기사들이 그를 없는 사람 취급하더라도 상관하지 않았다. 하지만 나중에 가만히 보니 잭슨이 우리 일행에서 이야기를 하는 사람은 나와 듀비뿐이었다. 그나마 듀비는 원래 말이 없으니 천상 나와 주로 대화를 했었는데 나는 그 말고도 여러 사람들, 그러니까 일행 진로에 대해서 윙겟 경과 계속 이야기를 해야 했고, 조엘이나 이브스햄과도 이야기를 해야 했으니까 잭슨에게 크게 신경을 써줄 수가 없었던 것이다.

그러던 어느 날이었다.

그날도 우리는 날이 저물 때까지 마을에 도착하지 못해 적당한 공터를 잡고 야영을 해야만 했다.

저녁을 먹고 나서 잠시 이브스햄과 에르미아를 살펴보고 돌아오던 중 앞쪽에 있던 잭슨을 발견하고는 반가이 부르려는데, 그보다도 먼저 잭슨이 옆을 지나가던 기사와 슬쩍 부딪쳐 버렸다. 다행히도 강하게 부딪친 건 아니라 누구 하나 다친 사람이 없었고, 둘 다 단련한 사람들이었기에 넘어지지는 않고 약간 몸을 휘청거리는 정도로 끝날 수 있었다.

그런 부딪침이 있고 난 후 잭슨은 자기가 잘못한 것도 아닌데 예의상 먼저 그 기사에게 사과의 말을 건넸다. 그런데 그 괘씸한 기사 녀석이 잭슨이 사과를 하면 뭔가 대답이라도 해줄 것이지 마치 아무 말도 못 들은 양 그냥 쓰윽 지나치는 것 아닌가? 잭슨을 완전히 무시하고 말이다.

"저저~!!"

아무리 엠브로스 백작이 되었다지만 엠브로스 기사단의 기사보다는 잭슨을 가깝게 여기고 있던 나였기에 그 즉시 그 기사를 불러 뭐라 한마디를 해주려고 달려가려는데, 내 뒤를 따르던 첼릿이 나를 잡았다.

"해인님."

"첼릿, 설마 지금 저 기사의 편을 들어주려는 건 아니겠지요?"

말리는 기색이 다분한 첼릿의 기색을 알아챈 내가 노골적으로 화를 드러내며 말하는데, 내 말이 조금 컸던지 어느새 내 뒤로 다가온 잭슨이 내 머리를 폭 눌렀다.

"아야, 됐어."

"되긴 뭐가 돼? 저런 무례한 녀석 같으니라고!!"

잭슨의 말에 더 화가 난 나는 그 기사가 사라진 쪽을 무섭게 노려보며 투덜거리는데 의외로 잭슨이 담담하게 물어오는 거였다.

"그래서 어떻게 하려고?"

"어떻게 하긴? 따끔하게 한마디 해야지. 넌 엄연히 내 손님이라고. 그런데……."

"그래서?"

흥분해서 막 떠들던 나는 잭슨의 조용한 한마디에 가로막혔다.

"그, 그래서라니?"

"그 기사에게 한마디 하고 나서는 어쩔 거냐고?"

"어쩔 거냐니? 당연히 다시는 그러지 못하게 해야지."

"뭘? 뭘 못하게 해?"

잭슨의 냉담한 반응에 나는 어리둥절해졌다. 방금 전 일의 당사자가 잭슨이 아니라 오히려 나 같지 않은가?

"뭐냐니? 널 무시 못하게 하는 거지."

그러자 그동안 조용히 듣고 있던 첼릿이 나섰다.

"그건 좋은 생각이 아닌 듯싶습니다. 잭슨 씨도 그걸 알고 계시는 듯한데요."

"에?"

내가 그의 말을 이해 못해서 되묻는데 잭슨이 씨익 웃었다.

"저 기사 분의 말이 맞아. 너는 그냥 가만히 있는 게 나아. 내가 네 손님인 덕분에 이나마 대우를 받는 거라고. 그보다 나은 대우를 받느냐 아니냐는 전적으로 내 능력에 달린 거니까. 너는 그걸 가지고 이래 래라저래라 할 수는 없는 거야."

"물론, 네가 무슨 말을 하려는 건지는 알지만… 아까 그건 너무한 거 아니냐? 사과를 했는데 무시해 버리다니……."

"그건 그들이 할 수 있는 최선의 방법이라고. 너와의 친분 없이 저들을 만났다면, 나는 저들에게 함부로 말도 못 걸 처지인걸? 그런 상황에서 아까처럼 부딪쳤다면 내가 한 대 얻어맞아도 나는 아무 말도 할수 없었다고. 그런데 너와 친분이 있다는 이유로 이렇게 활개를 치고 다니니 저들은 날 같은 기사급으로 존중해 주지도 못하고, 그렇다고 낮게 취급할 수도 없으니 무시하는 게 최선일 수밖에."

"그, 그런……."

내가 우울하게 중얼거리자 잭슨이 씨익 웃으며 어깨를 쳤다.

"뭐냐? 네가 그런 표정 지을 건 없잖아. 난 이미 예상하고 있었던 일이라고. 이 나라 사람인 주제에 이해 못하고 흥분하는 네가 이상한 거야."

잭슨은 내가 계급이 없는 세상에서 대부분을 살아 오히려 이 세계를 아직 이해 못한다는 걸 모르고 있었다.

"끄응… 신분이라는 거 꽤 골치 아픈 거네……."

잭슨의 말에 내가 인상을 찡그리며 중얼거리자 잭슨이 하하 웃었다.

"그래, 정말 쓸데없이 골치만 아픈 거지."

"어휴, 그럼 내가 잘못했나 봐… 이럴 줄 알았으면 그냥 너 따로 가게 해줄걸……."

내가 후회 막심한 표정으로 입을 열자 잭슨이 손을 내저었다.

"아니, 무슨 소리야? 여기에 낀 건 내 의지였다고. 네 덕에 편안한 여행을 해왔는데 그깟 무시 좀 당한다고 무슨 대수냐? 혼자 여행하는 것보다 훨 낫다고. 게다가 이미 짐작하고 있었다고 했잖아. 뭐, 그나마 그것도 얼마 안 남았다만……."

"미안, 내가 좀 더 신경을 써줘야 했는데……."

"네가 미안할 게 뭐 있냐? 그리고 도대체 날 어떻게 생각하는 거야? 내가 당하기만 하는 멍청이로 보이냐? 걱정 마. 여길 벗어나기 전에 그 녀석들에게 멋들어지게 한 방 먹여줄 생각이니까."

잭슨은 부기사단장인 첼릿이 앞에 있는데도 불구하고 그러한 말을 거침없이 내뱉었다. 그러자 첼릿이 씨익 웃었다.

"어떻게 하실지 기대가 되는군요. 쉽게 당하리라고 생각하지는 않지만, 만약 당한다면 녀석들의 불행이겠죠.”

의미심장한 첼릿의 미소를 보자니, 왠지 잭슨에게 당할 기사들에겐 그걸로 끝이 아니라 그 뒤에 기사단장과 부기사단장의 분노가 기다리고 있을 듯했다.

“기대해도 좋습니다. 아주 확실한 방법이거든요.”

그 방법이라는 것은 다음날 저녁에 알 수 있었다.

그날 우리는 다행히 자그마한 도시에 도착할 수 있었다.

그곳은 무슨 백작이라는 작위를 가진 영주가 직접 관리하는 게 아니라 영주 대리인이 관리하는 곳이었는데 우리 일행이 오자 성에서 몇몇 기사가 나와 정중하게 우리를 초대했다.

성이 없는 마을에서라면 몰라도, 성이 있는 곳에 도착할 때면 항상 그런 대접을 받아왔기 때문에 나는 이번에도 자연스레 초대를 받아들여 성으로 향했다. 이렇게 하면서 주위의 귀족들과 자연스레 안면을 익힐 수 있는 거라는 이브스햄과 조엘의 충고를 들으면서 말이다.

그래 그들의 말대로 몇몇 귀족들과 얼굴을 익혔지만, 그들은 나보다는 조엘에게 더 큰 관심을 나타냈기 때문에 크게 친해지지는 못했다.

이번 영주 대리인에게도 별 호감을 느끼지 못한 나는 예의상 대화에 참여하기는 했지만 주도는 다른 사람들에게 미룬 채 얼른 식사를 끝내고 침실로 물러갔다.

그러자 나와의 친분 때문에 같이 저녁 식사에 참여한 잭슨이 같이 일어나 나오다가 의미심장한 얼굴로 날 바라봤다.

“해인아, 내일 너희 일행이 출발하기 전에 나는 나 먼저 떠나려고 한다.”

이 성에 도착하기 전에 잭슨이 여기서부터 길이 갈라질 거라고 귀띔

해 줬기에 나는 크게 놀라지 않고 고개를 끄덕였다.

"그래도 아침은 먹고 갈 거지?"

"물론이지. 그래도 너희들은 아침 먹고 준비할 게 많을 테니, 나는 먼저 갈 거라고. 그래서 말인데……."

"응?"

"오늘 그 기사들 콧대를 눌러주려고."

씨익 웃으며 자신만만하게 말하는 잭슨의 표정에 나도 피식 웃었다.

"어떻게?"

"다 방법이 있지."

"구경 가도 될까?"

호기심을 드러내며 묻는 내 말에 잭슨은 고개를 저었다.

"안 돼. 혹 보려면 모습을 드러내지 말고 봐. 네가 보는데 창피를 당하면 그 기사들이 무안하잖아. 아무리 얄미워도 그 정도 배려는 해줘야지. 지금부터 그 기사들에게 갈 테니까 너는 모른 체하라고."

"어디서 할 건데?"

"마구간 있는 데서. 그럼 간다."

그러면서 걸음을 옮기는 잭슨의 등에다 대고 나는 웃으며 입을 열었다.

"잘 해봐라."

그리고는 잭슨의 모습이 사라지자 나도 서둘러 움직이기 시작했다.

오늘은 첼릿이 아니라 듀비가 내 곁에 있어주는 날이었기에 나는 듀비를 보며 물었다.

"나는 몰래 보러 갈 생각인데, 듀비는 어때요? 같이 갈래요?"

그러자 그는 씨익 웃어 보이며 대답했다.

"그가 어떻게 할지 궁금하군요."

"좋아요."

방으로 돌아온 나는 내 시종으로 따라온 켈빈의 시중을 받으며 옷을 갈아입고는 피곤하다는 핑계로 그를 얼른 밖으로 내보냈다. 그리고 잠시 기다린 후 듀비를 데리고 조용히 창문으로 방을 빠져나왔다. 비록 잠옷 차림이긴 했지만 실프들에게 방어벽을 부탁했기에 추위를 걱정할 필요도 없었다. 그리고 남의 시선도 말이다.

어차피 듀비와 나는 몰래 살펴보려고 했을 뿐이라 실프들에게 의지하여 허공에 떠 있을 예정이었기 때문이다. 어두운 허공에 누군가가 떠 있으리라고는 아무도 생각 못할 거였다.

우리가 성 뒤쪽에 있는 마구간을 찾아냈을 즈음, 어떻게 했는지—아마도 기사들의 자존심을 건드려 발끈하게 했겠지만…—잭슨은 분노한 기사들 몇 명을 데리고 그곳에 있었다. 그리고 거기에는 윙겟 경과 첼럿이 포함된 몇 명의 기사들이 구경꾼으로 같이 있었다.

그런 많은 사람들 속에서 잭슨은 여유만만한 표정으로 허리에 검을 차더니 들고 있던 웬 푸대 자루에서 뭔가를 꺼내 들었다.

"가, 감자?"

그 뭔가가 감자란 걸 확인한 나는 황당해서 중얼거렸다.

그건 거기 나온 기사들도 마찬가지였던 듯 황당해서 잭슨을 바라보는 게 보였다. 그들은 아마도 잭슨과 대련하기를 기대하고 있었던 모양이다. 그런데 뜬금없이 감자를 꺼내 들었으니…

잭슨은 감자 세 개를 꺼내 들더니 말발로 그 이유와 대결 방법을 설명하기 시작했다.

그는 내 손님으로 온 거니 기사와의 사이에서 피가 나면 내 입장이 난처하지 않겠느냐는 이유로 대련하자는 기사들의 의견을 묵살시켜 버리고 자신의 제안을 당당하게 관철시켰다.

그의 제안은 단순했다. 감자 세 개를 베어버리면 되는 것이었다.

기사라면, 아니, 검을 배우는 사람이라면 누구든지 물체를 베는 연습을 했을 터였다. 그것이 대나무든지, 각목이든지, 짚단이든지, 아니면 허공에 던져진 과일이나 채소라든지 말이다.

그렇기에 기사들은 잭슨이 감자를 베는 거라고 말하자 자신만만한 표정으로 고개를 끄덕였지만, 이어지는 베는 방법을 듣고는 황당한 표정으로 변했다.

그 방법이라는 것이 우선 한 발은 앞에, 한 발은 뒤로 놓은 채 앞으로 내민 발등에 감자 하나를 올려놓는 것이었다. 그리고 한 감자는 검을 잡는 손에 쥐고—검은 허리에 차고 있는 상태이다—나머지 하나는 누군가가 맞은편에서 들고 서 있는 거였다. 그래 손에 들고 있는 감자를 허공으로 던져서 허리에 차고 있는 검을 빼어 들어 위쪽에서 아래 방향으로 대각선으로 벤 다음, 앞으로 내민 발등에 있는 감자를 허공으로 차올려 감자의 허리(?)를 횡으로 베고, 마지막으로 상대방이 던져 주는 감자를 베면 되는 것이었다.

그러면서 잭슨이 직접 시범을 보여주는데 세 감자의 몸은 너무나 간단하게 갈라지는 거였다. 그에 그걸 보고 있던 기사들이 쉽게 여겼는지 자기들도 하겠다고 나섰다.

잭슨이 한번 연습을 해보는 게 어떻겠냐고 제안했지만, 너무 자신감에 차 있던 기사들은 그의 권유를 듣지 않았다.

그리하여 검을 허리에 차고 감자 하나는 발등에, 하나는 손에 쥐었고, 상대편에서 감자를 던져 주는 기사도 대기했다.

그래서 성공했을까?

답은 당연하게도 실패했다였다. 아마도 잭슨은 그걸 노리고 있었겠지만.

검사들은 검을 휘두를 때 몸을 지탱하기 위해 하체를 단련하지만, 그와 함께 모든 상황에 재빠르게 반응하기 위한 훈련도 한다. 훈련 중 몸을 낮춘 자세로 하체를 단련시키는 게 있는데, 그 이유는 검을 들고 상대방을 노릴 때 몸을 낮춰 긴장시켜 여차하면 쉽게 이동하기 위함이다.

그러나 발등에 올린 감자를 차올려 베기 위해서는 손에 들린 감자를 허공에 던져 벨 때까지는 발을 조금도 움직이지 말아야 했다. 동그란 감자는 투박한 가죽신 위에서 간신히 자리를 잡고 있었으니 조금만 움찔해도 옆으로 데구르르 굴러 떨어졌던 것이다.

그러나 기사들은 우선 손에 들린 감자를 허공에 던져 베는 것에 집중했기에, 그 첫 감자를 벨 때 자신도 모르게 발을 움찔거려 감자를 발등에서 떨어뜨리는 거였다. 그러니 벨 수 있는 실력이 있음에도 불구하고 손에 들고 있던 감자 하나만 벤 채 대결은 끝나 버렸다.

"이런… 거보십시오. 그러니까 미리 연습을 하셔야 한다니까……."

맨 처음 나섰던 기사들이 모두 다 실패하자 잭슨이 당연한 거라는 표정으로 고개를 끄덕였다.

그에 발끈한 몇몇 기사들이 또 나섰다.

이번에 그들은 한 번씩 연습을 했지만, 기사가 되기 위하여 목검을 손에 쥔 순간부터 몸에 익어버린 것이 한순간에 주의한다고 금방 바뀌는 건 아니었다.

결국 10여 명의 기사가 실패하고 그 뒤에 한 기사가 가까스로 성공

했지만—발등의 감자만 떨어뜨리지 않는다면 감자 베는 건 그들에게 식은 죽 먹기였으니까…—이미 기사들 측은 기가 팍 죽어 있었다.

"잭슨 씨, 머리가 좋군요. 기사들의 버릇을 정확하게 파악하여 그에 반하는 대결을 펼쳤으니……."

원래 그 정도 대련쯤이야 조금만 연습하면 기사들에게는 정말 쉬운 일이었을 거다. 단지 한 번도 안 한 일을 갑작스레 하려니 어려웠을 뿐이지.

결국 그리하여 그 대결은 잭슨의 승리로 끝났고 그쯤 해서 나는 방으로 돌아왔다. 아마도 그 기사들은 윙겟 경이나 첼릿에게 한소리야 듣겠지만 크게 혼나지는 않았을 듯했다. 그들은 잭슨의 실력에 진 것이 아니라 재치에 진 것이니까 말이다.

뭐, 재치도 실력의 일환이려나?

그 재치로 기사들에게 한 방 먹여준 잭슨은 그 다음날 정말 아침 식사 후 나와 듀비에게만 작별 인사를 건네고 조용히 먼저 떠났다.

그리고 그 뒤 우리 일행이 출발하려 하는데 몇몇 기사들이 괜히 내 근처를 기웃거리며 누군가를 찾는 기색을 보이는 거였다. 결국 원하던 이를 찾지 못해 돌아서야만 했던 그들의 얼굴에는 아쉬운 표정이 역력해 보였다. 왜 아쉬운 건지는 모르겠지만 말이다.

그리고 우리도 곧 수도를 향해 출발했다.

"이제 조금만 더 가면 수도에 도착할 것입니다."

윙겟 경의 설명에 나는 고개를 끄덕였다.

"아아, 편해서 좋았기는 하지만 추운 날에 여행하는 건 쉬운 일이 아니군요. 다음에는 따뜻할 때만 골라서 다녔으면 좋겠네요."

제 32 화 리건 블랜차드

리건 블랜차드

잭슨과 헤어진 뒤, 별다른 일 없이 무사히 수도에 도착한 우리는 조엘, 데니 형과 헤어졌다.

조엘이 여왕을 알현할 때 같이 가주기로 했지만서도, 어차피 수도에 자기네 집(?)이 있는데 여기까지 와서 구태여 우리 집에 머물러 있을 필요는 없었던 것이다. 거기다 조엘네 집이나, 이제 내 집이 된 엠브로스 가 저택이나 같은 구역에 있었고 말이다.

왕래하는 사람들이 별로 없음에도 불구하고 수도의 번화가보다 더 넓어 보이는 길은—사람들이 복작복작대지 않아서 그렇게 느끼는 건지도 모르겠지만—길거리에서 흔하게 보이는 쓰레기 하나 없이 깨끗했다. 그러니까 어쩐지 바닥에 깔린 평평한 돌들도 번화가에 깔린 것들보다 더 깨끗하고 고급스럽게 보일 지경이었다.

내가 이곳에 반년 넘게 있었지만, 저택 밖으로 나온 적은 저택으로 갈 때와 웨스트모어랜드 후작령으로 갈 때 외에는 한 번도 없었기에, 지금 다시 보는 고급 저택가의 거리가 새삼스러울 수밖에 없었다.

그런 깨끗한 거리를 쭈욱 따라, 엄청나게 기다란 담과 경비병이 근엄하게 서 있는 크고 화려한 몇 개의 대문들을 지나치자 선두에 선 윙겟 경이 멈춰 섰다.

"다 왔습니다."

그가 가리키는 곳에는 지금까지 지나친 몇 개의 대문과 비슷하게 생긴, 굵은 철창들 여러 개가 엮어져 우아한 아치 형 모양을 그리고 있는 커다란 정문이 있었고, 그 앞에는 익숙한 문양이 그려진 갑옷을 입은 두 명의 경비병이 창을 들고 서 있었다. 그리고 대문의 아치 형 꼭대기 위에는 엠브로스 가문의 문장이 새겨진 커다란 동판이 붙어 있었다.

윙겟 경은 나에게 보고를 하더니 그 경비병 앞으로 말을 몰고 가 당당하게 말했다.

"나는 엠브로스 기사단장 진 윙겟이다. 백작님을 모셔왔으니 문을 열어라!"

그렇지 않아도 우리 일행이 다가올 때부터 계속 바라보고 있던 두 경비병은 윙겟 경의 말에 황급히 안쪽으로 연락을 했고, 얼마 지나지 않아 대문이 열리며 기사 한 명이 헐레벌떡 뛰어나왔다.

"단장님, 오셨습니까?"

"오랜만이군. 백작님을 모셔왔으니 어서 문을 열게."

"알겠습니다."

그 기사의 손짓에 두 경비병은 황급히 대문을 활짝 열었고, 우리 일행은 윙겟 경의 인도에 따라 안으로 들어가기 시작했다.

대문 안쪽에는 작은 경비 초소가 있었고, 그 안에 있었던 듯한 몇 명

의 기사와 사병들이 밖으로 나와 도열해 있었지만, 윙겟 경은 그들에게
인사를 하기 위하여 따로 멈추지는 않고 곧바로 안쪽으로 들어가기만
했다.

그들의 호기심 어린 시선을 느끼며 그곳을 지나쳐 넓다란 정원을 통
과해 저택에 도착하자 수많은 시종과 시녀들이 저택의 정문 밖으로 나
와 쭈욱 도열해 있는 모습이 보였다.

그들 앞에 일행이 멈춰 서서 말과 마차에서 내리자 맨 앞에 있는, 집
사 제복을 입은 중년 남자가 앞으로 나섰다.

"오랜만이군, 크레이그."

그 모습을 알아본 이브스햄이 먼저 아는 체를 하자 크레이그라 불린
중년 남자가 정중하게 고개를 숙였다.

"어서 오십시오, 이브스햄님."

"그래, 자네에게 이 저택의 새 주인을 소개해 줘야겠지? 백작님, 이
사람이 이 저택의 총책임을 맡은 집사입니다."

이브스햄의 소개에 나는 앞으로 나섰다.

내 모습을 본 집사의 눈에 순간적으로 어리둥절한 기색이 스쳐 지나
갔지만 그것은 잠시, 그는 나에게 다시 고개를 숙이며 정중하게 인사했
다.

"처음 뵙겠습니다, 백작님. 집사인 크레이그라고 합니다."

"잘 부탁해요."

뒤에서 이브스햄이 옅게 한숨을 내뱉는 소리가 들려왔지만 나는 개
의치 않고 방긋 웃었다.

사실 내가 백작이 된 뒤로부터 내 주위 사람들이 제일 많이 고치려
고 애썼지만 실패했던 것이 내 존대였다.

보통 귀족들은 귀족이 아닌 다른 계급 사람들에게는 그들이 아무리 나이가 많아도 절대로 존칭을 쓰지 않았다. 그러나 그런 계급이란 것에 얽매어 있지 않는 나는 백작이 되어서도 여전히 그 버릇을 고치지 못해 이브스햄을 비롯하여 첼릿이나 윙겟 경, 심지어는 집사나 나이 많은 시종들에게도 여전히 존대를 했던 것이다.

아마 내 시종을 연륜이 많은 사람이 아닌, 나보다 어린 켈빈이 맡게 된 것도 시종에게 존대를 쓰지 못하게 하려는 집사와 이브스햄의 배려(?) 때문일 것이었다.

그래도 그들은 시간이 지나면 차차 나아지겠지… 했지만, 여전한 내 모습에 수도에 와서는 절대 그러면 안 된다고 몇 번이나 신신당부를 했던 것이다.

그런데 그걸 싸악 무시하고 오자마자 그랬으니 이브스햄의 입에서 한숨이 나오는 것도 무리는 아니었다.

내 존대에 크레이그 집사는 어리둥절한 표정이었지만, 그건 정말 잠깐이었고 그는 다시 고개를 숙였다.

"저야말로 잘 부탁드리겠습니다."

크레이그 집사가 인사를 하자 이브스햄이 내가 뭔 말을 더 하기 전에 잽싸게 끼어들었다.

"백작님께서 피곤하실 테니 방으로 안내해 드리게."

"알겠습니다."

짐 정리 같은 건 어차피 아랫사람들 몫이었다.

이브스햄의 말에 순순히 몸을 돌리는 집사의 뒤를 따라 나는 두 줄로 도열해 고개를 숙이는 시종, 시녀들 사이를 당당하게 걸어 저택 안으로 들어갔다.

엠브로스 영지에 있는 성보다는 작지만, 그래도 어느 정도 능력있는 귀족가의 저택답게 내부는 고급스레 꾸며져 있었다.

그런 저택 내에서 가장 좋은 방일 백작의 방은 옅은 베이지와 금색으로 엄청 고급스럽고 화려하게 꾸며져 있었다.

"목욕물을 준비하라 이를까요?"

방 안을 둘러보는 나에게 크레이그가 조심스레 묻자 나는 손을 휘휘 저었다.

"됐습니다. 그건 나중에 하도록 하죠. 이만 나가보세요."

집사가 고개를 숙이고 나가자 방까지 따라 들어왔던 이브스햄이 기다렸다는 듯이 눈을 부릅뜨고 입을 열었다.

"백작님!! 여기서는 그러지 말라고 말씀드렸지 않습니까?"

"하지만 집사 정도에게는 괜찮지 않겠어요?"

배시시 웃어 보이는 나에게 이브스햄은 단호하게 고개를 저었다.

"안 됩니다. 절대로 안 됩니다. 여기는 본성과 다르다고 몇 번이나 말씀드렸지 않습니까? 본성의 엘버트야 대대로 우리 엠브로스 가문과 함께해 온 집안사람인데다 그도 백작님의 배경을 알고 있으니까 괜찮지만, 저 크레이그 집사는 아니란 말입니다."

엠브로스 백작가는 몇 년 전까지만 해도 중앙 귀족이 아니었기 때문에 수도에 따로 저택을 가지고 있지 않았다. 그러다가 2년 전에 여왕이 숙부파를 완전히 제거하면서 엠브로스 가문이 세운 공에 대한 상으로 새로운 영지와 이 저택을 내려줬던 것이다.

이 저택은 예전에는 여왕의 숙부였던 공작 측의 어떤 백작 소유의 저택이었다고 한다. 그런데 숙부가 실각되면서 같이 망해 버려서 우리 가문에게로 넘어온 거라 크레이그 집사가 우리 가문 사람이 된 지 얼마 안 되었던 것이다. 그래 이브스햄은 아직도 그를 완전히 신뢰하지 못하고 있었기에 그에게 얕보이는 것을 크게 경계하고 있었다.

귀족들은 왜 아랫사람들에게 존칭을 쓰는 게 얕보이는 거라고 생각하는지 모르겠지만.

"하지만 이미 존대를 해버렸는걸요? 이제 와서 다시 바꾸는 게 더 우스울 거예요."

내 말에 이브스햄은 다시금 한숨을 폭 내쉬었다.

"그야 그렇습니다만… 그러면 부디 다른 사람들에게는 절대로 그러지 말아주십시오. 제발, 제~발~ 부탁드리겠습니다."

"에… 그러도록 노력하죠."

내 말에 이브스햄의 눈썹이 꿈틀거렸다. 사실 그동안 노력하겠다는 말로 은근슬쩍 그들의 당부를 지키지 않았던 것이다. 그러니 몇 번 그 말에 당했던 이브스햄이라 이번엔 그냥 고이 넘어가질 않았다.

"노력 가지고는 안 됩니다. 절대로 그러지 않으셔야 합니다. 절.대.로.요! 아시겠습니까?"

"네, 네. 그러지요."

이번에는 쉽게 넘어가지 않으려는 듯 단호하게 대응하는 이브스햄의 모습에 나는 낮게 한숨을 쉬며 고개를 끄덕였다.

"그런데 전부터 계속 여쭤볼 것이 있었습니다만……."

"예?"

무척 진지하고 조심스럽게 묻는 이브스햄의 태도에 나는 의아하게 바라보며 되물었다. 언제 나를 이렇게 어려워했다고 전부터 묻고 싶은 게 있는데도 못 묻고 참았단 말인가.

"물어보세요."

내 말에 이브스햄이 막 입을 열려고 할 때, 참 타이밍 좋게도 누군가가 방문을 똑똑 두드렸다. 그래 들어오라고 허락을 하니 내 짐을 들고 있는 시종들이 우르르 들어왔다.

그 모습에 이브스햄이 헛웃음을 짓더니 나에게 말했다.

"서재로 가시지요. 가서 자세하게 말씀드리겠습니다."

"전에는 조엘 자작이 있어서 자세하게 말씀드리지 못했습니다만, 지금 현재 친여왕파는 세 갈래로 분열되고 있습니다."

서재로 자리를 옮긴 이브스햄은 진지한 표정으로 입을 열었다.

그 자리에는 첼릿과 나중에 내 보좌관이 될 에르미아 엠브로스 양까지 참석해 있었다. 에르미아가 백작이 되기 위하여 교육을 받았다고는 하나, 그녀 스스로 원래 이런 이야기에 흥미를 가지고 있었던 듯싶었다.

"우선 맥알파인 공작파, 그리고 맥알파인 공작의 라이벌이라 칭해지는 랭포드 후작파, 마지막으로 블랜차드 후작파가 바로 분열의 중심이지요."

"호오? 그 셋이 사이가 안 좋은가요?"

"원래 맥알파인 공작과 랭포드 후작은 사이가 안 좋았습니다. 블랜차드 후작은 그런 데에 별로 관심이 없는 듯했지만, 친여왕파의 세 기둥 중 한 명이다 보니 어쩔 수 없이 한 세력으로 형성된 거였지요."

이브스햄의 말에 뒤이어 에르미아가 설명을 덧붙였다.

"맥알파인 공작을 중심으로는 여왕의 숙부에 의해 잠시 정권에서 밀려났던 왕족들과 전 중앙 귀족들이 모여들었지요. 랭포드 후작 곁으로는 실력은 있으나 세력이 적은 지방 귀족들이, 블랜차드 후작 곁으로는 혈기가 넘치는 젊은 기사들과 열혈 귀족들이 세력을 형성하고 있습니다."

에르미아의 설명에 이브스햄이 은근히 자랑스러움이 배어 있는 시선으로 그녀를 한번 보고는 입을 열었다.

"그렇습니다. 맥알파인 공작은 아무래도 왕족의 핏줄을 타고난 분이니까요. 그래서 현 왕족들이나 개국공신 귀족들은 그쪽을 밀고 있답니다."

"그럼 랭포드 후작은 어떤 분이십니까?"

"그분은 정말 진정한 귀족이라고 할 수 있는 분이시죠. 귀족이라면 자신들이 누리는 특권만큼이나 능력이 있어야 한다고 생각하는 분이시거든요. 그래서 집안만 좋고 무능한 귀족들을 제일 싫어하시죠. 덕분에 맥알파인 공작과는 사사건건 충돌이 있답니다. 사실 제가 봐도 맥알파인 공작님은 그 자신의 능력보다는 배경 때문에 그 위치에 오르셨거든요. 그렇다고 그분이 무능력하다는 건 아닙니다만, 그분이 자신의 능력을 보이기도 전에 그 자리에 앉으셔서요."

"그렇군요. 그러니 실력은 있어도 위에서 중앙 귀족들이 꽉 잡고 있어 제 능력을 펼치지 못한 지방 귀족들이 랭포드 후작에게 붙는 건 당연하겠군요. 아, 혹시 우리도 그쪽으로 붙으려고 했던 거 아니었습니까?"

내 말에 이브스햄이 고개를 끄덕였다.

"맞습니다. 사실 저는 그렇게 계획하고 있었습니다. 그런데 백작님께서 조엘 자작과 깊은 친분을 나누신 것 같아서 말이죠. 그걸 노리고 이번에 폐하를 알현할 때도 자작에게 같이 참여해 달라고 부탁한 거지만… 뭐, 그쪽도 크게 나쁘지 않기는 합니다. 다만 저희로서는 그쪽에서 한자리 차지할 기회가 없을 거 같아서 생각을 못하고 있었던 거죠."

"그, 블랜차드 후작은 어때요?"

"블랜차드 후작가는 지금까지 그저 그런 귀족들 중 하나였습니다. 중앙 귀족이기는 해도 정권의 가운데에 있지 못하고 변두리에 겨우 발을 얹고 있는 것에 불과했지요. 하지만 현 후작인 리건 블랜차드가 앞으로 나서면서 그게 확 바뀌었지요. 뭐니 뭐니 해도 그는 최연소 소드 마스터인 검술의 천재이니까요. 우리 나라가 기사를 제일로 치지 않습니까? 그러니 그의 앞에는 탄탄대로가 쭈욱 깔려 있다고 봐도 무방합니다."

"헤에, 그런가요?"

"물론이죠. 이제 30대 초반인 그가 왕실 기사단의 단장인걸요? 물론 2년 전 그 사건에서 큰 공을 세우기는 했지만, 최연소 소드 마스터가 아니라면 그것도 힘들지요. 제가 말씀드렸지요? 왕실 기사단장이라는 것은 위급한 때에 국방 장관과 동등한 지위를 갖는다는 것을 말입니다. 법으로는 랭포드 후작의 아래에 있지만, 그와 비슷한 지위를 겨우 30대 초반의 나이에 손에 넣은 겁니다. 지금 현재 그는 우리 나라 모든 기사들의 우상이지요. 이건 기사의 나라라는 우리 나라에서는 무시할 수 없는 세력입니다. 거기다가 현재 왕실 기사단의 기사들은 그의 열혈 추종자라고 해도 과언이 아니랍니다."

"오……."

왕실 기사단이란, 왕과 왕실을 보호하는 임무를 띤 기사단으로 왕 직속 기사단이다. 그들 가운데에서 왕을 비롯한 주요 왕족들을 보호하는 친위 기사들을 뽑는 데다가 그들은 여왕과 기사단장의 명령밖에 안 들었다. 거기다 전쟁이나 반역 같은 나라의 위급 상황이 터졌을 때 수도에 있는 모든 전력을 통솔할 수 있는 지휘권을 가질 수 있었다. 그러니까 수도 경비대를 비롯하여 수도 안에 거주하는 일반 귀족들의 기사단, 사병들, 혹은 수도 시민들까지, 싸움이 가능한 모든 사람들이 그들의 지휘 아래에 들어간다.

그러니 왕실 기사단은 벨레니 국의 모든 기사들 중의 기사, 엘리트 중의 엘리트이며 여기에 소속된다는 건 가문 대대로의 영광이었다.

뭐, 그 안에서 또 여러 단계로 갈리지만 기사가 아닌 나는 잘 알지 못하고, 어쨌든 그런 기사단의 단장이라는 건 엄청 대단한 거였다.

이브스햄이 말한 벨레니 국 전체의 군수권을 가진 국방 장관과 동등하다는 건 결코 과장이 아니었던 것이다.

그런 자리에 앉은 사람네 가문이 중앙 세력의 하나로 우뚝 선다는 건 어쩌면 당연한 일이었다.

"그러니까… 그 랭포드 후작은 국방 장관이고, 맥알파인 공작은 재상이라고 했죠? 거기에 블랜차드 후작은 왕실 기사단 단장… 오우, 셋 다 대단한 자리를 하나씩 꿰어 차고 있군요."

내 말에 이브스햄이 묘한 표정으로 입을 열었다.

"그것만이 아닙니다."

"그럼 뭐가 또 있어요?"

"더 중요한 게 있지요. 랭포드 후작의 장남인 달스턴 랭포드 자작은 현재 나이 31세로 독신이죠. 그리고 맥알파인 공작의 장남인 조엘 맥알파인 자작이 현재 나이 25세로 독신이고, 블랜차드 후작 역시 33세로 독신입니다. 이해하시겠습니까?"

이 정도면 알지 않겠느냐는 이브스햄의 시선에 나는 고개만 갸웃거렸다.

"장남들이 독신인 게 어때서요?"

그러자 에르미아가 설명을 덧붙였다.

"지금 현재 이 나라를 다스리고 계시는 여왕 폐하도 아직 미혼이시죠."

그제야 나는 뭔가가 떠올랐다.

"오라, 그러니까……."

내가 알겠다는 듯 고개를 끄덕이자 이브스햄도 마주 고개를 끄덕여 보였다.

"그렇습니다. 현재 그 세 사람이 여왕 폐하의 가장 강력한 신랑 후보죠. 물론 다른 귀족 청년들도 많습니다만, 지위로 보나 배경으로 보나 그 세 사람과 대결할 수 있는 사람은 없을걸요?"

"헤에… 아니, 그러다가 우리가 지지하는 사람이 아닌 다른 사람을 선택해서 결혼하면 어떻게 되는 거죠?"

내 말에 이브스햄은 어깨를 으쓱거렸다.

"그럼 운이 없는 거죠. 하지만 그렇다고 해서 금방 어떻게 되는 건 아닙니다. 그냥 조금 유리해진다 아니다일 뿐이죠. 그래도 이왕이면 조금 더 유리해지는 게 좋지 않겠습니까? 사실 혈통 쪽으로 보면 조엘 자작이 제일 유리하거든요. 왕족들은 다 조엘 자작을 지지하고 있으니 말입니다."

"하지만 여왕 폐하께서 누굴 제일 좋아하느냐가 문제겠죠. 지금 현재는 누구에게 제일 관심을 가지고 계시죠?"

"그게 말입니다, 그걸 전혀 내색을 안 하셔서요. 하기야 내색을 하시면 그쪽으로 붙던지, 아니면 반대파의 암살에 시달리게 될 테니 그러지도 못하시겠지만… 그래서 지금까지 결혼을 안 하고 계시는 건지도 모르죠."

"제 생각에는 차라리 그 세 분이 아닌 다른 사람을 선택하는 게 좋을 것 같습니다만……."

에르미아의 말에 나도 고개를 끄덕였다.

"그래요, 그게 정말 좋겠군요. 하지만 역시 결정은 여왕 폐하께서 하시는 거겠죠?"

그러자 이브스햄이 자신에게로 주의를 집중시키고자 슬그머니 헛기침을 했다.

"험험, 본론으로 돌아가서 말씀입니다만, 그럼 백작님께서는 맥알파인 공작 쪽 사람이 되기로 마음을 굳히신 겁니까?"

"굳히고 말고 할 게 있나요? 어차피 제가 여왕 폐하를 알현할 때 조엘 자작이 함께 참여한다면 제가 그쪽 사람이라고 광고하는 꼴이 될 텐데요."

"그럼, 아무래도 조엘 자작과 같이 일을 하시게 되겠군요?"

뜬금없는 이브스햄의 말에 나는 어리둥절한 표정을 지었다.

"같이 일을 하다뇨?"

"중앙에 진출하시려면 당연히 왕성에서 한자리 맡으셔야 할 것 아닙니까? 사실 저는 백작님이 정령을 다루시는 걸 보고 국방부 쪽에 들어가시는 걸 은근히 바랐습니다만… 맥알파인 공작가 사람을 랭포드 후작께서 받아주시지는 않을 것 같으니까 말이죠. 뭐, 그래도 내무부 쪽으로 진출하셔도 손색은 없어 보이니 괜찮지 않을까요? 백작님도 그쪽으로 생각을 하고 계셨던 거 아닙니까?"

이브스햄의 말에 나는 배시시 웃어 보였다.

"아아… 그쪽은… 생각 안 해봤는데요……."

왕성에서 일을 한다는 걸 아예 생각해 본 적도 없었다. 나는 그저 여왕을 알현하고, 그 뒤 당연한 수순이라는 사교계 파티에 몇 번 참석하고 다시 영지로 내려가려고 했던 것이다.

'에… 그러고 보니 중앙 귀족, 중앙 귀족 떠들어대기만 했지 정작 어떻게 할 건지는 하나도 생각을 안 해놨잖아?'

내 대답이 의외였던 듯 이브스햄은 눈을 치켜떴다.

"그게 무슨 소리십니까? 제가 처음부터 말씀드리지 않았습니까? 저희 가문은 이제 중앙 쪽으로 진출해야 한다고요. 그럼 당·연·히. 왕실 안에서 자리 하나 맡으시는 건 생각해 두셨어야지요. 그럼 어떻게 중앙 귀족이 되려고 하셨습니까아~?"

흥분한 이브스햄의 모습에 나는 더욱더 난처한 표정으로 웃으며 얼버무리려 했다.

"아아… 그게… 난 별로……."

"백·작·니이이임~!!"

그러나 이브스햄은 그에 넘어가지 않고 무시무시한 표정의 얼굴을 나에게 디밀었다.

"네, 네?"

"지금부터 충분히 심사숙고하셔서 조엘 자작과 여왕 폐하를 알현하고 돌아오실 때까지 왕실에 괜찮은 자리를 하나 마련하셔야 합니다, 아시겠습니까?"

"네, 네."

"그럼 백작님만 믿겠습니다."

"네, 네."

"우리 엠브로스 가문이 중앙 귀족 가문으로 진출하여 부흥하느냐,

아니면 다시 지방 영주로 주저앉느냐는 이제 백작님의 손에 달려 있는 겁니다. 제발 명심해 주십시오."

"네, 네."

'하지만 아무리 명심하라고 해도 말이지…….'

그날로부터 3일 뒤, 드디어 여왕 폐하를 알현하기 위하여(왕실에서 일하지 않는 귀족이 국왕을 알현하기 위해서는 먼저 알현 신청을 하고 허가를 받아야 왕궁으로 들어갈 수 있었다) 왕궁으로 향하는 마차 안에서 나는 한숨을 푹푹 내쉬었다.

'뭘 알아야 고르든 말든 하지. 하기야 지금 내가 뭘 고를 수 있는 처지도 아니고… 끄응… 여긴 공무원 시험도 없나? 이브스햄보고 알아보라고 해봐?'

"뭔가 고민이 있으신가 보죠?"

갑자기 들려온 목소리에 시선을 들어보니 내 맞은편에 앉아 있던 조엘이 날 의아한 듯 바라보았다.

"예? 아… 예, 좀……."

생각 같아서는 조엘에게 고민을 털어놓고 싶었지만, 그러면 이건 나에게 자리 좀 주세요… 하는 꼴이 되지 않겠는가? 그래서 배시시 웃어 넘길 뿐 그 말은 목구멍 밑으로 꿀꺽 삼켜 버렸다.

"혹시라도 제가 도울 만한 일이 있다면 언제든지 말씀해 주십시오. 제 능력껏 도와드리겠습니다."

"말씀만으로도 감사합니다."

예의 바르게 감사의 인사를 하자 조엘이 피식 웃더니 더 이상 입을 열지 않고 바깥 경치 쪽으로 시선을 돌려 버렸고, 그때부터 왕성에 도착할 때까지 우리는 내내 침묵을 지켰다.

여왕을 알현한 곳은 접견실이었다.

응접실처럼 화사하고 안락하게 꾸며지기는 했지만 여러 사람이 앉을 수 있는 소파 대신 여왕을 위한, 성인 한 사람이 충분히 누워 잘 수 있을 정도의 우아한 긴 의자 하나와 그 의자 머리맡의 탁자가 다였다.

우리가 그 접견실로 안내되어 의자에 앉지도 못한 채 서성거리며 기다리자 조금 후에 문밖에서 시종의 목소리가 들려왔다.

"여왕 폐하 드십니다."

그에 우리는 문 쪽을 향해 일제히 고개를 숙였다.

왕족은 보통 자신보다 높은 지위를 가진 귀족 대하듯이 대하면 됐지만, 왕에 대한 예절은 보통 귀족 간의 예의와는 다른 구석이 있었다.

왕이라고 특별 대우 하는 건지 모르겠지만, 하여간 맥알파인 공작가 저택에서 해럴드 집사에게 구박을 받아가며 배울 때 왕이라고 잘난 체하는 거냐고 속으로 굉장히 씹어댔던 게 기억이 났다.

그 예절 중 하나가 왕이 허락하지 않는 한 절대로 왕의 얼굴 쪽으로 시선을 돌리면 안 된다는 것이었다. 시선을 볼 수 있는 것은 가슴께까지로, 그러기 위해서는 처음에 왕을 만날 때 고개를 숙여야 했다. 왕의 허락 없이 고개를 들면 그건 불경죄로 처형당할 수 있었다.

우리가 그렇게 왕의 얼굴을 보지 않을 준비를 하고 기다리자 문이 열리고 여러 사람이 들어오는 발소리가 들렸다.

그리고 그 발소리는 우리를 지나 조금 더 가다가 멈춰 서더니 여성의 곱지만 위엄있는 목소리가 들려왔다.

"모두들 고개를 드시오."

여왕의 허락이 떨어지자 그제야 우리는 고개를 들고 문 쪽을 향하고 있던 몸을 소리가 난 쪽으로 돌렸다.

그곳에는 긴 의자 앞에 서서 우리를 바라보고 있는 여왕이 있었다.

벨레니 국의 여왕은 얼굴만으로 보면 약간 괜찮게 생긴 편이었지만, 온몸에 흐르는 당당함과 우아한 기품으로 자신을 돋보이는 그런 여성이었다. 밝은 갈색 머리에 곧은 초록색의 눈을 가진 그녀는 160이 약간 넘는 키를 가지고 있는 듯한데 어깨와 허리를 당당하게 펴고 턱을 들고 있어서 그보다 더 큰 키를 가지고 있는 것처럼 보였다. 갈색 머리를 틀어 올려 그 위에 단순한 모양의 왕관을 썼고, 몸에는 우아한 초록색 드레스를 걸치고 있었다.

그녀는 우리를 향해 한번 빙긋 웃어준 뒤 자리에 앉았다. 그리고 그녀 뒤에는 그녀의 호위 기사 셋과 시녀, 그리고 시종들이 자리했다.

"조엘 자작, 오랜만이오. 그래, 그대가 이번에 새로 엠브로스 백작이 된 자의 알현에 참관하는 거요?"

여왕의 질문에 조엘이 허리를 약간 숙이며 정중하게 대답했다.

"그렇습니다, 폐하. 이번에 엠브로스 백작이 되신 분과 친분이 있어 참석하게 되었습니다."

"그렇소? 흐음……. 그래, 그대가 이번에 엠브로스 백작의 작위를 이어받은 자이오?"

조엘의 대답에 여왕의 시선이 나에게로 돌아왔다.

그녀의 질문을 신호로 나는 그녀의 정면으로 걸어가 그녀의 앞에 한쪽 무릎을 꿇고 앉아 연습했던 말을 내뱉었다.

"그렇습니다, 폐하. 신, 해인 오스번 엠브로스가 벨레니 국의 주인이신 폐하를 뵙습니다."

“엠브로스 가라면 나에게 큰 힘을 보태준 가문이구려. 그런데 내 엠브로스 가문 사람들을 알고 있다고 생각했거늘, 그대는 어째 처음 보는 얼굴이군.”

“소신은 얼마 전에야 엠브로스 가문 사람이라는 걸 알고 가문으로 들어갔던 것입니다.”

“호오, 그렇소? 그런데 어떻게 백작이 될 수 있었던 거지?”

“신은 제26대 엠브로스 백작이신 오스번 엠브로스의 외손자이옵니다. 그러한 이유로 전 엠브로스 백작보다는 작위 계승권이 더 높았나이다. 그걸 안 전 백작이 저에게 작위를 양위해 준 것이옵니다.”

“내 전 엠브로스 백작에게는 친딸이 있는 걸로 알고 있는데, 그대가 전대의 백작 외손자라고는 하나 그녀보다 계승권이 높다는 건 이해할 수가 없군. 어떻게 된 것이오?”

“전 엠브로스 백작과 그 전 백작은 원래 가문의 직계 자손이 아니라 방계 자손이옵고, 저는 그 전대 백작의 외손자로 직계이옵니다. 그래서 전 백작의 딸은 물론 전 백작보다 계승권이 높았던 것이옵니다. 전 백작은 직계 자손이 없는 줄 알고 작위를 물려받은 것이옵고, 저 또한 제가 엠브로스 가문 사람인 줄 몰랐다가 뒤늦게서야 그걸 알게 되어 가문으로 돌아왔고 전 백작이 저에게 돌려준 것입니다.”

“그런 사연이 있었구려. 알겠소. 그런데 그대가 비록 전 백작의 친자가 아니라 하나 전 백작과 마찬가지로 내게 큰 힘이 되어주리라 믿어도 되겠소?”

“물론입니다, 폐하. 소신 폐하께 충성을 다 바치겠습니다.”

형식적인 말이었지만 왠지 가슴이 뜨끔뜨끔거렸다.

내 말에 여왕이 고개를 끄덕이며 자리에서 일어났다.

“좋소.”

여왕이 자리에서 일어나자 대기하고 있던 시종이 다가와 보라색 비로드 쿠션을 내밀었다.

그 위에는 온갖 보석으로 호화스럽게 꾸며진 장식용 검이 올려져 있었는데, 여왕은 검을 집어 들어 검집을 빼고—어차피 장식용이라 날이 서지 않은 가검이었다—나에게 다가왔다. 그리고는 자신의 가슴 앞에서 검 끝이 하늘로 향하게 똑바로 든 채로 엄숙하게 입을 열었다.

바야흐로 여왕에게 충성 맹세를 하고 신하로 인정받는 식이 진행되는 것이다.

“나 벨레니 국의 주인 르윌라르 벨레니가 묻노니, 해인 오스번 엠브로스여, 그대는 나에게 충성하고 나라를 위해 봉사할 것이며, 백성들을 인정으로 다스릴 것을 맹세하겠는가?”

“맹세합니다.”

“좋다. 나 르윌라르 벨레니는 그대 해인 오스번 엠브로스를 벨레니 국의 백작으로 임명하노라.”

여왕이 마지막으로 말하며 들고 있던 검을 내 왼쪽 어깨에 한 번 오른쪽 어깨에 한 번 가져다 대었다.

이로써 너무나 간단한 형식은 끝났고, 비로소 나는 정식으로 엠브로스 백작이 된 것이다.

“그런데… 엠브로스 백작, 그대는 기사인가? 기사치고는 음… 몸이 무척 가늘군.”

간단한 왕에 대한 충성 맹세식이 끝난 후 우리는 여왕과 대화를 나누는 시간을 가질 수 있었다. 물론 여왕은 장의자에 편안히 앉아 있었고, 나머지 사람들은 그녀 주위에 서 있는 상태였다.

처음에는 백작이 된 걸 축하한다는 인사부터 시작하여 간단한 이야기가 오고 가 어느 정도 분위기가 화기애애해졌을 때 여왕이 조심스레 나를 살펴보며 묻는 거였다.

그에 나는 머쓱하게 웃어 보이며 고개를 저었다.

"저는 기사가 아닙니다, 폐하. 검술을 할 줄 모르거든요."

"그렇소? 오오, 그렇다면 맥알파인 자작과 같이 일을 하려는 거로군."

여왕은 내가 검술을 할 줄 모르니 맥알파인 공작 쪽에서 일을 하려는 걸로 이해한 모양이었다.

"에… 그게… 사실은 아직 결정을 못했습니다. 제가 과연 무슨 일을 할 수 있을지, 또 맥알파인 자작 일에 얼마나 도움이 될지도 모르겠어서……."

난처한 표정으로 어물어물 대답하자 옆에 있던 조엘이 씨익 웃으며 끼어들었다.

"엠브로스 백작은 재주가 많아서 어느 방향으로 갈지 결정을 못하는 겁니다. 폐하, 이래 뵈도 엠브로스 백작은 마법을 할 줄 알거든요."

어물대는 내 대답에 의아한 표정을 짓고 있던 여왕은 조엘의 말에 놀란 시선으로 다시 나를 바라보며 물었다.

"오, 마법사였소?"

"에… 아뇨, 그건 거의 취미 삼아 하는 것으로… 이제 겨우 3클래스 유저일 뿐입니다."

그래 황급하게 내 실력을 밝히는데 조엘이 냉큼 또 끼어들었다.

"놀라지 마십시오. 제가 알기로 엠브로스 백작은 마법을 배우기 시작한 지 겨우 몇 달 만에 1클래스 유저가 되었다고 합니다. 엠브로스

백작이 마법에 전적으로 몰두하지 않아서 그렇지 만약 그랬다면 지금
쯤 그보다 더 높은 단계의 마법사가 되어 있었을 겁니다. 아마 지금 마
법을 배운 지 1년쯤 되었던가요?"

조엘의 말에 여왕이 나를 뚫어져라 바라보았다.

"정말 대단하군. 아마 궁중 마법사가 알면 입에 거품을 물고 그대에
게 달려들 거라 생각되오. 내 알기로도 마법을 처음 하기까지는 약 1년
정도 걸리는 게 보통이라고 하던데… 게다가 마법을 배우려면 머리도
뛰어나야 한다고 들었소. 호오, 그러면 내무부 쪽으로 가도 큰 도움이
되기는 하겠구려."

그게 보통은 맞다. 단지 내 경우가 특별해서 그렇지.

"저도 그렇게 알고 있었습니다. 그런 것만 볼 때 엠브로스 백작은
뭔가 대단한 재주를 또 가지고 있는 게 틀림없습니다. 마법에 그런 천
부적인 재능을 가지고 있으면서도 마법사가 되지 않으려 한다는 건, 마
법 못지않은 다른 능력이 있다는 게 아니겠습니까?"

또 끼어들어 날 띄워주는 조엘의 말에 여왕이 물었다.

"정말 또 다른 재주를 가지고 있소? 이왕 이렇게 된 거, 그대가 가지
고 있는 재주를 다 털어놔 보시구려."

"저… 정령술을 좀 할 줄 압니다. 그 외에 제가 할 줄 아는 건 없습
니다만……."

"호오, 정령술사였소? 뛰어난 정령술사는 마법사보다 극히 드물다
고 들었소만… 그리고 보니 우리 왕실에도 마법사보다 정령사가 적군.
정령사도 등급이 있다고 알고 있는데, 그대의 등급은 무엇이오?"

"최상급 정령사입니다."

"최상급? 상급은 알고 있는데 최상급이라?"

내 말을 이해 못한 여왕이 고개를 갸웃거리자 뒤에 있던 기사가 나보다도 먼저 대답했다.

"상급 정령을 둘 이상 불러낼 수 있는 자를 최상급이라고 합니다."

최상급 정령은 정령사들 사이에서도 아는 자가 드무니 정령사가 아닌 자가 모르는 건 당연한 일이었다.

"그렇소? 가만, 그렇다면 지금 우리 왕실 소속 최고 정령사보다도 더 대단한 거잖소? 그는 상급 정령사라 들었는데……."

"백작의 말이 사실이라면 그렇습니다."

여왕의 말에 대답하며 불신의 시선으로 날 보는 기사를 보자니 괜히 불편해지는 게 그냥 상급이라고 말할 걸 그랬나… 하는 후회가 들었다. 거기다가 놀랍다는 눈초리로 바라보는 조엘의 시선도 부담스러웠다.

"호오, 이거 참 대단하군. 그렇다면 국방부 쪽에서도 그대를 탐내겠구려. 그리고 보니 왕실 기사단에서는 어떻소? 왕실 기사단에도 마법사나 정령술사를 영입할 수 있지만, 지금 영입된 마법사나 정령술사는 하나도 없지 않소? 국방부 쪽에는 많이 영입해서 데리고 있던데……."

여왕이 뒤쪽에 서 있는 기사를 보며 묻자 그가 공손히 대답했다.

"저는 잘 모르겠습니다, 폐하. 그런 일은 단장이 결정하는 거니까요."

"하긴, 그렇구려. 하지만 엠브로스 백작 정도의 인재라면 탐낼 만하지 않을까 싶은데… 오, 그렇군. 얼마 후에 열리는 왕실 파티에 랭포드 후작과 블랜차드 후작이 모두 모이니 그들의 의향을 알아볼 수 있겠군. 엠브로스 백작, 그대도 그 파티에서 볼 수 있겠지?"

"물론입니다, 폐하. 기꺼이 참석할 것입니다."

내 대답에 여왕이 흡족한 표정으로 고개를 끄덕였다.

"좋소. 그때 조엘 자작도 같이 볼 수 있었으면 좋겠군."

"영광입니다, 폐하."

"오늘 그대들을 만나 즐거웠소. 엠브로스 백작, 맥알파인 자작, 얼마 뒤의 파티 때 다시 봅시다."

명확하게 작별 인사를 건네며 여왕이 자리에서 일어나자 조엘과 나는 동시에 허리를 깊숙이 숙이며 인사했다.

"황공하옵니다, 폐하."

여왕 무리가 방을 나가자 우리는 그제야 굽혔던 허리를 바로 펼 수 있었다.

그러자 조엘이 섭섭한 표정으로 날 바라봤다.

"뭐야, 너무하잖아, 해인. 정령사라는 걸 말해 주지 않다니……."

갑작스레 편안한 하대로 돌아선 조엘의 말투에 나는 눈을 둥그렇게 떴다.

"어라, 웬일이에요? 갑자기 편하게 하대를 하고?"

그러자 조엘이 피식 웃으며 접견실 문으로 향했다.

"내가 말 놓으니까 기분 나빠?"

그에 나도 얼른 그의 옆으로 나란히 걸으며 대꾸했다.

"뭐, 나쁠 건 없지만… 그동안 꼬박꼬박 예의를 지키다가 갑자기 변하니까 이상하잖아요."

"그때는 다른 사람들이 있으니 예의를 지킨 거지. 만약 편하게 했다가는 지라르 경의 무서운 눈초리를 견딜 수 있었겠어? 아, 원한다면 해인이도 말 놔."

"됐어요. 저는 이게 편하네요. 흐음, 그럼 지금 데니 형하고 첼릿이 없어서 편하게 대하는 거군요?"

"바로 그거야."

여왕을 만날 때에는 허락받은 자만이 대면이 가능했다. 그자의 일행이나 호위 기사가 같이 가는 건 금지되어 있었기에 첼릿과 데니 형은 접견실과 멀리 떨어진 대기실에 있었던 것이다.

사실 왕궁 안에서는 왕실 기사단과 병사들 외에 무기를 소지하고 있는 것도 불법이었다. 그래서 기사 작위를 가진 조엘이나 데니, 첼릿도 모두 성 입구에다 자신들의 무기를 맡겨놓고 맨몸으로 들어온 상태였다. 왕궁 안에서 무기를 소지한 호위 기사를 데리고 다닐 수 있는 건 왕과 그의 가족들뿐이었다.

"그건 그렇고, 도대체 언제 정령사가 된 거야? 우리 집을 나갔을 때부터?"

조엘이 다시 본론으로 돌아오자 나는 피식 웃으며 순순히 대답했다.

"아니요. 노만 스승님께 정령술에 관한 책을 받았을 때요. 아, 이거 스승님께는 비밀입니다. 사실 스승님께서는 좀 더 마법에 능숙해지면 하라고 하셨는데, 말 안 듣고 몰래 한 거거든요."

"호오, 그랬군. 하지만 최상급 정령사라니 정말 대단한걸? 노만님께서 네가 타고난 정령의 기운을 가지고 있다고 말씀하셨지만, 그 정도일 줄은 몰랐어."

"뭐, 부모님 잘 만난 덕이죠."

내가 삐질 웃으며 대답하자 조엘이 묘한 표정으로 바라봤다.

"그래? 뭐, 그 덕이 있을 수도 있겠지. 부모 잘 만난 것도 복이야."

"알고 있어요."

가끔가다 그런 걸 깨달을 때가 있다.

처음에는 아버지 덕에 내가 이렇게 최상급 정령술사가 된 거라 그런 걸 자랑하고 싶지도 않았지만, 때때로 위급할 때마다 그것이 나에게 든든한 울타리가 되어주는 걸 보며 차츰 내가 배부른 투정을 부린 게 아닐까 하는 생각이 들었다.

다른 사람들, 특히나 나와 같은 정령술사들이 보면 내가 가진 이 혈연의 축복은 정말 부러운 일이었으니까 말이다.

"흐음, 네가 그래서 나에게 자리를 부탁하지 않은 거야?"

왕실 복도를 걸으며 잠시 침묵을 지키던 조엘의 느닷없는 말에 나는 내 상념에서 빠져나왔다.

"예?"

"왕성으로 올 때 한숨을 푹푹 쉬던 거, 자리를 어디에서 잡을지 고민하는 거였지? 나한테 한마디 할 줄 알았는데… 이제 보니 능력이 너무 많아서 어디로 갈지 고르고 있었던 거잖아?"

싱글싱글 웃는 조엘을 보며 나는 인상을 팍 찡그렸다.

"뭔 소리예요? 내가 뭘 할 수 있을지 몰라서 고민하고 있었던 거라고요. 괜히 아무 데나 갔다가 도움은커녕 방해꾼 취급만 받으면 어쩌려고요. 그러니 섣불리 선택하기도 어렵고… 또 조엘님에게 일자리 부탁 같은 건 하고 싶지 않았어요."

"조엘 '님' 이 아니라 조엘이야, 이제……."

"에?"

뜬금없는 말에 의아하게 바라보자 조엘이 싱긋 웃었다.

"이제 이름을 그냥 불러도 되잖아? 넌 나와 같은 이 나라의 귀족이라고. 그러니까 아무도 없는 데서는 편하게 조엘이라고 불러."

"뭐, 어쨌든요. 아아… 이브스햄이 중앙에 자리를 잡아야 한다고 닦

달만 안 했다면 그냥 영지로 조용히 내려가 살았으면 좋으련만… 도대
체 어떻게 자리를 찾아야 할지도 모르겠고……."

한숨을 푹푹 쉬며 투덜투덜대자 조엘이 입을 열었다.

"뭐야, 그런 건 쉽게 알아볼 수 있는데… 매년 왕실에서 주관하는
시험이 있다고."

"헉? 정말요? 그런 게 있었단 말이에요?"

여기에도 공무원 시험 같은 게 있었나 싶어 놀란 눈으로 조엘을 바
라보자 그가 어깨를 으쓱거렸다.

"뭐야, 몰랐어? 하기야… 그랬을 수도 있겠지. 그런 시험 공고는 학
교에만 하니까."

"에이, 그러면 지방 귀족들도 충분히 이쪽에 직업을 얻을 수 있었던
거잖아요? 그럼 나도 그 시험을 보면 되겠네……."

시험 공부를 하기는 싫지만 어쩔 수 없다고 생각하는데 조엘의 설명
이 날아들었다.

"시험 쳐서 얻을 수 있는 자리는 말단이지. 거기서부터 시작해서 출
세하는 사람은 극히 드물다고. 보통 거물들은 시험 보는 흉내만 낼 뿐
처음부터 중간에서 끼어드는 거 몰라? 네가 아래에서부터 차근차근 올
라가길 바란다면 상관없지만 아마도 전 엠브로스 백작이 길길이 날뛸
걸?"

조엘의 말에 나는 인상을 살짝 찡그리며 중얼거렸다.

"헉… 여기도 그런 비리가……."

"어허, 비리라니… 귀족들에게 평민과 같이 말단부터 일하라는 게
무리한 요구 아니야?"

말하는 폼을 보니 조엘도 시험을 치는 대신 집안 배경 덕분에 중간

에서부터 시작한 듯싶었다.

"그럼 보통 귀족들은 어떻게 자리를 잡는데요?"

"보통은… 아는 사람들의 보좌관 자리로 시작하지. 거기에서 능력을 인정받으면 작은 일이라도 책임지는 자리를 맡으면서 성장하는 거고, 인정 못 받으면 그냥 집에 콕 처박혀 놀면서 사는 거고……."

"허허허, 줄을 잘 타야겠네……."

그의 말에 내가 허탈한 표정을 짓자 조엘이 고개를 끄덕였다.

"그렇지. 나도 동감이야. 이런 제도 너무 후졌다고 생각하지 않아? 귀족들도 차라리 귀족들끼리 시험 보는 제도 하나 마련했으면 좋겠어. 사실 이건 내무부 쪽 이야기고, 국방부 쪽은 그나마 귀족이라도 능력 테스트는 하는데 말야."

"흐음……."

국방 장관을 맡고 있는 랭포드 후작이라는 사람이 무능력한 귀족은 싫어한다더니만, 그 영향을 받은 모양이었다. 그래 그쪽을 택할까 고려하고 있는데 조엘의 말이 다시 들려왔다.

"그런데 혹시라도 국방부 쪽을 생각하고 있다면 그만두는 게 좋을 거야."

"왜요?"

"랭포드 후작이 웬만큼 공정한 분이기는 한데… 한 가지에는 편견이 심하거든."

거기서 잠시 말을 멈춘 조엘이 날 힐끔 보더니 중얼거렸다.

"너도 아마 알걸? 귀족들 사이에서는 널리 알려진 이야기니까. 랭포드 후작과 내 아버지 사이가 안 좋다는 거. 그래서 우리 가문과 연관있는 사람들은 무조건 편견을 가지고 보거든. 네 정령술을 살리고 싶은 거라면 차라리 왕실 기사단 쪽을 택하길 바란다. 블랜차드 후작은 정말 모든 면에서 중립적인 사람이니까 그쪽이 훨씬 나을 거야. 문제는… 그 사람 마음에 들어서 기사단에 들어가는 능력자가 아직까지 없다는 거지만……."

"헤에, 그 블랜차드 후작이란 사람은 기사만 좋아하나 봐요?"

"그건 아니야. 내가 보기에는 후작의 기준이 높은 거지. 기사단에 기사들만 있는 건… 어쨌든 기사단의 정원수는 채워야 하니까 기사만 있는 거지. 정령사나 마법사들은 쉽게 능력을 업그레이드시키기 어렵지만, 기사들은 좀만 굴리면 부쩍부쩍 성장하거든. 블랜차드 후작에게 걸리면 귀족이고 뭐고 없지. 처음에는 그에 반발했다가 침대 신세를 진 녀석들도 꽤 많지, 아마?"

"정말요? 왕실 기사단은 블랜차드 후작의 열렬한 지지자들이라고 들었는데……."

"그건 최근의 일이지. 처음에 블랜차드 후작이 기사단장이 되었을 때는 난리도 아니었어. 왕실 기사단 연무장에는 아침부터 저녁까지 살기가 가득했다고 하지, 아마? 지금은 한 절반 정도가 교체된 상태야. 왕실 기사단이라고 하면 실력도 실력이지만, 자존심도 엄청 높은 기사들뿐이거든. 거기다가 세력도 빵빵하고. 그런 자들을 연무장에서 굴렸으니… 그런데 블랜차드 후작도 대단하지. 자기에게 반항하는 녀석들을 모조리 연무장에 모아놓고 덤비라고 했다더군. 그래서 하나하나 상대해서 다 때려눕혔대. 랭포드 후작이 그 점은 마음에 들어하더군."

"그 사람은 검술의 천재라면서요? 이기지도 못할 텐데 잘도 덤벼들었군요."

"아아, 그게… 그 사람 혼자를 상대로 여러 명이서 한꺼번에 덤볐다고 하던데? 왕실 기사단의 기사 정도면 실력도 사실은 최고라고. 그러니 소드 마스터라 해도 덤빌 엄두를 낸 거겠지. 뭐, 그랬던 녀석들은 지금 왕실 기사단을 모조리 나가 있을걸? 최연소 소드 마스터니 검술의 천재니 하는 말도 많이 듣지만, 왕실 기사단 절반을 때려눕힌 걸로도 유명한 사람이지."

"하하하… 그런 사람이 제가 맘에 들겠습니까?"

"설마 최상급 정령사를 마다하겠어? 네 능력이라면 어딜 가든 어서옵쇼~ 할 텐데. 사실 이런 말도 있더군. 능력이 뛰어난 듯 보이는 사람들은 모두 국방부에서 파격적인 대우로 데리고 가는 바람에 기사단 쪽으로 기웃거리는 사람들은 그보다 못한 능력자들뿐이래. 그 말이 진짜인 거 같기도 해. 그러니 블랜차드 후작이 모두 마음에 안 든다고 거절했겠지."

"흐음……."

그렇게 이야기하다 보니 우리는 어느새 데니와 첼릿이 기다리고 있는 대기실에 도착할 수 있었다.

"해인님, 어떻게 되셨습니까?"

"어떻게 될 것이 있나요? 그냥 간단한 형식을 치른 것뿐인데……."

무지 걱정하고 있었던 첼릿에게 배시시 웃어주자 첼릿과 같이 있었던 데니 형이 뚜벅뚜벅 나에게 다가와 살짝 고개를 숙여 보였다.

"백작님이 되신 것 축하드립니다."

여전히 딱딱하게 예의를 차리는 그 모습에 나는 쓴미소를 지을 수밖에 없었다.

"감사합니다, 링클레터 경……."

내가 돌아오길 초조하게 기다리고 있던 건 첼럿만은 아니었다. 저택으로 돌아오니 이브스햄이 잽싸게 달려와서 여왕의 알현에 대해 꼬치꼬치 캐물었던 것이다.

나야 단지 간단한 형식을 치르고 온 거라고, 별거 아니라고 생각했는데 다른 이들은 그게 아니었던 모양이다. 이 나라의 주인이라고 일컬어지는 자와의 첫 대면이라 그런지 엄청 중요하게 생각하고 있었던 것이다. 특히나 사람은 첫인상에 많이 좌우되기 때문에, 왕의 얼굴을 쉽게 볼 수 없는 지방 귀족인 이브스햄은 엄청 중요하게 생각했다.

이제 중앙 귀족으로서 진출하느냐 마느냐의 갈림길에 놓여 있는 우리 가문의 방향이 여왕이 본 나의 첫인상에 달려 있다니 새삼 인생이 좀 허무하게 느껴질 정도였다.

알현실에서 있었던 일을 꼬치꼬치 캐묻던 이브스햄은 내가 최상급 정령사라는 이야기까지 나왔다고 하자 무척이나 기뻐했다.

사실 이브스햄도 내가 정령사라는 건 알았지만, 그 등급이 뭔지는 몰랐던 것이다(물론, 내가 밝히지 않은 거긴 했지만…). 그랬는데, 현재 국방부에 소속되어 있던 가장 뛰어난 실력의 정령사보다 한 단계 더 위라는 소리를 들었으니 입이 옆으로 쫘악 벌어질 만도 했다.

"참으로 잘된 일입니다. 백작님의 실력이 그 정도일 줄이야 정말 몰랐군요. 그걸 진즉에 알았더라면 이렇게 마음 졸이고 걱정하지는 않았을 텐데 말입니다. 아아, 정말 잘못했어요. 아무리 조엘 자작과 친분이 있다고 해도 그냥 랭포드 후작 쪽으로 붙을걸… 안타깝습니다."

"하. 하. 하… 그런가요?"

"그래도… 조엘 자작도 정말 무시할 수 없는 사람이니… 그 친분도 아깝고… 으음, 어쨌든 저도 조엘 자작 말에 찬성입니다. 랭포드 후작

쪽은 포기하도록 하죠. 백작님이 아무리 뛰어난 정령술사라고 해도 우리가 맥알파인 공작 쪽 사람이라는 걸 알면 높은 자리까지 올라가게 놔두지는 않을 겁니다. 블랜차드 후작 쪽에서 백작님 영입을 좋아해 주면 더할 나위가 없을 텐데 말입니다. 뭐, 제 생각에는 양쪽 다 안 되면 여왕 폐하께서 어떤 자리를 마련해서라도 백작님을 붙들어두실 듯하니 너무 걱정은 마십시오.”

“흐음, 그런가요? 어쨌든 능력 밖의 일을 맡지나 않았으면 좋겠는데…….”

“우선은 얼마 뒤에 있을 왕실 파티에나 신경 쓰십시오. 아아, 그때를 위해서 옷부터 마련해야겠군요. 크레이그~ 크레이그, 어디 있나?”

나와의 대화를 끝낸 이브스햄은 무척 신이 난 표정으로 집사를 찾아 나섰다.

엠브로스 가의 성에서 이브스햄의 주최로 벌어진 파티도 규모가 엄청 크다고 생각했는데, 왕실에서 열리는 파티를 보자니 그 생각은 싸악 달아나 버리고 말았다. 하기야 왕실과 엠브로스 가의 성은 성 자체의 규모만 해도 상당한 차이가 있었으니 당연한 걸지도 모르겠다.

무척 복작복작한 마차 대란 사이를 뚫고 성안으로 들어서자 성의 입구에서부터 파티가 열리는 홀까지 마치 길 안내라도 하듯 붉은 비단 줄이 복도 양가에 쭈욱 걸려 있었다.

왕실 파티에는 귀족들만 참석할 수 있었기에 날 호위해 왔던 기사들은 성안에 들어가지도 못하고 밖에서 기다려야 했고, 나와 이브스햄만이 시종의 안내를 받아 파티가 벌어지는 홀로 향했다.

홀 입구에서는 왕실 시종 몇 명이 입장하는 사람들의 명단을 받고 있었다. 나와 이브스햄에게도 커다랗고 두터운, 고급스러운 종이와 펜을 건네기에 거기에다 대고 멋들어지게 해인 오스번 엠브로스 백작이라고 써줬다. 힐끔 보니 이브스햄도 거기에 전 백작이라고 쓰는 거였다.

입구에 서 있는 다른 시종이 그걸 재빨리 눈으로 확인한 뒤 우리가 홀 안으로 들어서기 전에 안쪽을 향해 큰 소리로 외쳐 우리의 방문을 알렸다.

"엠브로스 백작님과 전 백작님 납시오오~!!"

조엘은 자신의 아버지와 같이 와야 했기에, 여기에서 만나기로 되어 있었다.

홀 안에 들어서자 제일 먼저 눈에 들어온 것은 높다란 천장에 달린 샹들리에였다.

엄청 커다란 3단짜리 크리스털로 된 샹들리에가 상석 천장에 매달려 있었고, 그걸 기준으로 마치 부채꼴로 그거보다 작지만 역시나 화려한 2단짜리 크리스털 샹드리에가 천장의 곳곳에 매달려 엄청나게 넓은 홀 구석구석에 휘황찬란한 빛을 뿌려대고 있었다.

홀은 너무 넓어 천장이 안 무너지게 하려 함인지 홀 가의 군데군데에는 장정 세 사람이 양팔을 좌우로 뻗어 겨우 손이 닿을 정도로 굵지만 우아한 기둥이 천장을 받치고 있었다.

그 틈 사이로 한쪽에 자리 잡은 밴드는 경쾌한 음악을 연주하고 있었지만, 홀 안에 모인 사람들의 이야기 소리와 웃음소리에 파묻혀 제대로 들리지도 않을 정도였다.

우리 뒤로도 줄줄이 귀족들이 등장하고 있었기에 시종이 큰 목소리로 계속 어느어느 귀족 납시오~ 라고 외쳤지만, 홀 안의 사람들은 눈길도 주지 않고 자신들의 대화에만 관심을 쏟았다.

아직은 홀 안이 꽉 차지는 않았지만, 그래도 수많은 사람들이 모인 것을 바라보며 나는 고개를 절레절레 저었다.

"이거야 원… 여기서는 사람 하나 잃어버리기 쉽겠군요. 이런 데서 어떻게 다른 사람을 찾을지……."

그러자 이브스햄이 피식 웃었다.

"조엘 자작 찾을 게 걱정이시라면 염려하실 것 없습니다. 나중에 보시면 알겠지만, 조엘 자작 정도의 굵직한 귀족들은 등장할 때부터 많은 사람들의 시선이 쏠리고 그 주위에 많은 날파리들이 몰리기 때문에 찾기가 어렵지 않답니다."

그의 말에 주위를 다시 둘러보니 아직 그렇게 사람이 몰린 곳이 없었다.

"헤에, 아직 조엘 자작 정도의 귀족은 안 온 모양이군요."

"그렇습니다. 그 정도의 귀족은 천천히 오는 법이지요."

"그래요? 쩌비… 그럼 우리는 그 정도의 귀족은 아닌가 보군요."

쓰게 입맛을 다시는 내 표정을 보더니 이브스햄이 하하 웃었다.

"원한다면 더 늦게 올 수도 있었는데요. 하지만 백작님은 경험이 적으시니 미리미리 와서 익숙해지라고 일부러 서두른 것입니다."

"익숙해질 것까지야… 그냥 예의 바르게 대하면 되는 거 아닙니까?"

괜히 일찍 온 거 같아 투덜대는 식으로 말하는데 이브스햄이 고개를 단호하게 저었다.

"무슨 소리를 하시는 겁니까? 백작님은 이런 말씀도 모르시는군요. 파티장은 무기 없는 전투장이다."

"엥? 그런 이야기가 있습니까?"

한 번도 들어보지 못한 말이었기에 의아하게 바라보는데 이브스햄이 진지한 얼굴로 대답했다.

"물론이지요. 호화롭게 꾸미고 와서 아무 생각 없이 노는 것처럼 보이지만, 여기서도 중요한 정보가 오가기도 하고 상대방에 대한 탐색전이 펼쳐지며 상대 진영의 위엄을 떨어뜨리기 위한 치열한 신경전이 오고 간답니다. 아무 생각 없이 보면 흥겹지만 조금만 주의해서 본다면 얼마든지 알아차릴 수 있지요."

"하아……."

"이번 기회에 그런 걸 잘 봐두도록 하십시오. 흥미없다고 저번 파티처럼 무관심하게 시간만 때우시면 안 됩니다. 이제 백작님도 이런 세계에 몸을 담그고 헤쳐 나가야 하시니까요."

"윽……."

이번 파티에서도 그 랭포드 후작이란 사람과 블랜차드 후작, 그리고 조엘만 보고 얼렁뚱땅 슬쩍 빠져나가려고 했는데, 이브스햄이 그걸 알아차리고 사전에 막은 거였다.

"어차피 여왕 폐하께서 자리를 지키시는 한 귀족은 아무도 돌아갈 수 없답니다. 자자, 얼마 안 있으면 굵직한 귀족들이 올 테니 그동안 연습 좀 하시지요."

그렇게 말한 이브스햄은 신 사탕을 입에 물고 있는 듯한 표정의 나를 이끌고 사람들 틈으로 합류했다.

"아이고, 전 엠브로스 백작님 아니십니까?"

"오오, 이거 욜란다 남작 아니십니까? 만나서 반갑습니다."

"하하, 그러게 말입니다. 여기서 이웃을 만나니 기분이 참 좋습니다. 아, 이번에 새로 작위를 받으신 백작님도 오셨군요."

욜란다 남작은 엠브로스 영지 바로 옆에 영지를 가진 지방 귀족으로, 그는 여왕과 숙부가 신경전을 벌일 때 어느 쪽을 택하지 않고 중립을 지킨 귀족이었다. 덕분에 지금도 여전히 지방 귀족으로 남아 있었는데, 그 때문인지 이번에 중앙 진출을 꿈꾸는 우리 가문에 은근히 공을 들이고 있었다.

"만나서 반갑습니다, 욜란다 남작님. 그리고 남작 영애."

그의 옆에 다소곳하게 서 있는 남작의 딸에게 정중하게 인사를 하자 그녀도 마주 인사를 해왔다.

"두 분을 뵙습니다."

남작은 은근히 아직 결혼하지 않은 자신의 딸을 오늘 파티에서 내 파트너로 밀어붙이려고 했지만, 이브스햄이 솜씨 좋게 은근슬쩍 떼어 놓고 그들과 멀찍이 떨어져서 다른 사람들에게 다가갔다.

"운이 없는 사람이지요. 조금이라도 여왕 진영에 보탬이 되었다면 이번에 영지 한 자락이라도 하사받을 수 있었을 텐데……."

"뭐, 여왕 숙부파에 붙지 않은 것만도 다행이라고 할 수 있지 않을까요?"

내 말에 이브스햄이 코웃음을 쳤다.

"여왕 숙부파에요? 흥, 그때 숙부파는 한창 잘 나가고 있었습니다. 굵직한 중앙 귀족들이 그쪽에 잘 보이려고 줄줄이 줄을 서는데 작은 지방 귀족이 전 재산을 들고 찾아온다고 한들 거들떠보기나 했겠습니까? 이번에 중립을 지켰다고 하는 귀족들은 대부분 여왕 숙부파에는 들지 못하고, 그렇다고 친여왕파에 붙자니 불안해서 그냥 가만히 있었던 사람들이에요."

"흐음, 그래요?"

그 뒤로도 이브스햄은 나를 이곳저곳 끌고 다니면서 조금이라도 안면있는 사람들에게 나를 인사시켰다. 그러면서 한곳에 오래 머물지 않고 단순한 인사가 끝나면 그 무리에서 떨어져 나와 그들은 중립이었느니 여왕파였느니 설명을 해주며 그 다음 무리로 끌었는데, 보니까 내가 그들과 안면을 익히길 바라는 게 아니라 그냥 처음 만난 귀족들과 자연스레 인사를 나누기 위한 연습을 시키는 것만 같았다.

처음에는 예의만 가지고 인사를 해도 그 뒤로 어떤 화제를 끄집어내지 못하면 대화는 단절되고 마는 게 아니겠는가?

이브스햄은 내가 그 화제를 끄집어내거나, 아니면 그들이 대화를 나누는 화제에 자연스레 끼어들게 하기 위한 훈련을 시켰던 것이다. 나중에 굵직한 귀족들에게 써먹기 위해서 말이다.

그러면서 그 무리에서 빠져나오면 그들과 그들이 나누던 화제에 대해 좀 더 자세한 설명을 해주는 식으로 한 대여섯 무리를 지나치는데 드디어 우리가 기다리던 굵직한 귀족들이 도착하기 시작했다.

"랭포드 후작님과 후작 부인, 그리고 랭포드 자작님 납시오오~!!"

시종의 외침이 들리자 그동안 시선조차 주지 않았던 많은 귀족들이 대화를 중단하고 단번에 홀의 큰 입구로 관심을 돌렸다.

랭포드 자작은 조엘을 처음 만났을 때 잠깐 본 적이 있었다.

그때는 그에게 관심도 없어서 얼굴 생김새는 잊어버리고 큰 키에 강할 것 같다는 인상만 기억에 있었는데 다시 보니 내 기억이 맞다는 걸 새삼 깨달을 수 있었다.

여전히 큰 키에 짙은 밤색 머리의 그는 당당하지만 무표정하게 아버지 뒤에서 걷고 있었다.

그의 아버지인 랭포드 후작을 보니 아들이 아버지를 닮았다는 걸 쉽게 알 수 있었다.

아들 못지않은 장신에, 가끔 새치가 보이는 짙은 밤색 머리, 그리고 당당한 기색을 띤 부리부리한 눈…….

그 옆에 있는 랭포드 부인은 정말 키가 작았다. 한… 150 조금 넘으려나?

그런데 장신의 랭포드 후작 옆에 나란히 서 있으니, 완전히 고목나무에 매미가 매달린 느낌이었다. 약간 통통한 그녀는 사람 좋은 미소를 띤 채 남편의 팔에 매달려 있었는데, 가끔가다 랭포드 후작이 그녀의 어깨에 손을 대 사람들에게 부딪치지 않도록 그녀를 감싸주는 걸 보니 부부 사이에 금슬이 좋은 모양이었다.

'음, 보기 좋은걸?'

그들이 도착하자 이브스햄의 말대로 그들 주위에 사람들이 우르르 몰려들어 부인의 모습은 곧 가려졌으나, 사람들 머리 위로 랭포드 부자의 머리는 쑥 올라와서 어디에 있든 쉽게 찾을 수는 있을 거 같았다. 뭐, 내가 그들에게 볼일은 없지만 말이다.

"키가 큰 것도 때로는 크게 도움이 되는군요."

내가 그쪽을 보며 말하자 이브스햄이 금방 무슨 말을 하는지 눈치채고 웃었다.

"후후후, 그렇지요? 그럼 백작님도 좀 많이많이 드셔서 키 좀 키우지 그러셨습니까?"

"윽… 그래도 저 정도까지는 크고 싶지 않아요."

사람들이 랭포드 후작 쪽으로 몰려들기에 우리는 그 사람의 물결에 휩쓸리지 않게 뒤로 물러나려고 하는데 시종의 목소리가 다시 들려왔다.

"맥알파인 공작 내외 분과 자작님, 그리고 공작 영애 듭시오오오~!!"

"맥알파인 자작이 왔군요. 인사하러 가셔야죠?"

"벌써요? 아마 저쪽도 사람들이 우르르 몰릴 거 같은데……."

낯익은 맥알파인 공작 가족의 모습을 바라보며 말하자 이브스햄이 고개를 끄덕였다.

"그렇군요. 에구, 벌써 사람들이 몰려가네요. 우리는 잠시 뒤에나 가볼까요?"

그래서 또다시 뒤로 물러서는데 시종의 큰 목소리가 다시 들려왔다.

"블랜차드 후작님 듭시오오오~!!"

그 소리를 듣자마자 내 몸이 살짝 긴장되는 게 느껴졌다.

"왔군요."

이브스햄의 목소리에도 긴장감이 가득했다.

"그러네요."

"먼저 가볼까요? 아니면 조엘 자작을 먼저 만날까요?"

"글쎄요… 이브스햄은 어떻게 하는 게 좋을 거 같아요?"

내 질문에 이브스햄은 잠시 생각을 해보더니 대답했다.

"우선은… 조엘 자작을 먼저 만나는 게 좋을 거 같습니다."

그의 말에 공작 식구들에게 뭐라고 말해야 하나 하는 고민이 먼저 들었는데, 이런 내 고민은 어이없게도 불필요한 것이 되어버렸다. 조엘이 식구들에게서 떨어져 나와 나에게 다가온 것이었다.

"여기 계셨군요."

"오셨습니까, 조엘 자작."

"어서 오세요."

이브스햄과 내가 인사를 하자 조엘은 예의상 하는 일상적인 대화는 모두 생략해 버리고 곧바로 본론으로 들어갔다.

"엠브로스 백작님, 블랜차드 후작님을 한번 뵈어야죠?"

"아무래도 그래야겠죠? 하지만 저렇게 사람들이 많이 모여서야……."

내가 블랜차드 후작 주위로 몰려들어 그의 모습까지 가려 버리는 사람들을 턱짓으로 가리키며 말하자 조엘이 씨익 웃었다.

"아, 그건 걱정 마세요. 저들은 잠시 후면 제풀에 떨어져 나갈 테니까."

"예?"

그게 무슨 말인가 싶어 의아한 표정으로 되물었지만, 조엘은 웃기만 할 뿐 설명을 해주지 않았다. 대신 이브스햄이 한마디 해줬을 뿐이었다.

"그냥 보고 계시면 아시게 될 겁니다."

그의 말에 의아해하면서도 잠자코 그들처럼 나는 블랜차드 후작 쪽만 지켜보았다.

그랬더니 과연 잠시 후가 되자 사람들이 슬그머니 하나둘 떨어져 나가기 시작하더니 결국에는 다른 귀족, 그러니까 랭포드 후작네나 맥알파인 공작네에 비해 정말 적은 사람들만 남아 있는 거였다.

"어, 어라?"

그 모습에 내가 눈을 둥그렇게 뜨자 조엘이 후후 웃으며 설명해 줬다.

"블랜차드 후작님은 냉정하기로도 이름이 높으시죠. 관심없는 말엔 대꾸는커녕 아예 무시를 해버리시거든요. 잘 모르는 분들이야 멋도 모르고 가까이 가지만, 잘 아는 분들은 특별한 용무가 없는 한 가까이 잘 가지 않죠."

그의 말에 나는 허탈한 표정을 지었다.

"그럼… 나도 가봤자 소용없잖아요? 생전 처음 보는 사람인데 어디 상대나 해주겠어요?"

"그래도 인사는 받아준답니다. 거기다가, 아마 백작님께 지금 호기심을 가지고 계실걸요?"

자신있게 말하는 조엘의 말에 나는 미심쩍은 시선을 보냈다.

"에이… 한 번도 안 본 사람인데 어찌……."

"아닐걸요? 아마 백작님에 대한 신상명세서가 블랜차드 후작께 들어가 있을 겁니다."

내가 의아한 표정으로 바라보자 그가 설명을 덧붙였다.

"폐하를 알현했을 때를 생각해 보십시오. 폐하 뒤에 누가 있었습니까? 바로 폐하를 호위하는 기사가 있었지 않습니까? 그는 왕실 기사단 소속, 그러니 그때 있었던 이야기는 바로 후작의 귀로 들어갔을 겁니다. 뭐니 뭐니 해도 우리 나라 최고의 정령술사 이야기인데요."

조엘이 은근슬쩍 날 띄워주자 나는 부담이 되어 표정이 안 좋아졌는데, 옆에 있던 이브스햄은 반대로 표정이 환해졌다.

"오오, 맥알파인 자작도 그렇게 생각하시는군요. 백작님, 그럼 자작을 믿고 한번 가보시지요. 뭐, 아니면 어떻습니까? 그냥 인사나 한다 생각하시고……."

"그럼요, 그럼요. 이제 슬슬 사람들도 많이 떨어져 나갔으니 지금이 딱 좋을 때 같습니다."

"으음……."

나는 별로 내키지 않았지만 두 사람의 재촉에 어쩔 수 없이 그쪽으로 발걸음을 옮겼다.

블랜차드 후작 주위에 사람들이 적다는 건 그에게 괜히 접근하여 이야기를 걸어오는 사람이 없다는 것이었지, 사람 자체가 없다는 건 아니었다.

이건 블랜차드 후작에게 가까이 접근하면서 깨달은 건데, 다른 두 가문 사람들 주위와는 달리 블랜차드 후작에게 말을 걸기 위해 접근한 사람이 없는 건 블랜차드 후작 자신이 냉담하게 구는 것도 있겠지만, 그보다도 후작 주위에 포진해 있는 사람들의 영향이 더 큰 듯싶었다.

후작이 이 나라 기사들의 영웅이라고 하더니만, 그의 주위에는 젊은 청년들이 마치 호위를 하듯 포진해 있다가 누군가가 다가가면 병아리 지키는 어미 닭처럼 매서운 눈초리를 보내오는 것이었다. 그렇다고 직접적으로 나서서 뭐라고 하는 건 아니었지만, 보통 사람은 그냥 기가 죽어 물러나게 할 정도의 효과가 있었다.

그러나 보통 사람이 아닌 조엘과 이브스햄은 그런 데에 전혀 굴하지 않고 척척 그들 사이를 태연하게 지나 후작에게 다가가는 거였다.

그들 뒤를 어쩔 수 없이 따라가던 나는 후작의 모습을 보자 그 자리에 멈춰 섰다.

깊디깊은 심해의 바다빛처럼 검푸른 머리카락에 무엇이든 꿰뚫어 볼 것만 같은 새파란 눈을 가진 블랜차드 후작은 남자다운 매력을 물씬 풍기는 강인한 인상의 미남이었다.

랭포드 후작이 뜨거운 용광로에서 수십 번 달구어지고 두들겨져 제련된 강철 검과 같은 느낌이라면, 블랜차드 후작은 오랜 세월의 비바람을 견디며 꿋꿋하게 가지를 핀 절벽 위의 아름다운 소나무나 절경 위에 서 있는 고고한 바위와 같은 느낌이었다.

그런데 내 발걸음을 멈추게 한 것은 그런 그의 매력적인 외모가 아니었다. 그의 외모 뒤에 조용히 존재하고 있는 무언가 거대한 기운 때문이었다.

그가 날 바라보는 것도, 누군가에게 살기를 풍기는 것도 아닌데 나는 그 뒤에 버티고 있는 너무나 거대한 기운 때문에 감히 그에게 다가가는 것조차 엄두를 낼 수가 없었다.

마치 끝이 보이지 않는 높디높은 산을 눈앞에 두고 있는 느낌…

이렇게 멀찍이 떨어져 바라보기만 하는데도 손바닥에 땀이 축축하게 배이는 것이 느껴질 정도였다.

"백작님?"

잘 따라오던 내가 갑자기 멈춰 섰으니 앞서 가던 이브스햄과 조엘이 의아해서 뒤돌아보는 것도 당연했지만, 나는 그에 뭐라고 응해줄 기분이 아니었다.

조엘과 이브스햄이 이상한 표정으로 다가오는 것도, 주위에 있던 젊은 청년들이 비웃음이 가득한 시선을 던지는 것도 눈에 들어오지 않았다.

오로지 생각나는 것은 저 존재에게서 멀어져야 한다는 것뿐이었는데, 한 발자국이라도 잘못 옮겼다가는 저 존재의 거대한 힘 속에 빨려 들어갈 것만 같아서 차마 움직이지도 못하고 있었다.

'이런 느낌… 어디선가… 어디선가… 세상에나……'

전에 이와 같지는 않지만 엇비슷한 느낌을 받은 적이 있었다.

그런데 그건 놀랍게도 바다 속 우리 집에서 아버지가 나에게 정령의 기운을 이끌어내 준답시고 자신의 기운을 끌어올려 냈을 때 받았던 느낌이었다.

뭐, 그때처럼 기운이 날 향해 쏟아져 오는 게 아니라서 절망적일 정도는 아니었지만, 뭐랄까… 딴 곳을 보고 있는 호랑이의 곁에 있는 기분이랄까? 지금은 나를 향해 있지는 않지만, 내가 잘못 움직였다간 호랑이가 날 바라볼 것 같은 두려움이 날 꽈악 묶고 있었던 것이다.

예전 같았으면 이 정도까지는 아니었을지도 모른다.

그런데 드워프의 마을에 갔다 오는 배 위에서 실피드와 아버지가 내 정령 다루는 실력을 길러주겠다고 훈련을 시킨 뒤로부터, 나의 이런 기운에 대한 감각은 더욱더 예민해져 있었기 때문에 지금은 온몸의 털이 곤두서고 피부가 찌르르 하는 아픔을 느낄 정도였다.

"백작님!!"

"헉!"

너무 그 느낌에 빠져 헤어나지 못하던 나는 조엘이 내 팔을 강하게 잡아 한번 흔들어주자 그제야 그 느낌에서 헤어 나올 수 있었다.

"괜찮으십니까?"

걱정스러운 표정으로 날 보는 이브스햄을 향해 나는 간신히 고개를 끄덕였지만, 날 보는 누구라도 내가 괜찮지 않음을 쉽게 알 수 있을 정도였다.

이마와 손바닥은 식은땀으로 축축했고, 손발은 피가 통하지 않아 엄청 차가웠다. 아마 모르기는 몰라도 얼굴까지 창백해져 있을 거였다.

"몸이 안 좋으신가 보군요. 좀 쉬시는 게 어떻겠습니까?"

조엘의 제안에 나는 얼른 고개를 끄덕였지만 언뜻 든 생각에 당황스러운 시선으로 조엘과 이브스햄을 바라보았다.

나는 이렇게 멀리 떨어져서도 저자의 강대한 기운 때문에 잔뜩 긴장을 했는데, 이들은 나보다도 더 가까이 그자에게 갔었으면서도 어떻게 이렇게 태연할 수 있단 말인가?

그런데 조엘과 이브스햄뿐만이 아니었다.

다른 어느 누구도 약간 긴장이야 하겠지만, 그렇다고 해서 나만큼이나 긴장하지는 않았던 것이다. 마치… 마치 그 블랜차드 후작 모습 뒤에 조용히 자리 잡고 있는 거대한 기운을 모르는 듯이…….

'어떻게, 어떻게 모를 수가 있지? 저렇게 거대한 기운인데…….'

내가 당혹해하는 사이 조엘이 얼른 내 팔을 잡아 날 부축했다.

"정말 몸이 안 좋으신가 보군요. 이렇게 힘이 없으시다니……."

"도대체 어떻게 되신 겁니까, 백작님."

그건 나야말로 묻고 싶었다. 이들은 도대체 저 기운을 느끼지 못한단 말인가?

어쨌든 그걸 알기 전에 우선은 이곳에서 벗어나고 싶었기에 나는 순순히 조엘의 부축에 몸을 기대고 이곳에서 멀어지려고 했다.

하지만 채 한 발을 떼기도 전에 나는 다시 굳어버렸다. 그 거대한 기운이 내 쪽을 향해 다가오고 있었던 것이다.

"백작님?"

조엘이 의아하게 바라보는 것에 뭐라 대꾸하기도 전에 중저음의 듣기 좋은 목소리가 울려왔다.

"맥알파인 자작, 인사하러 오는 줄 알았는데 그냥 가는 건가?"

나는 그 목소리를 그냥 무시하고 갔으면 하는 마음이 굴뚝같았지만, 현실은 내 마음대로 돌아가지 않았다. 그 목소리에 조엘이 나를 부축한 채 돌아섰던 것이다. 덕분에 나는 그자를 다시 정면으로 볼 수밖에 없었다.

"실례했습니다, 후작님. 이번에 새로 작위를 받으신 엠브로스 백작님을 소개해 드리려고 했는데 백작님께서 몸이 갑자기 안 좋아지셔서요."

무엇이든 꿰뚫어 볼 것만 같은 새파란 눈동자가 나를 향하자 나는 나도 모르게 아랫입술을 질끈 깨물었다.

"이자가?"

날 슬쩍 살펴본 새파란 눈동자에 호기심이 어리더니 블랜차드 후작이 나에게 천천히 다가왔다.

"이거, 괜찮은가? 안색이 많이 안 좋은 듯한데……."

그러면서 손을 내밀자 나는 질겁하여 날 부축하는 조엘을 밀쳐 버리고 얼른 그에게서 두어 걸음 물러났다.

"배, 백작님?"

"킥킥……."

이브스햄이 당황스럽게 날 부르는 목소리도, 주위에서 노골적으로 비웃는 웃음소리도 나에게는 멀리서 들리는 소리일 뿐이었다.

"호오?"

그러나 날 주시하는 눈동자는 당혹해하지도, 비웃지도 않았다. 오히려 눈썹이 살짝 치켜 올라가더니 눈가에 장난기가 스윽 지나가는 거였다. 그러더니 곧 이어 그의 몸에서 내가 그렇게나 기피하고 싶은 기운이 노골적으로 드러나 피어오르기 시작했다.

"욱……."

그러자 그에 질세라 그동안 호시탐탐 나갈 기회를 노리고만 있던 내 정령의 기운도 피어올라 나를 감쌌다.

"호오……."

파란 눈동자에 잠시 감탄의 기색이 스쳐 지나가더니만, 또다시 장난기가 피어올랐다. 그러더니 그의 몸에서 피어오르는 기운이 좀 더 강해졌다. 그에 맞춰 내 몸의 기운도 더 강하게 피어올랐고, 그러자 후작이 기운을 또 좀 더 강하게 하는 거였다.

아직까지 그 정도는 무난히 버틸 수 있었기에 내 몸에서도 그의 기운에 맞대응하여 정령의 기운이 계속 커져 갔다.

처음에는 약하게 시작했다가 점점 강해진 기세 싸움은 이제는 아예 노골적으로 강해져서 나에게 쏟아져 들어왔다.

비록 나에게 집중된 것이긴 했지만 나 또한 그에 못지않은 기운으로 맞대응하고 있었기에 주위에는 두 기의 충돌 여파로 소동이 일어났다. 나는 그 하나 감당하기도 벅찼기에 주위에 신경을 쓸 여력이 없었다.

그런데 열받는 건, 그 자식은 무척이나 여유만만한 표정이었는데도 불구하고 주위에는 전혀 신경을 안 쓰는 거였다. 주위에서 뭔 일이 있건 말건 상관없다는 듯이 말이다.

하기야 여기는 왕성이었으니 곧 마법사들이 달려와 주위에 피해가 가지 않는 결계를 쳐주거나 저자를 막아줄 터였다.

'그때까지만 버티면… 그때까지만…….'

그런데 그때였다.

강하게 나를 밀어붙이던 기운의 가운데에서 갑자기 그보다 더 강하고 응축된 기 한줄기가 마치 쏘아진 화살처럼 튀어나오더니 그의 기운을 막고 있던 내 기운을 뚫고 들어와 내 몸에 부딪쳤다.

"커억!!"

정확히 가슴을 때린 그 충격은 엄청 강한 뒤돌려 차기를 한 대 맞은 것만 같아 나는 나도 모르게 신음을 토하며 뒤로 크게 휘청거렸다. 다행히 볼썽사납게 뒤로 넘어가지는 않았지만, 그 틈을 타 내 정신의 조종을 받던 정령의 기운이 흐트러졌고 블랜차드 후작의 기운은 그 틈을 놓치지 않고 순식간에 내 기운을 뚫고 나에게 쏟아져 들어왔다.

"헉……."

이젠 끝이다… 라고 절망적으로 생각을 하는데 갑자기 사방으로 흩어졌던 내 기운이 내 앞으로 순식간에 모여들더니 날 덮쳐 오는 블랜차드 후작의 기운을 튕겨냈다.

"커억……."

두 개의 기운이 충돌하는 여파로 내가 다시 뒤로 크게 휘청거리며 두어 걸음 물러나다 바닥으로 쓰러지려는 순간, 누군가가 내 몸을 부드럽게 받쳐 줬다.

[정신 차려라!!]

그와 동시에 내 기운이 활발하게 움직이며 내 주위를 단단히 감싸는 게 느껴졌다.

어리둥절해서 정신을 차려보니 나는 이프리트의 부드러운 날개 품에 안겨 있었고, 내 앞에는 엄청 분노한 기운을 뿜어내는 아버지와 실피드, 그리고 노아스가 버티고 서 있었다.

내 기운을 조종해 날 보호한 건 아무래도 아버지가 한 일이었던 모양이다.

내 기운은 원래 아버지 기운이었기에, 이제는 내 건데도 여전히 아버지가 마음만 먹으면 조종이 가능했던 것이다.

"호오, 이게 어떻게 된 거야? 최상급 정령사라고 하더니, 정령왕과도 계약한 건가?"

난 다시 들려오는 블랜차드 후작의 말에 놀라 얼른 몸을 똑바로 세웠다.

블랜차드 후작은 세 정령왕과 대치를 하는 외중인데도 여전히 여유만만한 표정으로 서 있었다. 그들이 정령왕이라는 걸 한눈에 알아본 것도 놀랍지만, 정령왕들을 대하고서도 긴장하지 않는 모습이 더 놀라 웠다.

게다가 정령왕들은 지금 다른 이들에게는 전혀 보이지 않는 모양이 었다.

주위를 슬쩍 보니 이 소동을 듣고 잽싸게 달려온 듯한 여러 명의 마법사들이 힘을 합쳐 결계를 치고 있었는데, 그 밖에 있는 사람들은 정령왕들이 보이지 않는지 계속 나와 후작만 주시하고 있었다.

'아니, 그럼 저 후작은 어떻게 정령왕들을 보는 거지?'

내가 속으로 당황하고 있는 동안에도 블랜차드 후작은 여유가 너무 많다 못해 넘쳐 나는지 아버지를 비롯한 정령왕들에게 태평하게 인사까지 하는 거였다.

"여어, 이거 참 오랜만에 보는군, 엘라임. 실피드하고 이프리트는 한 번 봤고… 그럼 이쪽이 노아스인가? 정말 미친 생각 같지만… 저 인간이 설마 네 정령왕 모두하고 계약한 건 아니겠지?"

그의 태평한 인사에 성격 급한 엘라임과 실피드가 버럭 소리쳤다.

[시끄러, 이 시퍼런 도마뱀 녀석아!! 너 때문에 내가 얼마나 놀란 줄 알아?]

[맞아. 도대체 이게 무슨 짓이야? 벌써 죽고 싶어 환장한 거냐?]

거기에 노아스까지 가세했다.

[너무하잖아? 해인이가 너에게 무슨 잘못을 했다고!! 해인이 괴롭히는 거라면 우리가 먼저 상대해 주겠어!!]

너무 과격한 정령왕들의 반응에 블랜차드 후작은 벙찐 표정이었다.

"이봐… 정말 모두 저 인간하고 계약한 거야? 왜 그렇게 화를 내?"

[그럼 화를 안 내게 생겼어? 이 삶아 죽일 도마뱀 녀석!! 까딱 잘못했다가는 다칠 뻔했잖아!!]

아버지의 뒤를 이어 실피드가 나섰다.

[삶아 죽이는 걸로는 성이 안 차. 우선 네 다리하고 네 날개를 몽땅 잘라주겠어!!]

[거기에 덤으로 바위송곳으로 온몸을 찔러주지!!]

"어… 어어어……."

점점 더 과격해지는 세 정령왕의 언행에 나까지 얼이 빠질 지경이었다.

그러자 언제나 세 정령왕을 말리는 역할을 하는 이프리트가 이번에도 나섰다.

[자자, 셋 다 모두 진정해. 우선 어떻게 된 연유인지부터 알아야 하는 게 순서 아니야?]

하지만 아버지는 그 말에 더욱더 흥분한 표정으로 외쳤다.

[연유는 무슨 얼어죽을 연유!! 내 아들이 죽을 뻔했다고!!]

[맞아. 우리가 조금만 더 늦었으면 큰일 날 뻔했어.]

노아스까지 거들고 나자 블랜차드 후작이 머리가 점점 아파지는 모양인지 인상을 팍 찡그리며 자신의 이마를 짚더니만 세 정령왕을 향해 말했다.

"어이, 어이. 말은 똑바로 하자고. 나는 죽이려 한 적 없어."

그러자 아버지가 눈을 매섭게 치켜 올리며 소리쳤다.

[뭣이라? 죽이려고 한 적이 없다고? 내 눈으로 똑똑히 봤단 말이다. 내가 나서지 않았으면 어쩔 뻔했어? 네놈의 기운에 내 아들이 짜부될 뻔했잖아, 이 멍들어도 티 하나도 안 나는 시퍼런 도마뱀 녀석아!!]

"이봐, 엘라임. 내 드래곤 하트에 대고 맹세코 죽이려 한 게 아니었다니까. 저 녀석이 그 기운을 막아내지 못하는 것 같기에 거둬들일 생각이었다고!"

그 말에 아버지는 말문이 막힌 듯 아무 말도 못했고, 대신 실피드가 나섰다.

[그럼 왜 그렇게 늦게까지 안 거둬들이고 있었던 거지? 우리가 놀랄 정도로 말야.]

"아니, 나는 저 녀석이 막아낼 줄 알았어. 그런데 못 막으니까 막 거둬들이려고 했는데 그때 당신들이 나타난 거야."

블랜차드 후작의 말에 노아스가 인상을 찡그리며 다시 확인했다.

[그게 정말이야?]

그러자 블랜차드 후작이 화난 표정으로 오른손을 자신의 가슴께에 가져다 대며 되물었다.

"드래곤의 맹세를 못 믿는 거냐?"

[웃긴 드래곤 녀석 같으니라고!! 네가 뭘 잘했다고 큰소리야?]

아버지가 다시 흥분한 소리로 외쳐 댔지만 더 이상 날 죽이려고 했다는 것에 대한 왈가왈부는 없었다.

블랜차드 후작의 말을 완전히 믿는 모양이었다.

그런데 블랜차드 후작이나 나나 그냥 넘어갈 수 없는 말이 있었으니…

"그런데 저 녀석이 네 아들이라니, 그게 무슨 소리지?"

"그런데 저 사람이 드래곤이라뇨, 그게 무슨 소리예요?"

그러자 네 정령왕 모두가 블랜차드 후작은 싸악 무시해 버리고 나에게만 고개를 돌려 답변을 해주는 거였다.

[그러니까 저 녀석이 썩을 도마뱀 녀석이야.]

아버지의 말에 이어 실피드가 대답했다.

[그것도 블루 족 녀석이지.]

[나이가 5,000살이 다 되어가는데 아직도 철이 없는 거 같아. 아, 그렇다고 겁먹을 건 없어.]

노아스의 말까지 이어지자 나는 정리를 해야 할 필요성을 느꼈다.

“그러니까… 저 사람이… 5,000살이 가까운 블루 드래곤이라구요? 헉? 그럼 사람이 아니었어요?”

놀라움을 감추지 못하는 내 말에 엘라임이 얼굴을 찡그리며 대답했다.

[사람은 무슨, 내가 전에도 말했지? 사람 중에는 널 당할 자가 없다고 말이야. 저 녀석 기운을 보면 못 알아채겠냐?]

“에… 그, 그게…….”

내가 어찌 알겠는가?

드래곤이라는 종족과는 한 번도 마주한 적이 없었는걸…….

[어쩔 수가 없잖아? 해인이는 지금 드래곤을 처음 본 거라고.]

이프리트가 이런 내 마음을 알아줬는지 내 편을 들어줬다.

“저기… 이봐요들, 이제 그만 나 좀 봐주지 그래?”

그동안 얼결에 정령왕들에 의하여 왕따가 된 블랜차드 후작, 아니, 블루 드래곤이 끼어들자 정령왕들은—아, 물론 이프리트는 빼고—나에게 대하던 것과는 정반대로 인상을 팍 쓰면서 그를 돌아보며 물었다.

[뭐냐?]

“허… 무섭네… 이렇게 차별 대우를 하다니… 그러니까 더 궁금해지잖아? 아니, 저 인간이 도대체 너희들의 뭐냐? 아들이라니… 요즘은 계약자를 자식이라고 하나 보지?"

정령왕들의 험악한 인상에도 눈 하나 까딱 안 하는 블루 드래곤이 여유있게 묻자 정령왕들은 인상을 팍팍 쓰면서도 대꾸해 줬다.

[멍청한 놈, 계약자를 계약자라고 하지, 웬 아들?]

이번에는 실피드가 먼저 운을 떼었고 그 뒤를 노아스가 이었다.

[말 그대로야. 얘는 우리 아들이라고.]

그리고 마지막으로 아버지가 끝마무리를 했다.

[누구 마음대로 '우리' 아들이야? 얘는 내 아들이라고.]

정령왕들의 대답을 들은 블루 드래곤의 반응은 황당했다.

그는 갑자기 새끼손가락으로 귀를 후비적후비적 파면서 혼자 중얼 중얼댔던 것이다.

"내가… 벌써 노망이 들 나이던가? 웬 환청이 이렇게 들린담……."

[저, 저노무시키가아아~!!]

아버지가 블루 드래곤의 반응에 발칵 화를 내며 달려들려고 하는데, 그전에 우리 모두는 일제히 행동을 멈췄다.

우리를 둘러싸고 있는, 파티장에 피해가 가지 않기 위하여 황급하게 달려온 궁중 마법사—내 추측이긴 하지만, 여기서 급히 달려올 수 있는 이들 이 그들밖에 더 있겠는가?—들에 의해 생긴 결계가 팍 하고 사라졌던 것 이다.

덕분에 우리가 여기가 어딘지를 깨닫고 아차 싶어하는 사이, 멀찍이 우리를 둘러싼 사람들이 쫘악 갈라지면서 여왕이 호위 기사들을 대동 하고 나타났다.

"이게 도대체 무슨 일이오, 블랜차드 후작?"

그에 블루 드래곤은 황급히 허리를 숙이고 예를 표했다. 그래 나도 얼결에 같이 예를 표하는 수밖에 없었다.

"폐하를 뵙습니다."

하지만 여왕은 화가 나서 그런지 우리의 인사를 받아주지 않았다.

"그만 고개들 드세요. 그리고 후작, 내가 듣고 싶은 건 그대의 인사가 아니라 이 상황에 대한 설명이오."

그에 고개를 든 후작은 주변을 둘러보다 마지막으로 날 보더니 묘한 미소를 짓고 입을 열었다.

"송구하옵니다, 폐하. 이번에 뛰어난 인재가 들어왔다 하여 잠깐 시험해 본다 하는 것이 생각 이상이라 호승심이 일어 제가 잠시 상황을 잊었나이다. 부디 용서하소서."

그의 대답에 여왕이 놀란 기색을 내비쳤다.

"그대가 호승심에 상황을 잊어버렸다? 엠브로스 백작의 실력이 그 정도였단 말이오?"

"놀라울 정도였습니다, 폐하."

"호오, 그렇소?"

고개를 끄덕인 그녀가 나에게로 시선을 돌렸다가 빙그레 웃었다.

"하지만 승리는 후작 것이었나 보구려. 엠브로스 백작, 안색이 좋아 보이지 않소이다."

그렇지 않아도 혼자 서 있기는 했지만 아까 블루 드래곤에게 가슴을 한 방 맞은 게 지금 꽤 욱신거리고 있었다.

나는 인상을 찌푸리지 않으려 애쓰며 고개를 숙여 보였다.

"송구스럽습니다, 폐하. 후작님의 실력은 제가 감당할 수준이 아니었나이다."

"아니오. 후작이야 우리 나라 제일의 검사가 아니겠소? 그에게 진 것이 수치스러운 것은 아닐 터요. 게다가 후작의 인정까지 받지 않았소이까."

그 즈음 대화에 끼어드는 누군가가 있었다.

"블랜차드 후작에게 호승심을 불러일으킬 정도라니 정말 대단한 인재입니다. 비록 파티가 엉망이 되어 불쾌하나 우리 나라에 저 정도의 인재가 등장했단 기쁨에 비하면 미미할 정도이옵니다."

랭포드 후작이었다.

그는 여왕에게 이야기를 하면서도 무섭도록 번쩍이는 눈은 나에게 고정시키고 있어 심히 부담될 지경이었다.

그때 또 다른 누군가가 끼어들었다.

"허허허, 엠브로스 백작은 첫 만남부터 범상치 않은 모습을 보이더니만, 블랜차드 후작께 인정받을 정도의 실력자였군."

맥알파인 공작이었다.

그는 조엘에게 나에 대한 설명을 들었던지 놀란 표정을 짓는 대신 반갑다는 미소를 짓고 있었다.

그에 나도 겨우 웃어 보이며 인사했다.

"오랜만에 뵙습니다, 공작 각하."

그 순간 나를 향해 눈을 반짝반짝 빛내던 랭포드 후작의 인상이 딱딱하게 굳어져 버렸다.

"맥알파인 공작님, 엠브로스 백작과 아는 사이셨습니까?"

그에 반해 맥알파인 공작은 싱글싱글 웃는 낯으로 대답했다.

"아, 예. 예전에 우연한 인연으로 안면이 좀 있는 사이랍니다."

"끄응… 그랬구려……."

무지 아깝다는 듯 인상을 찡그리며 입맛을 쩝쩝 다시는 랭포드 후작을 보아하니 이브스햄과 조엘의 말이 맞는 모양이었다.

"윽……."

그의 모습에 웃음이 나오려고 했는데, 웃기도 전에 가슴의 통증이 심해져 나는 나도 모르게 인상을 찡그리며 작게 신음을 내뱉고 말았다.

"백작님……."

그러자 아까 내 주위에 조심스레 다가와 있던 조엘과 이브스햄이 다가와 부축해 주려고 했는데, 그보다도 먼저 날 부축하는 손길이 있었다.

"흐음, 내가 좀 과했던 모양이오. 사과하지."

'그게 좀 과한 거냐?' 라고 외치고 싶었지만, 상황이 상황인지라 나는 억지로 웃어 보일 수밖에 없었다.

"괘, 괜찮… 습니다……."

하지만 그 정도라면 누구라도 안 괜찮다는 걸 알 수 있을 거였다. 그래 염치 불구하고 파티장을 빠져나가는 허락을 구하려고 했는데, 나보다도 먼저 블랜차드 후작이 여왕을 보며 요청했다.

"폐하, 소신의 실수로 인하여 엠브로스 백작이 크게 다친 것 같으니 제가 데리고 나가 치료해 주고 싶습니다. 허락해 주시옵소서."

"그러시오. 백작이 아무래도 많이 안 좋은 것 같으니 서두르도록 하시오."

"망극하옵니다, 폐하."

여왕의 허락에 대해 감사의 인사를 하자마자 블랜차드 후작은 거의 나를 들쳐 메다시피 해서 파티장을 빠져나가기 시작했다. 그리고 그 뒤를 이브스햄이 황급하게 뒤따랐다.

파티장을 나오자 이브스햄이 무지 걱정되는 음성으로 물어왔다.

"백작님, 괜찮으신 겁니까?"

"에구구구… 죽지는 않을 거 같아요… 끄응……."

블랜차드 후작이 내 팔을 자신에게 두르게 하고 부축하는 형식이었지만 거의 날 들고 있는 판국이라, 파티장을 빠져나왔을 즈음에는 어째 가슴의 통증이 점점 심해졌고 어깨도 아파와 내 인상을 찡그리게 했다.

그런데 그 자세는 블랜차드 후작도 불편했는지 그는 파티장을 나와 몇 걸음 걷다 말고 혀를 한번 쯧 차더니만 내 몸을 부축하고 있지 않은 손을 갑자기 내 무릎 밑으로 집어넣어 날 번쩍 안아 올리는 거였다.

"우악~!!"

"이, 이게 무슨 짓입니까, 후작님!"

갑작스런 그의 행동에 나와 이브스햄이 놀라 외쳤지만, 전혀 상관하지 않은 채 그는 성큼성큼 걸어가기 시작했다.

"허, 보기에도 호리호리하더니만 엄청 가볍잖아? 내가 콧바람만 불어도 날아가겠다."

그렇게 안아 드는 것이 내 어깨도 안 아프고 숨 쉬기도 훨씬 편해 가슴의 통증도 덜했다. 단지… 폼이 좀 요상하다는 게 문제면 문제겠지만…

"지금 어디로 데려가는 거예요?"

"내 집무실."

내 질문에 간단하게 대답한 후작은 계속 성큼성큼 걷다가 계속 뒤를 졸졸 쫓아오는 이브스햄이 신경 쓰였는지 갑자기 걸음을 멈추고 고개만 돌려 그를 바라보았다.

"이봐."

"예?"

후작이 갑자기 멈추자 덩달아 걸음을 멈춘 이브스햄이 의아하게 바라보았다.

"그대는 이만 가보도록 해. 있어봤자 도움이 될 건 없으니까."

"하, 하지만……."

단호한 축객령에 이브스햄이 당황하면서도 머뭇대자 그가 인상을 찡그렸다.

"말이 많군. 내일 아침에 멀쩡하게 만들어서 보내줄 테니까 걱정 말고 돌아가기나 해. 어린애도 아닌데 뭘 그렇게 걱정하는 거지?"

그러자 이브스햄이 난처한 시선으로 날 바라봤다.

그래 내가 기꺼이 나서줬다.

"거, 나이 많으신 분께 말투가 그게 뭐예요? 어쨌든 이브스햄은 후작님 말씀대로 걱정 말고 돌아가세요. 나도 조금 쉬다가 괜찮아지면 알아서 갈 테니까."

후작이 날 반듯하게 안아 올려준 덕분에 가슴의 통증이 많이 완화되어 말도 잘할 수 있게 된 거였다.

"아… 저, 정말 괜찮으시겠습니까?"

이브스햄이 주저하며 묻자 나는 싱긋 웃어 보였다.

"괜찮아요, 괜찮아. 아, 지라르 경에게는 말 잘해주세요."

정말 조금도 걱정이 안 됐다. 이브스햄 뒤에 네 정령왕이 줄줄이 따라오는데 뭐가 걱정이 되겠는가?

"알겠습니다. 백작님이 그러라고 하신다면… 그럼, 나중에 조심해서 돌아오시기 바랍니다."

이브스햄이 몸을 돌려 왕실 복도 저편으로 사라지자 블랜차드 후작은 다시 발걸음을 옮겼고, 그제야 정령왕들이 편하게 말을 걸기 시작했다.

[해인아, 많이 아파? 많이 아프면 이 녀석 좀 더 때려줄 걸 그랬나?]

노아스의 걱정 어린 말에 나는 싱긋 웃어 보였다.

"괜찮아요. 아까보다는 많이 나았어요."

[그 정도 가지고 뭘… 저 녀석은 어깨를 꿰뚫려도 안 죽은 녀석이라고.]

[어깨 좀 뚫렸다고 인간이 죽냐? 저 정도도 한숨 푹 자면 낫는다고.]

아버지의 말에 실피드가 핀잔을 주자 아버지가 발끈했다.

[시끄러워!! 그럼 네놈이 다쳐 봐라. 어디 얼마나 잘 낫나 보자. 네놈이 어깨나 뚫려봤어, 이놈아?]

[뚫려보고 싶어도 못 뚫린다. 너 정령이 어깨 뚫려서 피 철철 흐르는 거 봤냐?]

[그러니까 네놈은 알지도 못하면서 뭘 아는 체하는 거야?]

[아니, 어깨 안 뚫린다고 그런 것도 모르냐? 나도 알 건 다 안다.]

[네가 알긴 뭘 알아?]

티격태격하는 와중에도 용케 안 뒤처지고 잘 따라오는 아버지와 실피드의 모습을 황당하게 바라보던 블랜차드 후작이 날 바라봤다.

"이봐… 엘라임과 실피드는 맨날 저러냐?"

"아하하하… 만날 때마다 저래요."

"거, 참……."

고개를 설레설레 저으며 블랜차드 후작은 어느 커다란 문 앞에 멈춰서더니 주위를 슬며시 둘러보고 아무도 없다는 것을 확인하자 한마디 했다.

[열려라.]

그러자 굳게 닫힌 문이 활짝 열리는 게 아닌가.

“오옷…….”

그 모습에 내가 눈을 뚱그렇게 뜨자 아버지가 핀잔을 줬다.

[뭘 그런 거 가지고 놀라? 도마뱀 녀석들이라면 다 쓰는 용언 마법이
잖아.]

“와, 이게 용언 마법이었어요?”

이래 뵈도 마법을 공부한 적이 있어 용언 마법에 대해 들어본 적이
있었기에 내 놀라움은 클 수밖에 없었다. 마법의 최종점이라고 할 수
있는 언령 마법의 일종으로, 드래곤들만이 쓸 수 있다는 마법을 내가
지금 눈앞에서 직접 본 것이니 말이다.

내가 놀라건 말건 불도 켜지 않아 어두컴컴한 방 안을 아무렇지도
않게 성큼성큼 걸어 들어가 커다란 소파 위에 조심스레 날 내려놓은
그는 손짓 하나로 열린 문을 다시 닫게 하고 등불을 켜 방 안을 밝혔
다.

“우선, 치료부터 해주지. 리커버리!”

내 가슴에 척 손을 대더니 주문도 안 외우고 바로 시동어로 8클래스
의 고위 마법을 시전하는 걸 보고 눈이 다시 한 번 동그래졌다. 마법이
란 학문에 손을 담근 나로서는 그게 얼마나 대단한 건지 알 수 있었던
것이다.

곧 그의 손에서 부드러운 빛이 빠져나와 내 가슴 부위를 맴돌자 싸
아아~ 하고 약간 있던 통증이 완전히 사라지는 것이 느껴졌다.

“우와아아… 나 리커버리 말로만 들었지 처음 봤어요. 오오, 이거
정말 대단하잖아?”

그가 손을 떼자 나는 자리에서 벌떡 일어나 앉으며 감탄의 눈으로

그를 바라봤다.

"훗, 이까짓 걸 가지고 뭘… 우리 드래곤에게는 간단한 일이야."

"오오, 나도 다시 마법 쪽을 진지하게 공부해 볼까나?"

공부하는 게 귀찮아서 마법에 쪼끔 흥미가 있지만 익히는 걸 자꾸 미루기만 했는데 의욕이 다시금 불타오르는 게 느껴졌다. 그 의욕이 얼마나 갈지는 모르겠지만…

"뭐, 그건 네 사정이고… 아까 못한 이야기를 다시 해볼까? 그게 도대체 무슨 말이냐? 네가 엘라임의 아들이라니."

그러자 아버지가 끼어들었다.

[아, 거 자식, 말귀 되게 못 알아듣네. 아까부터 계속 이야기했잖아. 애는 내 자식이고, 나는 애 아버지야.]

블랜차드 후작은 아버지의 말에 인상을 팍 쓰더니 한숨을 내쉬었다.

"내가 이 나이 이때까지 별별 일을 다 겪어서 웬만한 건 다 그러려니… 하고 넘어갈 수도 있다만, 정령에게 자식이 있다는 걸 이해하라니… 이건 정말 너무한 거 아니냐? 그걸 도대체 누가 믿어?"

[누가 네놈보고 믿으라냐? 난 사실을 말했을 뿐이야.]

아버지가 계속 틱틱대며 대답하자 블랜차드 후작은 인상을 찡그리며 다른 정령왕을 바라보았다.

"도대체 그게 말이 된다고 생각해?"

그러자 다른 정령들의 대답은 더 가관이었다.

[말 되잖아?]

[재 말 사실이야.]

블랜차드 후작에게 감정이 많은지 실피드와 노아스는 아버지처럼 틱틱대며 대꾸했고, 그나마 이프리트가 좀 낫게 대답했다.

[믿기 어렵겠지만, 사실이라네.]

"허……."

'이것들이 단체로 날 놀리나…' 하는 표정으로 정령왕들을 바라보는 블랜차드 후작의 모습에 결국 내가 나섰다.

"이런 말이 있다지요. 마법사는 불가능을 가능으로 만드는 자다. 제 어머니가 마법사셨거든요. 어떤 방법을 쓰셨는지는 모르지만 아버지의 기운을 이용해 아이를 배셨고, 이 세상에 태어나게 하셨답니다. 그게 바로 저예요."

그러자 그제야 블랜차드 후작이 납득한 표정을 지었다.

"어머니가 마법사라고? 흐음… 그랬었군. 진작 그렇게 설명을 할 것이지… 호오… 그럼, 넌… 정령의 기운을 이용한 키메라냐?"

[야, 이 자식아~! 너 죽을래애애애~!! 누구보고 키메라래애애애~!!]

아버지가 제일 먼저 흥분해 날뛰었고, 실피드와 노아스도 매섭게 후작을 노려봤다.

[저, 저 자식이 아직 매서운 맛을 못 봤구만!]

[나에게 맡겨. 땅속에 파묻어주겠어!!]

그리고 이번에는 이프리트도 합세했다.

[쟨 좀 맞아도 싸다. 때려줘라!!]

세 정령왕이 무섭게 달려들자 후작은 잽싸게 방 안과 자신의 주위에 결계를 펼쳤고, 그 위를 세 정령왕이 무섭게 두들겨 댔다.

키메라란 두 가지 이상의 다른 생명체를 자연스러운 방식이 아닌 마법적인 방법으로 합성하여 새로이 만들어낸 생물체를 말한다.

그런데 키메라는 대부분 마법사들이 자신들의 지식을 위한 연구로 만들어내는 데다가 용어 자체도 마법사들 사이에서 나온 거라 새로운 생명체를 일컫기보다는 실험체를 일컫는 경향이 더 강했다.

그러니 나에게 그런 말을 쓴다는 건 대단한 모욕인 것이었다. 그래서 나도 정령왕을 말리지 않고 가만히 앉아 구경했다. 사실 내가 안 달려든 것만 해도 대단히 고마워해야 할 일 아닌감?

블랜차드 후작도 그걸 알고 있는지 결계 뒤에서 공격할 생각은 못하고 사과의 말만 크게 외쳤 댔다.

"우왓, 우왓, 미안하다. 내가 실언했어!! 그 말 취소한다니까아~!!"

하지만 정령왕들의 공격이 멈춘 건 그로부터 한참이 지난 후로, 그것도 신나게 두들겨서 화가 풀린 게 아니라 정령왕들의 기운이 거의 떨어져 정령계로 소환되기 직전에서야 어쩔 수 없어서 멈춘 거였다.

[너, 너어~ 한 번만 더 그 딴 소리 하면 정말 가만 안 둔다! 내가 소멸하든 네놈이 죽든 둘 중 하나가 될 거다!]

아버지가 흥분해서 바락바락 외치자 후작은 자신의 잘못을 정말 통감했는지 얌전하게 고개를 끄덕였다.

"그래, 그래. 내가 정말 잘못했어. 한 번만 용서해 주라."

[저 녀석이 철이 없는 게야. 할 말이 있고 안 할 말이 있지!]

실피드가 씩씩대자 후작은 이번에도 순순히 사과했다.

"알았어. 미안하다니까. 다신 안 그럴게."

그리고는 날 보고 다시 한 번 사과했다.

"미안하다. 정말 진심으로 사과하마."

그래 나도 너그러이 대답했다.

"많이 미안해하세요. 그 말 좀 충격이 컸거든요."

"정말 미안하군. 사과하는 의미에서 한 가지 소원이 있으면 말해라. 내 목숨을 위협하는 일이 아니라면 뭐든 들어주마."

"에?"

후작의 뜬금없는 말에 아버지가 버럭 소리쳤다.

[웃긴 놈. 들어줄 거면 네놈 목숨도 걸어야지, 그게 뭐냐?]

그러자 후작이 목숨까지는 걸기 뭣했는지 삐질 웃었다.

"어어, 이봐— 나도 목숨은 소중하다고. 하지만 목숨이 위협당하지 않는 선에서 드래곤의 도움을 얻을 수 있다는 건 정말 대단한 거 아니냐? 단 한 번뿐이기는 하지만……."

"어어… 으음… 하지만 지금 그렇게 원하는 소원은 없는데요?"

아무리 궁리해도 지금 당장 그의 도움을 받을 만한 일이 없어 내가 난처한 표정을 짓자—괜찮다는 말은 죽어도 안 한다—후작이 씨익 웃었다.

"아아, 지금 당장 말 안 해도 돼. 네가 죽든지 내가 죽지 않는 한 아무 때나 말해도 상관없다. 드래곤 하트에 맹세코 언제 말하든 내가 꼬옥 들어주마. 아, 하지만… 이왕이면 나 잘 때는 피해다오."

[어이구, 소원 들어준다는 녀석이 조건도 많다.]

실피드의 핀잔에 후작이 하하 웃더니 돌연 진지한 표정으로 날 바라봤다.

"아, 그리고 부탁이 하나 있는데……."

"네?"

"내가 지금 유희 중이거든. 네가 알지 모르겠다만, 드래곤들 사이에서는 유희 중인 드래곤의 정체는 모른 체해주는 게 관례란다. 넌 드래곤이 아니니 그 관례에서 자유롭기 때문에 특별이 부탁하건데, 다른 이들에게는 내 정체를 밝히지 말아주겠나? 나는 여기서는 검술에만 천부적인 재능을 가진 인간일 뿐이다."

그의 진지한 부탁에 나는 쉽게 고개를 끄덕였다.

"그러죠. 절대로 말 안 할게요."

"그래, 고맙다. 대신, 그 답례로 내가 할 수 있는 한 널 돕도록 하지. 아, 그러고 보니 아직 자리를 정하지 않았으면 왕실 기사단으로 들어오는 게 어때? 그럼 내가 널 쉽게 도와줄 수 있을 거야."

"하하하… 그러다가 제가 반란을 일으키자고 하면 어쩌려고요?"

나는 농담으로 그렇게 말한 건데 후작은 진지하게 고개를 끄덕이는 거였다.

"네 소원이라면 못 들어줄 것도 없지."

"헉… 그게 농담인 건 아시죠?"

진지한 후작의 반응에 내가 땀을 삐질 흘리는데 아버지가 끼어들어 투덜댔다.

[마음에 안 들어. 네 녀석, 내 아들에게 혹여 뭔 흑심이라도 품고 있는 거 아니냐? 그랬다간 가만 안 둘 줄 알아.]

그러자 이프리트 아저씨가 웃으면서 말했다.

[후후후, 흑심이 있다 한들 뭘 어떻게 할 수나 있겠어? 아버지가 눈에 불을 켜고 감시하고 있을 텐데…….]

〈제7권 끝〉

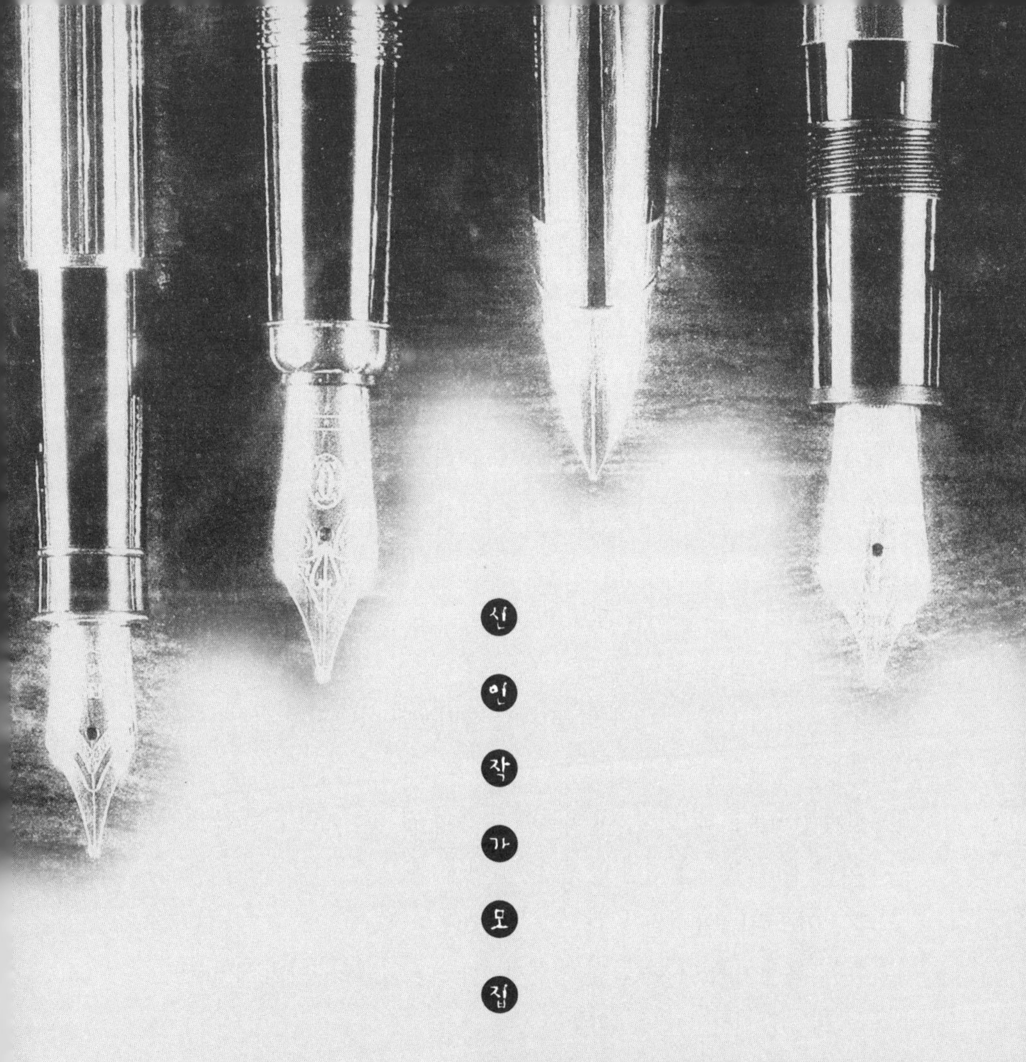